致青春

奶油味暗戀

上

—他像我。
—我小时候也不喜欢你。
—但等长大了之后，就会喜欢了。
—一定会喜欢。

高寶書版集團

目錄
CONTENTS

第一章 青梅竹馬

正值盛夏，下午的陽光十分灼熱，被輕風一吹，熱氣撲面而來。沿途的湖水輕輕蕩漾，清澈反光，一旁綠樹成蔭。

前往教學大樓的道路上盡是成群結隊的學生，五彩斑斕的雨傘將他們與太陽隔離開來。

儘管隔著一道防紫外線的屏障，林兮遲依然覺得皮膚有些刺疼，她瞇著眼，懶散地聽著身旁三個室友說話。

「去哪個教室啊？」

「呃我看看……東二教學大樓三〇二。」

因為氣溫較熱，四人走路的速度不自覺加快，沒過多久就到了教室。

偌大的教室裡前中後各裝了一臺空調，冷氣將悶熱散去，瞬間帶來幾分愜意。可能是時間還早的緣故，教室裡只有幾個人零零散散地坐著，十分安靜。

林兮遲和室友隨意地找了右邊靠中間的位子坐下。

幾分鐘後，來了幾個同班的男生，說話的聲音清亮帶著笑意，異常熱鬧。看到她們，幾人直接坐到她們前排，跟她們聊起了天。

林兮遲不太擅長跟不熟悉的人交往，只好裝死般趴在桌子上，打開聊天軟體，百無聊賴地點開備註「屁屁」的聯絡人，傳了句話過去：『今天天空很藍，太陽很明亮。遲某認為，這不失為一個打遊戲的好日子。』

等了一下，沒回。

林兮遲扯了扯嘴角，深感無趣地把聊天關掉。

再抬頭時，教室裡幾乎坐滿了人，系主任站在臺上和旁邊的老師說話，而後拿著麥克風沉聲道：「好了好了，安靜下來。」

全場頓時鴉雀無聲。

林兮遲撐著下巴，看著一臉嚴肅正經的系主任清清嗓子，在講臺上開啟長篇大論。她打了個哈欠，正想著如何打發時間的時候，手機收到一則訊息。

屁屁：『有病。』

林兮遲磨磨牙，懶得跟他計較，問道：『那打不打？』

屁屁：『不打。』

林兮遲：『你在幹嘛？』

屁屁：『開會。』

林兮遲：『那來聊天。』

屁屁：『我有病跟傻子聊天。』

林兮遲：『如果我是傻子，那你現在不就是有病嗎？』

又沒回。

林兮遲在等待他回覆的期間把聊天記錄截圖，傳給高中同學蔣正旭，像個老母親一樣惆悵道：『你說許放這脾氣，有可能找到女朋友嗎？』

蔣正旭回覆的很快，傳過來的也是一張聊天記錄截圖——

蔣正旭：『放兒，哥哥這週日去你學校找你玩，怎麼樣？』

許放：『滾遠點。』

「……」

蔣正旭：『別說女朋友了。』

蔣正旭：『我覺得他連朋友都要失去了。』

看到這話，林兮遲突然就不氣了，轉頭便傳了個「點蠟」的貼圖給許放。

她剛按下電源鍵，耳邊傳來一陣起鬨聲。

林兮遲抬頭，一頭霧水地看向講臺。

系主任滿臉痛心：「所以你們千萬要好好讀書，就算是玩遊戲放鬆也要知道適度，你們過去十二年讀書的目的不是為了過來這裡打遊戲的！」

見狀，林兮遲側頭問室友聶悅：「什麼情況？」

聶悅喝了口水，耐心解釋：「剛剛系主任說，我們有個學長以省狀元成績考進我們學校，比我們大一屆。大一上學期成績拿了系第一，結果大一下學期修了九科，全部都被當了。」

「啊？為什麼？」

聶悅笑了：「因為他在宿舍打遊戲，九科全曠考了。」

「……」

林兮遲：？？？

「玩脫了，沒有修到足夠的學分，所以留級了，今年跟我們一樣是大一。」

「叫什麼名字？」

「不知道，只說了『你們某個學長』。」

林兮遲點點頭，腦袋裡還迴盪著那句「九科全曠考了」，她慢吞吞地思考著，倏地想起剛剛找許放打遊戲的事情。

許放這人，自制力差，成績差，脾氣差。

如果因為她總是找他打遊戲，對遊戲上癮了怎麼辦，也跟那個學長一樣全曠考了怎麼辦。

他絕對會把罪怪到她的頭上，然後對她大發雷霆。

儘管她覺得，他就算去考了也不一定能過。

想到這，林兮遲打了個寒顫，飛快地傳訊息給許放。

林兮遲：『以後別找我打遊戲。』

另一邊。

許放嚼著口香糖，懶洋洋地看了手機一眼。看到內容的時候，他的腮幫子咬緊，嚼口香糖的動作停住了。他緩緩地「呵」了一聲，把手機扔進抽屜裡。

「……」這他媽是傻子吧，誰找誰啊。

過了兩秒又拿出了手機，冷笑著回話。

——『我找個屁。』

這場會開了差不多一個半小時。

夕陽將半個學校染成金黃色，被樹枝切割成碎片的陽光在地面上熠熠生輝，暮色暗暗襲來。

散會之後，恰恰好到了晚飯時間。

林兮遲和宿舍三人商量了一番，決定出去外面吃烤魚。

從東二教學大樓走到校門口的途中，會經過文化廣場。還未走到，林兮遲就聽到那頭傳來歡笑和音樂聲。

幾人順著聲音望去，廣場上搭著許多藍色帳篷，上面掛著色彩斑駁的牌子。周圍人頭攢動，人聲鼎沸，還有各式各樣的表演，十分熱鬧。

是社團在招生。

聶悅「哇」了聲，立刻扯著林兮遲往那頭走：「我們去看看！」

林兮遲也來了興致，好奇地問：「妳有什麼想參加的社團嗎？」

「不是社團，我想報名學生會。」

聽到這三個字，林兮遲立刻注意到不遠處的一個帳篷，上面掛著五個正方形的彩色牌子，用黑色麥克筆寫著——學生會招生。

林兮遲指了指，說：「喏，在那。」

然後她便被聶悅興奮地扯了過去。

帳篷前的人很多，不過大多都是拿了報名表就走，所以人流散得很快。此時，帳篷前只留下幾個女生跟坐在帳篷裡的一個學長說話。

林兮遲和聶悅湊了過去。

聶悅的社交能力特別好，沒過多久便跟其中一個學姐熟稔地交談了起來。

林兮遲在旁邊傻傻地站著，不知道做什麼才好。

她還想著要不要去另一邊逛一圈的時候，坐在她面前的男生用指節敲了敲桌子，輕笑道：「學妹——啊不，同學，報名嗎？」

聽到這話，林兮遲抬了頭，映入眼中的是一雙似笑非笑的桃花眼。

男生的膚色白得有些病態，瞳孔略帶棕色，眼形像個月牙。他的鼻梁上架著一副金絲眼鏡，單手撐著腦袋，另一隻手從桌上拿了一張報名表放在她面前，指尖在體育部三個字上畫了個圈。

「體育部？」

林兮遲還沒來得及推辭，就看到男生已經坐直了起來，當做她默認了，拿起筆，特別自然地替她填起了報名表。

「姓名。」

林兮遲愣了，下意識地答：「林兮遲，雙木林，歸去來兮的兮，遲到的遲。」

「科系，班級。」

「動物醫學系動物醫學一班。」

直到他問完了，林兮遲看到他在體育部後面打了個勾才反應過來。

「……」她好像沒打算報名的。

聶悅那邊已經好了，此時正在旁邊等著她。

男生把填好的報名表放進抽屜裡，重新變回剛剛的姿勢，單手撐著腦袋，彎唇提醒道：

「記得來面試。」

林兮遲愣了，有些莫名其妙地點了點頭。

出了廣場，聶悅滿含深意地問：「什麼情況，那個學長怎麼親自幫妳填表了？通常都是自己拿回去填的啊！」

林兮遲也暈頭轉向的，猶疑地猜測：「可能那個學長比較熱情？」

聶悅嘿嘿地笑了幾聲，沒再調侃她：「那妳要不要去看看別的？」

「我不知道要選什麼，就這個吧。」

「也行。」

「妳報名了什麼？」

「祕書部！那個學姐人好好哦，我也決定只報名這個。」聶悅邊高興的跟她分享資訊，邊在手機上打字，「我先問問梓丹她們去哪了……」

四人重新集合，直奔校外人最多的那家烤魚店。

路上，聶悅突然想起剛剛去拿報名表的事情，轉頭問道：「欸對了，梓丹、小涵，妳們有什麼想報名的社團嗎？」

陳涵咬著剛在路邊買的蔥抓餅，含糊不清地回道：「系學會吧。」

走在最旁邊的辛梓丹「呃」了一聲，她的個子很小，說話輕聲細語，帶著點軟：「我想，想報學校校報的新媒體部。」

「我和遲遲都報名了學生會！」

「學生會帥哥多？」

「不知道欸，不過今天看到擺攤的那個學長倒是挺帥的，他還跟……」聶悅還沒說完，突然推了推旁邊兩人，話鋒一轉，「快看那邊！一點鐘方向！」

陳涵往她說的方向看：「什麼東西？」

「就飲料店門口那個帥哥啊，好東西我要分享給妳們呀。」

四人在不知不覺中已經走到烤魚店旁邊的一間飲料店附近。此刻，林兮遲就算是近視，也能很清楚的看到聶悅說的那個人的模樣。

少年五官精緻且鮮明，眼窩深邃，鼻梁挺直，下唇飽滿，弧度卻平直。穿著簡易黑短袖和淡藍色牛仔褲，背靠著飲料店的前檯，左臂的手肘搭在檯上，另一隻手拿著手機。表情漫不經心又閒散。

他的旁邊站著幾個男生，一行人的身材高大挺拔，看起來格外有精神。像是剛運動完，他們大汗淋漓的，此時正笑著聊天。

少年站在最旁邊，因為低頭，背部略微向下弓了些。

可就算如此，他站在其間也顯得格外突出。

似乎聽到了，少年抬了抬眼，朝林兮遲的方向瞥了一眼，目光定了幾秒。很快便收回了視線，嘴角輕輕一扯，像是輕嗤了聲。

林兮遲在心底腹誹：裝得倒是人模狗樣的。

被他這副表情刺激到，林兮遲轉頭：「妳說哪個？」

「還用問嗎！就黑色衣服那個啊！」見她和陳涵都沒什麼反應，聶悅瞬間有種品味遭到質疑的感覺，忍不住碰了碰辛梓丹的手臂，「梓丹，妳說那個人好不好看！」

辛梓丹的臉一下子紅了，囁嚅了半天都沒說出話來。

林兮遲恍然大悟，大聲道：「哦，最醜的那個。」

注意到少年眼皮掀了掀，又往這邊掃了一眼，聶悅驚了，「妳、妳小聲點。」

結果他完全沒有反應，把注意力重新放回手機上。

像是沒有聽到，又像是毫不在意。

聶悅替林兮遲鬆了口氣，咬著牙掐住她的臉：「妳嚇我一跳啊……」

林兮遲心裡極爽，當著許放的面罵了他，他卻聽不出來。她任由聶悅捏她的臉，笑嘻嘻地放鬆氣氛：「我開個玩笑。」

四人沒因此停留，正準備繼續往前走的時候，林兮遲手裡的手機響了。

她的臉上還掛著無法掩飾的笑容，低頭一看——

屁屁：『過來。』

屁屁：『妳說誰醜？』

「……」

林兮遲嘴角的笑意僵住，她默了幾秒，連回頭都不敢，在心裡天人交戰了一番，沒回覆，不動聲色地把手機放回口袋裡。

彷彿料到了她會裝作看不到。

與此同時，林兮遲聽到身後有個男生大喊著：「喂！許放，你去哪？」

回應他的那道聲音低沉又慵懶，「有點事。」

這句話似乎自帶音效。

林兮遲瞬間聽到自己身後傳來了熟悉的腳步聲，從遠及近，一點一點朝她的方向走來，還附帶著涼意，像是陣陣陰風。

她有些腿軟。

林兮遲糾結著要不要過去。她怕許放跟她算帳，但她和他確實差不多半個月沒見了。猶豫再三，林兮遲還是選擇停下腳步，小聲說：「要不然妳們去吃吧……」

宿舍另外三人因這突然的轉變感到疑惑。

聶悅主動問道：「怎麼了？」

林兮遲想跟她們粗略地解釋一下，剛張口說了個「我」，那催命般的聲音再度傳來。懶懶散散的，語氣帶著點不耐煩。

「還不過來。」

林兮遲下意識回頭。

許放正站在距離她兩公尺遠的位置，單手插著口袋，居高臨下地看著她，一雙眼黝黑明亮，像是水裡的鵝卵石。

淡漠得看不出情緒。

這副姿態讓林兮遲把將要脫口的話重新咽了回去，灰溜溜道：「妳們去吃吧，不用等我了。我晚上回去跟妳們說。」

說完她便往許放的方向走去，留下幾個室友在原地面面相覷。

馬路上有車按喇叭，鬧市上人來人往。店前的霓虹燈隨著緩緩下沉的夕陽一盞又一盞亮起，將城市裝飾的色彩斑斕。

林兮遲走到許放面前，停住，訝異道：「好巧啊，你也在這。」

他冷笑一聲，沒搭腔。

「我本來想跟室友去吃烤魚的。」林兮遲摸摸腦袋，咧嘴一笑，「既然遇到你了，那我們就去吃——」

許放掉頭就走。

林兮遲連忙跟上，隻字不提剛剛的事情，繼續道：「你吃飯了嗎？沒吧。新開的那家海鮮餐廳你去過了嗎？」

許放沒理她。

林兮遲鍥而不捨：「聽說很好吃欸，你想吃嗎？」

還是沒理。

林兮遲再接再厲：「不過有點貴……」

這下許放終於有了反應，一頓，側頭睥睨著她：「妳請？」

「……」林兮遲不出聲了。

許放的眼睫動了動，上下掃視著她，嘴角不鹹不淡地勾起，「出息。」

接下來的一段路，林兮遲跟在許放後面，眼神放空地看著他的腳步，不敢再隨意開口，絞盡腦汁地思考著怎麼讓這個上帝消消火。

她幽幽地想著：這傢伙今天的步伐怎麼這麼小，像個娘炮。

這個念頭剛從腦海裡閃過，她靈光一閃，興奮地抬頭。

「屁屁！」

話音剛落，林兮遲感覺自己的鞋尖踩到什麼東西，疑惑地向下望，看到許放向前跨了一大步，然後停住了。

林兮遲隨之停下了步伐，莫名其妙地抬了頭。

恰好與許放隱晦不明的目光撞上。

過了幾秒，他似乎是氣笑了，「妳踩人之前還知道提醒一下，真是客氣。」

「沒啊，我沒有想踩你。」林兮遲一副被冤枉的模樣，連忙擺擺手，加快幾步跟他並肩走，「我是想說，我今天看你，總覺得跟平時不一樣。」

許放用鼻腔哼了聲，眼皮懨懨地垂著，完全沒有想理她的意思。

看著他的模樣，林兮遲不由得想到，他們上一次見面已經是報到的時候了。之後便是長達半個月的軍訓。

這段時間，兩人一直都是傳訊息聯絡。

報到那天，林兮遲是寢室裡最早到的一個，所以後到的三人沒見到送林兮遲到宿舍的許放。

林兮遲開始回想許放當時的模樣。

一身純白色襯衫，解開一顆扣子，露出分明的鎖骨。皮膚白的像是從未見過天日，全身散發著乾淨矜貴的氣息。他半瞇著眼，像個大爺似地坐在她的椅子上，懶洋洋地看著她把東西收拾好後才離開。

而今天，因為才剛軍訓完的緣故，他的膚色明顯黑了一層，目光也清亮了不少。不像之前那樣，總給人一種病快快的感覺。

為了哄好許放，讓他心甘情願請她吃飯，林兮遲開啟了無腦吹捧：「你變得好有氣質啊。」

還沒等她說下一句，耳邊傳來了服務生甜美的聲音：「歡迎光臨。」

許放走了進去。

林兮遲剛剛被許放的身體擋住了視線，沒注意到旁邊的環境。她抬頭，看著頭頂的那個招牌，在原地愣了下。

是她剛剛說的那家海鮮餐廳。

林兮遲快步跟了上去，訥訥道：「屁屁你怎麼這麼好。」

對迎面而來的服務生說了句「兩位」後，許放輕描淡寫地瞥了她一眼。

「再這樣喊我，這頓妳就可以不用吃了。」

本想再繼續這樣喊他，聽到這話林兮遲只好收斂了些。

「軍訓的威力怎麼那麼強大。」她覺得有些不真實，跟在他屁股後頭自說自話，「不僅讓你變大方了，還讓你變得有氣質了……」

服務生指了指角落靠窗的位子，問：「坐那可以嗎？」

許放正想點頭。

就聽到林兮遲繼續道：「你那副娘炮的皮囊，我今天這麼一看，覺得只有一點點娘炮了呢！」

「……」

許放的腳步頓住，嘴角的弧度僵直，緩緩回頭，定定地看著林兮遲。隨後，他單手扣住她的頭頂，毫不留情地向門的那側轉。

許放看向服務生：「抱歉，不吃了。」

林兮遲：「……」

出了店，林兮遲垂著腦袋，懊惱地踢了踢水泥地上的小石子，心想著：早知道就等他點了菜付了款之後再說那些話了。

走了一小段路後，林兮遲問：「那吃什麼？」

許放抬抬下巴：「前面那家川菜館。」

「哦。」這次林兮遲不敢再多嘴，乖巧地跟在他旁邊。

進了店，兩人找了個位子坐下。

林兮遲用筷子戳破包著碗的塑膠膜，隨口問：「你突然拋下你那群朋友跟我吃飯，回去不會被打死嗎？」

「沒那麼容易死。」

林兮遲「啊」了一聲，表情略顯失望。

注意到她拖腔帶調的語氣，許放抬眼，表情平靜地看著她。

林兮遲審時度勢地不再火上澆油：「對了，你不是開會嗎？怎麼感覺你是出去玩了。」

許放翻著菜單，漫不經心地回：「提前走了。」

「那你老師有跟你們說有個學長因為遊戲曠考的事情嗎？」

「不知道。」

林兮遲想說點什麼，又怕他再度當場走人，想了想還是沒說，改口道：「話說你怎麼不跟我計較剛剛的事情了。」

「什麼事。」

「就……」林兮遲眨眨眼，搖了搖頭，「沒什麼。」

忘了就算了。

雖然有點不可思議，但莫名有種撿到便宜的感覺。

許放瞥了她一眼，恰好看到她低下頭，藏住正在偷笑的嘴角。他的嘴角也隨之輕翹起，不動聲色地繼續翻閱菜單。

等許放把菜單遞給服務生，林兮遲感慨道：「以後我們經常約飯吧。」

知道她就是想吃霸王餐，許放直接拒絕：「不。」

雖然知道他會拒絕，但他拒絕的這麼直截了當還是讓林兮遲十分受傷，瞪大了眼睛問：「為什麼，為什麼？為什麼！」

音調一聲比一聲激昂，像個在舞臺上嘶吼的歌手。

「……」

「約呀！」

許放嘖了一聲，終於不耐煩道：「約個屁。」

林兮遲指指他，理所當然道：「我就是想約個屁啊。」

「……」許放抬了眼，眼神十分不友好。沉默了幾秒後，他攤開手掌，把右手的手心放在她面前，「手機拿來。」

林兮遲猶疑地看著他：「你要幹嘛？」

但僵持了一下，她還是乖乖地把手機交了過去。

許放輕車熟路地按密碼解了鎖，打開聊天軟體，迅速地動了動手指，隨後頂著一張極度不爽的臉把手機還給她。

不知道他做了什麼，拿回手機後，林兮遲立刻打開看了一眼，一下子就發現他把她對他的備註從「屁屁」改成了「許放」。

林兮遲的眉頭擰起，想把備註改回去。

注意到她的動作，許放瞬間猜到她的想法，冷冷地看她，「妳敢再改回去試試。」

這話讓林兮遲的動作停頓了下，但還是沒有改變要改備註的念頭，她拍拍胸口，一副正直的模樣：「你今天請我吃飯了，我不是恩將仇報的人，幫你改個好聽的。」

許放深吸口氣，懶得理她了。

林兮遲彎唇，改好備註，十分滿意地看了好幾遍。

──「屁大人」。

隨後她抬頭，像是要跟他分享一個巨大的祕密：「你要看嗎？」

「……」

「不看？」

「……」

「看啊。」

許放被她煩到不行：「還吃不吃飯。」

「……」

林兮遲「哦」了一聲，不敢再鬧，把手機放到一旁。見菜半天都沒上，她單手托著腮幫子，用鞋尖碰了碰他的鞋子，「我們都這麼久沒見了，來聊天呀。」

聽到這話，許放的身子往椅背那麼一靠，按開手機解鎖，把她當成空氣人。臉上的情緒很明顯，是「趕緊給我滾遠點」的意思。

這個反應令人十分不爽。

林兮遲忍了忍，提議道：「要不然我們來打賭吧，跟高中一樣賭一個月的生活費。」

把許放的錢全贏過來，然後讓他哭著來找她要錢，把他狠狠踩在腳底，讓他嘗受一下她此時的痛苦。

許放嗤了聲：「妳的生活費？」

林兮遲被他這語氣噎到了，提高了音量道：「才月初！我現在也是有三千的好嗎！」

「三千？」許放眉頭皺了下，像是在苦思冥想，語氣欠欠的，「我去看看我的零頭有多少。」

林兮遲咬咬牙，忽略他的話，直入主題，「我用兩隻手跟你的左手掰手腕，怎麼樣？」

如果這樣還會輸，她真的服氣。

不過這麼不平等的要求，許放應該不會同意吧……

這話一出，許放的眉眼抬起，眼尾微微上揚，嘴角輕扯，似是來了幾分興致。他坐直起來，輕笑了聲，說話的氣息刻意拉長，「好啊。」

林兮遲還沒來得及竊喜，就聽到他接著上句而來的話——

「又有傻子來送錢了。」

「……」

林兮遲頓了頓，想反駁他，突然覺得有些不對勁，皺著眉問：「又？」

許放沒回應，他正活動著左手，掌心用力合上又鬆開。皮膚很薄，能很明顯看到手背上的青筋，掌骨根根凸起，連接著五指，看起來修長有力。

十分囂張且高調地在為接下來的比賽做準備。

恰在此時，服務生端著菜盤過來，連上了幾道菜，紅豔豔一片，辣油浮在其上，冒著熱氣，十分誘人。

林兮遲被香氣吸引，注意力偏了幾秒，很快又正了回去，望向許放。她的表情鄭重嚴肅，像被人搶了寵物的主人。

坐在對面的許放沒有看她，低頭將菜盤的位置挪了挪，所以也沒注意她此刻的表情。他停頓了下，像是在思考，很快便拿起筷子，聲音低低淡淡的，「先吃飯吧。」

林兮遲充耳不聞，開口問他：「前一個傻子是誰。」

「……」許放眼睫翹起，疑惑地瞥了她一眼。很快就明白了，眼神變得意味深長了起來，多了幾層含義。

這次就真的是看一個傻子的眼神。

許放：「妳今天沒帶腦子出門？」

林兮遲：「是啊，怕你自卑，我就收起來了。」

許放：「自卑個屁。」

林兮遲搖搖頭，糾正他：「自卑的屁。」

許放被她這句話噎到了。一時間想不到怎麼嗆回去，他氣得牙癢癢，冷聲道：「滾。」

「這怎麼行。」林兮遲立刻拒絕，好心地提醒他，「等等你的生活費就要轉給我了，我滾了你就要吃霸王餐了。」

聞言，許放的眼睛瞇了起來，下顎到脖頸的線條俐落乾淨。他傾身，鎮定從容將桌上的盤子移到另一側，騰出一大塊位置。

再抬頭時，他的嘴角淺淺勾起，瞳仁裡有星星流火，含著湧起的勝負欲。

「比了再吃。」

林兮遲帶著一身疲倦回了宿舍。

另外三人似乎才剛回來沒多久，此時圍成一團聊天。聽到門把擰開的聲音，六隻眼睛齊刷刷地望了過來。

等林兮遲回到自己的位子坐下，聶悅湊過來問：「遲遲，妳和那個帥哥認識呀？」

林兮遲的心情還差著，懨懨道：「嗯，我朋友。」

「高中同學？」

「是呀。」林兮遲說：「我跟他從小一起長大的。」

陳涵：「青梅竹馬啊？」

聶悅：「好羨慕！我也想要青梅竹馬！」

陳涵：「好奇一下，什麼系的啊？剛剛那群人牛高馬大的，像出來走秀一樣。」

辛梓丹：「呃……學校不是有那個什麼……」

林兮遲想了想：「好像是土木工程吧。哦對了，他是國防生。」

聶悅半開玩笑：「好，我大學四年的目標，就是找個國防生當男朋友。」

她還想說什麼，突然注意到林兮遲惆悵的神情：「欸妳怎麼了，怎麼這麼沮喪的樣子。不是去跟妳的小竹馬吃飯了嗎？」

林兮遲搖搖頭，沒說什麼。

辛梓丹在一旁小聲問道：「遲遲是不是不想說……」

「也不是。」林兮遲嘆了口氣，「就剛剛跟我那個朋友打賭賭輸了。」

聶悅：「啊？怎麼突然打賭了，你們賭什麼？」

林兮遲：「掰手腕，我兩隻手跟他左手比。」

陳涵：「輸了啊？妳朋友是左撇子嗎？」

聶悅：「應該很正常吧，我看妳的小竹馬至少也有個一八五，而且還是國防生呢！力氣應該不小。」

「……」

可高中的時候，她試過只用單手都掰過他了，這還不到一年啊。

林兮遲哀嚎了一聲，趴在桌子上沒說話。

聶悅摸了摸她的腦袋，好奇道：「賭注是什麼？」

「一個月生活費。」林兮遲突然坐直了起來，翻了翻抽屜，絕望道：「我的現金怎麼只剩二十塊錢了……」

「妳的飯卡呢？」聶悅覺得這個賭注不太合理，「妳全給他了妳這個月怎麼過啊。」

「就。」林兮遲沉默了幾秒，「我天天去跟他要錢，像個乞丐一樣。」

「……」

其實林兮遲也習慣了。

從國中開始，她有事沒事就會找許放打賭。

贏的次數雖然屈指可數，但也不是沒有。

剛剛她確實是抱著必勝的心情上戰場。許放左手碾壓了她的雙手，真的讓她自信心受了挫，並且猝不及防。

到後來，為了不輸，林兮遲什麼招都用上了，卻沒有一個管用。最後只能苦著臉裝可憐：「屁屁，我今天心情不好。」

當時許放手上的力道一下子鬆了大半。

林兮遲還想終於管用了，在心裡偷笑。正想趁人之危的時候，許放輕笑出聲，瞬間使了全力，把她的雙手掰到底。

她剛剛垂死掙扎了半天根本就毫無用處。

許放鬆開手，挑著眉，懶洋洋地靠回椅背。

「心情不好？」他慢條斯理地捏著左手放鬆肌肉，故作同情地說：「為了妳，我只能贏了啊。」

呵呵，贏了就開始裝腔作勢。

林兮遲真的不想理他，但想到接下來的一個月，她還是忍了，咬著牙關，勉強扯出笑容：「這怎麼是為了我呢。」

他理所當然道：「給妳放聲大哭的藉口啊。」

「……」

「哦。」許放的心情明顯愉悅了不少，淡淡地掃了她一眼，「妳現在可以開始了。」

林兮遲想。

過完這一個月，她再也不會聯絡這條狗了。

隔日上午九點，學校的選課系統開放。

除了必修的課程不能退，時間也不能調，其他的課任學生選擇和調整。每個學生在大學四年需要修足一定的學分，學分不足的話就不能畢業。

大一通常是課表最空的時候了，所以能填滿就儘量填滿。

另外，軍訓前學校安排了一次英語分級考試，考試成績分為A、B、C三個等級。

大學英語也是必修課，學生要透過自己考出來的英語成績來選班。作用不大，主要是為了按照學生的英語能力分配不同的教學進度。

林兮遲考前還十分篤定自己能考到A級，結果一出考場整個人都枯了。但得知升學考時同考R省卷的都考了C級，她就平衡了。

宿舍四人除了陳涵，其他人都被分到C班。

大家提前透過論壇的情報得知，大學英語千萬不要選閆志斌老師的班，如果選上了，那簡直就是大學最大的噩夢。

林兮遲八點準時起床，八點半便已經做好萬全準備，坐在電腦前。她閒著沒事，傳了幾則訊息給許放，可他都沒回。

大概是還沒醒。

林兮遲只好開了局遊戲，被對手虐了一把後，她生無可戀地關掉遊戲。

結束時恰好是八點五十八分。

聶悅像是報時器一樣，緊張地提醒著：「還有兩分鐘。」

「一分鐘。」

「五十秒。」

「十秒。」

「三。」

「二。」

「一。」

林兮遲屏著氣，對準網站中央的「進入系統」，按下滑鼠左鍵。她閉上眼，雙手握拳，祈禱著：一定要進去啊。

過了三秒，林兮遲睜眼。

映入眼中的是一串亂碼和一片刺眼的藍色。

死機了。

林兮遲：「……」

這什麼垃圾電腦。

林兮遲又急又氣，連忙長按電源鍵強制關機。在此期間，聶悅和陳涵已經搶到了除閆志斌外的英語老師的課，興奮地喊著：「啊啊啊搶到了！」

「梓丹、遲遲，妳們呢？」

辛梓丹悶悶道：「我還沒進去……」

林兮遲欲哭無淚：「我也沒，電腦死機了。」

等林兮遲重啟完電腦，再打開選課系統時，剩下的英語課便只剩下閆志斌老師的班了。她看著螢幕，遲遲狠不下心去選。

恰在此時，許放回覆了她的訊息：『醒了。』

林兮遲心情很鬱悶，他這副閒散毫不在意選課的態度讓她更鬱悶了，直接打了電話過去。

響了一聲，那邊便接了起來。

林兮遲：「你都不用起來選課的嗎？」

因為才剛醒的緣故，許放的聲音暗啞，說話之前還咳嗽了兩聲，語氣漫不經心的，透過電話和電流聲，多了幾分磁性。

『才幾點。』

林兮遲很激動：「但九點就開始了，你只要晚一點點上去，好的就都被搶完了！」

許放完全不在狀況內：『妳幾點醒？』

「八點啊！為了這個我特地設的鬧鐘，八點半我就坐到電腦前了。」

『那妳搶到了？』

林兮遲：「……」

她咬咬牙，十分委屈地說：「我電腦死機，要不是這個破電腦，我閉著眼用腳來操控滑鼠都能搶到課。」

『那真是多虧妳的電腦了。』許放似乎笑了，林兮遲在這頭能聽到清淺的氣息聲，比往常都要柔和一些，『救了妳滑鼠一命。』

「……」林兮遲搶不到課，沒心情跟他鬧，問：「你在幹嘛？」

許放：『選課。』

林兮遲：「你英語也考C吧？」

許放：『嗯。』

林兮遲驚了：「C的話就只剩那個噩夢老師了啊。」

『什麼噩夢。』許放懶洋洋地打了個哈欠，沒太在意，『隨便選吧。』

林兮遲不想面對現實，垂死掙扎：「但聽說這個老師很凶的。」

許放懶得理她了：『哦。』

「你選了？」

『嗯。』

「通識你也選好了？」

『嗯。』

林兮遲：「……」

她在心裡哀嚎了幾聲，認命地選了那節課。

按照課表的閒置時間，林兮遲哪裡有位置便往哪裡塞課，繼續問：「你體育選了什麼？我跟你選一樣的吧。」

『沒有體育課。』

「啊？」

『國防生沒有體育課。』

掛了電話，林兮遲嘆了口氣，憂鬱地盯著著自己的課表。但她沒讓情緒在身上太久，準備找部電影轉移注意力的時候，辛梓丹叫住了她。

「遲遲。」

林兮遲回頭：「嗯？」

「我英語也沒選上別的，跟妳一樣選了閆志斌老師的，上課時間應該是一樣的。」辛梓丹舔了舔唇，表情帶著請求，「到時候一起去吧？」

林兮遲丟過去同病相憐的眼神，「好啊。」

電影結束後，一看電腦右下方的時間，已經十一點了。

蓋上螢幕，林兮遲跟室友三人結伴到離宿舍樓最近的B食堂吃午飯。

林兮遲摸了摸肚子，翻出飯卡，心想著裡面大概還有二三十塊，加上宿舍的那二十塊錢現金，她還可以不去求許放，還能傲骨錚錚地活個一兩天。

看著各個窗口，林兮遲猶豫了一陣子，走向其中一個。

天氣這麼熱，就買碗八寶粥吧……林兮遲自我安慰。她捧著碗，往四周看了看。

食堂沒有空調，她便找了個正對風扇的位子。

怕聶悅她們找不到她，林兮遲還特地站著沒有坐下。

這個位子就在食堂其中一扇門旁。

林兮遲望著排在門旁窗口的陳涵，想等她打好飯便招手示意她過來。一看到她回頭，林兮遲立刻舉起了手，「嘿！這！」

恰在此時，從外頭湧進一群勾肩搭背的男生，約莫七八個。一行人的身材不說全部高高大大，但看起來也是結實有力。

一個個神清氣爽的，只是隨意一瞥，就能讓多數人的目光不由自主地被吸引住。

林兮遲的視線頓住，倏地注意到走在最前面的許放。

他的身旁圍著三兩個男生，搭著他的肩膀，嬉皮笑臉地跟他說話。許放的臉上沒什麼表情，看起來心不在焉的。聽到她的聲音後，抬眸望了過來。

兩人的視線撞上。

林兮遲沒有躲開他的注視，大腦又放空了，開始思考一個問題：許放這人的脾氣這麼差，但是為什麼人緣這麼好。

每次林兮遲都很擔心許放到一個新環境之後，會因為性格的原因被孤立。可沒想到，次次他都混得風生水起。

果然，上天不會虧待任何一個人。

許放性格上有缺陷，上天便在他的交際能力上幫他開了一扇窗。

就在她思考的這十幾秒裡，許放側頭，跟旁邊的人說了什麼，說完後便往她的方向走來。

「……」他怎麼過來了。

許放是不是又自作多情，以為她在喊他。

許放走到她的位子旁，淡淡道：「喊我？」

果然，真想說句少自作多情！真想用他的原話「滾」回敬！

不過目前所有的資產都在眼前人手裡，林兮遲敢怒不敢言，只能忍氣吞聲地順著他：「是呀。」

此時，宿舍另外三人都打好了飯，坐到林兮遲附近。

一桌子靜悄悄。

許放格外沒眼色，完全察覺不出這尷尬的氣氛都是因他而起的。他垂眸盯著林兮遲面前的那碗八寶粥，皺眉：「午飯妳就吃這東西？」

林兮遲不想承認自己是不想跟他要錢，硬著頭皮道：「熱啊——」

沒等她說完，許放冷著臉嘖了一聲，端起她的碗就走了。

林兮遲傻眼。

這不就是搶了她一碗八寶粥還對她發火嗎？

林兮遲無法理解地看著他往另外一桌走。她剛想追上去理論，突然注意到桌上放著一張飯卡。

放置的位置恰好被剛剛盛裝八寶粥的碗遮住了。

林兮遲愣愣地拿起來看。

是許放的飯卡，上面的照片還是許放高一時的模樣。眉目有些青澀，神情卻鋒利冷然，明明平視著鏡頭，卻給人一種居高臨下的錯覺，看起來格外難相處。

林兮遲抿了抿唇，往許放的位子看去。

他的那群朋友早就打好了飯，其中一個似乎還幫他打了一份，在中間幫他留了個位子。而林兮遲買的那份八寶粥就可憐兮兮地被許放放在他的盤子旁邊。

林兮遲收回視線，跟室友們說了聲便心情愉悅地去打飯了。

許放坐回位子上，周圍七個大男孩同時發出曖昧的起鬨聲，但都壓低了音量，沒搞出太大的動靜。

另一邊。

其中一個男生突然把手伸向許放面前的八寶粥，一副餓狼撲食的模樣：「熱死了熱死了，剛好讓我降降溫。」

許放眼疾手快地拍掉他的手，挑了挑眉：「這份不行。」

坐在許放旁邊的男生勾上他的脖子，不懷好意道：「那不是那天我們說長得漂亮的那個妹子嗎？許放，你動作挺迅速啊。」

許放眼皮也沒抬，低頭吃飯。

「真的是你女朋友啊？」坐在角落的一個男生開了口，半開玩笑，「長得是我菜啊，如果不是的話我……」

他的話還沒說完。

許放看向他，眉眼慵懶略帶戾氣，下巴微抬，側臉的線條俐落流暢，喉結上下滑動著。過了幾秒，他輕輕笑了。

「你說呢。」

接下來兩天的課，每個老師講述的內容大相徑庭。但唯一相同的點就是，他們都會提到那個為了遊戲全科曠考的學長。

都是一臉痛徹心扉，遺憾得像是丟失了幾百個億：「你們某個學長啊……」

在短短幾天內，林兮遲聽到這個學長的次數比她吃的飯還多。也不知道是誰打聽到這個學長的名字，很長一段時間內，新生們在交談時總會提到他。

被老師們灌輸了那麼多思想，林兮遲花了一分鐘的時間來消化，本想將這些內容全數教育許放，但想到錢財方面的問題……她決定一個月之後再教育。

週五下午三點，林兮遲和聶悅一起出門去面試。

兩人面試的地點同在東二教學大樓，但教室不同。到那後，兩人約定好面試結束後訊息聯絡，隨後便各自到面試的地點。

林兮遲在二〇四教室面試。

上了二樓，左轉。

從樓梯轉角處望去，能看到有好幾十個人站在走廊上，場面看起來十分熱鬧，但走廊上卻很安靜，同學們都耐心地等待面試的到來。

注意到其他人手裡都拿著一張A４紙，林兮遲往四周觀察了下，在後門旁的書桌上找到自己的報名表，隨後排到隊伍最後。

林兮遲看著報名表上的字跡，心想：這個學長的字還挺好看的。

忽然間，她感覺到來自前方的注視。

林兮遲抬頭，面前站著一個高大的男生，毫不躲閃地直視著她，嘴角的笑意略帶春意。

桃花眼，金絲眼鏡。

有點眼熟。

林兮遲被看得莫名其妙：「怎麼了？」

男生挑眉，沒說什麼。

林兮遲也沒放在心上，她正想收回視線，一個不經意瞥到他手上的報名表，上面的字跡跟她手裡的那張挺像的。

而且學號開頭是一〇，比她大一年級。

大二的？

林兮遲抬眸，偷偷摸摸地看了他一眼。

白淨的臉，柔和立體的五官曲線，金絲眼鏡。

這下她總算記起來了，是那天在擺攤處幫她填報名表的學長。

在腦海裡對上號，林兮遲的好奇心一下子上來了。

這個學長那天不是在招生嗎？為什麼現在還要來面試……

但因為不認識他，她糾結了一番，不好意思問，只好默默地站在一旁，傳了個購物車的截圖給許放。

截圖上顯示著蚊帳價格三十九塊九，免運。

林兮遲：『放大佬，我想買個蚊帳，宿舍蚊子太多了。』

林兮遲：『我想大佬這麼大方，一定願意施捨我四十塊錢買個蚊帳。』

感覺誠意還不夠，林兮遲很沒骨氣地補充了句：『需要下跪嗎？』

林兮遲：『噗通。』

林兮遲：『orz』

看到這幾則訊息的許放：「……」

他扯了下唇角，打開網路銀行，在轉帳金額上打了一千塊錢後，動作停住，又默默地把金額刪掉，改成別的數字。

許放這人雖然整天閒閒沒事，回覆訊息卻慢，但轉錢的速度又異常得快。中和起來，林兮遲覺得許放這人算是值得原諒。沒多久，她點進網路銀行看了一眼。

果然，許放已經轉了錢給她。

但不是她想像中的四十塊錢。

轉帳的金額不多不少，正正好三十九塊九。

「……」

這個數字很明確的在跟她表達：該多少是多少，一毛錢都別想讓我多給。

看來是馬屁沒拍到點上？連一毛錢都計較。

林兮遲極其無語，在回覆欄上打字：『你用不用這麼計較，一個大男人計較的這麼精細也不覺得丟人。』

下一刻，她深吸口氣，散去胸口那股鬱氣，把這句話刪掉，回道：『謝謝大佬！就沒見過給錢給的比你更爽快的人了！』

林兮遲輕哼了聲，用這筆錢下了單，然後把手機放回口袋裡。

沒過多久，從教室走出一個學長。

因為學生會有好幾個部門都在這個大教室裡面試，所以面試的順序，在這條長隊的基礎上，還要分部門。

看著這一條長隊，學長愣了，走到他們面前喊道：「按部門排隊。外聯站這、宣傳這、體育……你們先等一下，面試馬上開始了。」

短暫的十秒，幾十個人就被分成四條隊伍。

按著那個學長的指示，林兮遲找到體育部的那一隊。頓時發現這群人裡，居然只有三個人是要面試體育部的。

除了她，只剩下那個金絲眼鏡和另一個男生。

三個人排成一排，從前到後，身高呈現「凹」字形。在這麼炎熱的天氣，非常應景的，周圍似乎有冷清蕭條的風捲過。

「……」這麼冷門的嗎？

往四周看了看，林兮遲覺得這麼鮮明的對比確實有些怪異，但她沒太把這件事情放在心上。

倒是站在她後面的那個男生好奇了，一臉茫然地問她：「同學，這部門這麼少人報名啊？」

林兮遲還沒來得及搭腔，那個金絲眼鏡開口了，「上午還有一輪面試。」

他的聲音溫潤清亮，緩緩悠悠的，語氣帶著點吊兒郎當。

男生恍然大悟，很自來熟地問他們兩個：「你們什麼系的啊？感覺我們三個都能進去啊，先認識一下唄。我物理系的，我叫葉紹文。」

「動物醫學系，我叫林兮遲。」猶豫了幾秒後，林兮遲問他，「你為什麼有這種感覺？」

葉紹文理所當然道：「長得好看啊。」

「……」

林兮遲看了他一眼。

葉紹文的身材高大，五官偏秀氣，黝黑的膚色平添了幾分英氣。那雙眼睛格外大，雙眼皮的褶皺很深，反戴著純黑的鴨舌帽，氣質陽光明朗。

確實長得挺好看的。

不過就算不好看她也不能說什麼。

林兮遲不知道該回什麼，只好抿著唇笑了下。

或許是覺得林兮遲太冷淡了，葉紹文便把注意力放到金絲眼鏡身上。和同性的相處總比和異性放得開，他走到金絲眼鏡旁邊，直接把手搭在他的肩膀上，「兄弟，你哪個系啊。」

金絲眼鏡淡淡道：「金融系何儒梁。」

聞言，葉紹文一愣，訥訥道：「這名字好像有點耳熟。」

不只他這麼覺得，林兮遲同樣也覺得很耳熟。

大一新生連著三天開的會議，每個老師演講時都把那個學長作為反例，翻來覆去來來回回不知疲倦地臭罵了一遍，讓所有新生引以為戒。

學生都聽膩了，老師們還沒有罵膩。

隨後這個學長的名字傳遍了整個大一。

林兮遲從宿舍過來的路上，聶悅還在跟她提這個學長，所以她對這個名字的印象很深。姓何，名儒梁。

何儒梁。

葉紹文明顯也記起了這一號人物，「啊」了一聲，笑道：「你這名字怎麼跟那個曠考的學長一樣啊，我記得也是金融系的吧？哈哈哈要不是你跟我同級我都以為你就是他了。」

葉紹文沒有看到他的報名表，但是林兮遲看到了。

是一〇屆的，跟他們不同年級。

林兮遲張了張嘴，想提醒他一下，但又不好意思說自己偷看了何儒梁的報名表。

見何儒梁沒反應，葉紹文也不在意，繼續發揮他自來熟的本性，「你們說，這個學長有沒有可能已經被他爸媽打斷腿了。雖然我覺得他這樣挺酷的，但是我要是做了這種事情，回到家絕對沒命回來。」

他咧嘴笑著，眉眼微揚，像是想從他這找到認同感。

何儒梁沒看他，緩緩地開了口。

「名叫何儒梁，金融系，曠考。」何儒梁慢條斯理地拍掉葉紹文搭在他肩膀上的手，輕輕笑了，「那應該是我了。」

「……」

「……」

林兮遲默默的，不動聲色的後退了一步。

像是一時沒反應過來，又像是不敢置信，葉紹文抬手捏住帽檐轉了一圈，小聲囁嚅道：「什麼啊，厲害也不是這麼……」

話還沒說完，他的視線向下一瞥，瞬間看清何儒梁手中的報名表。

葉紹文不出聲了，樣子瞬間灰暗了不少，完全沒了剛剛的意氣風發。

何儒梁把報名表對折起來，低聲道：「讓你失望了。」

恰在此時，門口走出一個個子小巧的學姐，大聲喊著：「有面試體育部的嗎？進來一個。」

何儒梁剛好站在第一個，回頭舉手，算是回應了她的話，隨後便抬腳走了過去。

這句話像是一場及時雨，把葉紹文從剛剛的尷尬處境中搶救了過來。他暗暗地罵了句髒話，卻是鬆了一大口氣。

剛想跟林兮遲吐槽的時候，何儒梁又回頭，看著他，彎眼笑了，「看到了嗎？我四肢健全。」

「我覺得他這話一定是恐嚇！恐嚇我！」何儒梁走後，葉紹文直接把林兮遲當作樹洞，發洩道：「他為什麼要強調四肢健全這個詞！妳不覺得很可怕嗎！」

林兮遲沉默了幾秒，弱弱地反駁：「他可能只是為了證明他沒有被爸媽打斷腿……」

聞言，葉紹文也沉默了，很快又道：「妳為什麼幫他。」

「……」

「他長得比我好看？」

林兮遲被他纏得頭皮發麻，還在想著如何應付他的時候，何儒梁出來了。

「體育部進去一個。」

林兮遲有些詫異，感覺何儒梁進去還不到一分鐘。她連忙應了一聲，丟給葉紹文一個同情的表情便進了教室。

這個教室的空間不算大，桌椅分成左右兩列。林兮遲在左邊倒數第三排的桌子上看到了寫著「體育部」三字的牌子，走了過去。

面試官有兩個，剛好一男一女。男生長得胖乎乎的，看起來憨厚老實，女生則是剛剛出來的那個學姐，長著一張娃娃臉。

林兮遲把報名表遞了過去。

胖學長粗略地掃了一眼，隨後道：「先自我介紹一下。」

被兩個人盯著，林兮遲瞬間緊張了起來，乾巴巴道：「我叫林兮遲，來自動物醫學系動物醫學一班，性格開朗好相處，愛好有很多……我對體育有一份熱誠的心，非常希望能加入這個團體。」

空氣定格了一秒。

娃娃臉學姐拍拍手：「好，妳通過了。」

林兮遲愣了：「啊？」

「妳也太隨便了！」胖學長側頭瞪了娃娃臉一眼，清清嗓子，問道：「好的，現在我要問妳幾個問題。嗯……請問妳的星座是？」

「摩羯座。」

「血型呢？」

「O型。」

「除了我們這個部門，妳還有報名其他部門？」

「沒有。」

問完這三個問題後，胖學長又拿起她的報名表掃了幾眼，點點頭。

「好了，面試到此為止，妳可以回去等通知了。順便幫我把下一個同學喊進來，謝謝。」

「……」這就結束了？

林兮遲猶疑地看著他，欲言又止，最後還是什麼都沒說，暈頭轉向地說了聲「好的」，轉身往門口走去。

她提前準備好的關於體育部的面試提問一個都沒用上，心情複雜難言，心裡唯一的想法就是——這個部門是不是有點太放水了……

林兮遲下了樓，翻出手機傳訊息聯絡聶悅，得知她可能還需要一段時間，林兮遲便跟她說了一聲，先回了宿舍。

走回去的路上，林兮遲還是覺得莫名其妙，不再多想，果斷決定，去對她常用的那個樹洞傾訴。

下一秒，林兮遲撥通了許放的電話。

不知道許放在做什麼，響了半天才接起，像是剛睡著被吵醒，語氣極其不耐煩。

『誰啊。』

林兮遲毫不猶豫，深情道：「是爸爸。」

那頭沉默下來，幾秒後，林兮遲的耳邊傳來掛斷的嘟嘟聲。

許放掛了電話。

依舊沒有半刻猶豫，林兮遲再度打了過去。

這次許放接的很快。比起先前，他的語氣清醒了不少，聲音沙啞低沉，林兮遲隔著電話都能感受到他的戾氣：『妳聽不出我在睡覺？』

林兮遲誠實道：「聽出來了。」

『那妳還打過來？』

「嗯。」林兮遲點點頭，「更想打了。」

『……』

第二章　要不到還打人啊

林兮遲等了一下，沒聽到他繼續發脾氣，於是便開始傾訴：「我剛剛去面試了學生會的體育部，他們只問了我星座、血型、有沒有報名其他的部門這三個問題，你說是為什麼？」

許放的語氣還是很不好：『我是妳的面試官？』

言下之意就是：妳問我幹屁。

林兮遲無視了他的話，繼續問：「但只問了這三個問題，你不覺得很奇怪嗎？你不覺得這個部門很不專業嗎？」

那頭一頓，隔了好幾秒後，許放說：『只問了這三個問題？』

他的火氣似乎隨著時間的推移而熄滅了，態度又變回了平時那般愛理不理，卻又夾雜了幾絲認真，讓人意外的感到有些安定。

林兮遲小雞啄米般地點頭：「是啊。」

『也不難猜。』

林兮遲虛心請教地低頭，擺出洗耳恭聽的姿態。

『跟我想法一致。』許放笑了聲，那笑聲清淺悠長，迴盪在她耳邊，有些癢意。他的聲音略帶點京腔味，咬字清晰道：『跟傻子不需要說那麼多。』

冷場一刻。

林兮遲「哦」了一聲，思考了下：「知道了。」

然後就掛了電話。

許放還在等她罵回來，一時間聽到掛斷聲，覺得有些無趣。過了幾秒，他眉心一皺，突然意識到什麼。

生氣了？

他坐起來，懊惱地撓撓頭，盯著手機卻不知道該說什麼。

不是這傢伙先把他吵醒的嗎？現在反倒生氣了？

哪來的本事，錢全在他這還敢生氣。

許放越想越煩躁，但卻完全無可奈何，正打算把生活費全部轉過去給林兮遲的時候，卻發現自己確確實實是高估這個傢伙了。

居然會認為她有這個腦迴路去生氣。

林兮遲傳了兩則訊息給他。

林兮遲：『我是不是很聽話。』

林兮遲：『立刻就不跟傻子說話了！』

「……」

許放把手機扔到一旁，心情鬱結，扯起被子蓋住腦袋。

隔天晚上，林兮遲收到了第一輪面試通過的簡訊，通知她週一晚上八點半到西一教學大樓四〇九教室參加第二輪面試。

林兮遲回了個「收到」，收拾自己一番，便和室友一起出門了。

選課時間在前天晚上截止，每個學生的課表也定下來了。

昨晚班長在班群組裡告知，今天要統一領取教材，他讓班裡的男生們把書搬到東二教學大樓一〇三教室，今晚所有同學都要來領取教材。

到教室後，宿舍四人才發現大多數人都帶了行李箱過來。

講臺前放著滿滿的書籍，一疊比一疊厚。

林兮遲大一上學期的必修課就不少，有動物解剖學、普通動物學等，加上各個選修課，要領的書很多，而且醫學系的教材格外厚，帶個行李箱確實是明智的。

但其實不帶也拿得動，就是辛苦了些。

確認人齊了，幾個班級幹部同時將教材分發下去，沒幾分鐘就發完了。

林兮遲塞了好幾本進背包裡，苦惱地看著剩餘的書。她沒想多久，深吸口氣，把眼前的一摞書抱了起來，咬緊牙關道：「走吧。」

其餘三人也把書搬了起來。

林兮遲走在最前面。

書太重，幾個女生連聊天的力氣都沒有，從教學大樓到宿舍的路上沒人出聲，偶爾能聽到聶悅小聲地抱怨：「真是快累死了。」

經過籃球場時，林兮遲實在拿不動了，把書和背包都放在小路旁的一張石椅上。

「休息一下吧。」

聶悅也放了上去，癱瘓似地靠在椅背上。

林兮遲回頭，喘著氣道：「小涵她們？」

聽到這話，聶悅也轉頭，猜測道：「可能沒跟上吧。」

兩人現在沒心思去管這些，累得連話都不想都說。

這裡光線不太好，只有旁邊亮著一盞昏暗的路燈，和籃球場形成了鮮明的對比。籃球場內，十幾個男生的精力十分旺盛，穿梭奔跑著，揮灑著汗水。

林兮遲的目光不自覺挪到了那邊。

籃球場外有不少女生在看，臉頰發紅，埋頭竊竊私語。

注意到領頭的男生，林兮遲原本有些呆滯的眼神瞬間一亮。

他衝在最前方，繞過擋住他的其他人，他輕鬆自如地控制籃球，在場中格外顯眼。與此同時，林兮遲也站了起來，往那邊靠近。

許放縱身一跳，單手握住籃筐，發出巨大的聲響，另一隻手將籃球狠狠地扣了進去。

球進筐。

見他進球了，林兮遲趴在籃球場的網欄上，憋了氣，用盡全身的力氣喊。

「許放！」

「……」

許放差點從籃筐上摔下來。

他鬆開籃筐，跳回地上，順著聲源望去。看到是她，許放抓了抓腦袋，臉頰因為剛運動過還冒著紅暈，汗水順著下顎向下流，打濕了半個上衣。

林兮遲興奮地朝他揮揮手。

許放額角一抽，別過頭跟幾個隊友拍了手，低語了幾句後，便從籃球場的入口出去，朝她的方向走來。

一走到她面前，許放便被林兮遲連拉帶拽地扯到那個石椅前。他的語氣很不耐煩，十分不情願地跟著她走，「幹嘛啊？」

林兮遲理直氣壯：「你來幫我們把書搬到宿舍吧，我們搬不動了。」

許放瞥了石椅上的兩摞書一眼，倒是沒再說什麼。他本想堆成一摞直接搬走，突然注意到兩個同樣裝得滿滿的背包：「背包拎得動？」

林兮遲立刻點頭。

聶悅坐在原地看著他們兩個，沒有出聲。

許放走過去拎了拎林兮遲的背包，側頭看了林兮遲一眼，淡淡道：「我多喊一個人過來。」隨後，他回頭喊了聲，很快就有個男生跑了過來。

許放跟他說了幾句，男生便把其中一摞書搬了起來，爽朗地跟聶悅搭起了話。

兩人搬著書走在前頭。

林兮遲正想把自己的背包拿起來，就被許放背到身上。她皺眉，小聲抗議：「你身上全是汗。」

許放的表情不太好看，沒理她，搬起書便往宿舍的方向走。

林兮遲突然想到下午才惹過他，乖巧地跟在他後頭，討好地說：「等等請你喝飲料呀。」

許放嗤了聲，完全沒把這話放在眼裡，「妳沒錢。」

「……」

兩人一前一後地走著。

林兮遲摸了摸口袋，想說他的飯卡還在她這，但又怕說了之後會被他拿回去。她只好十分識時務地轉了話題：「屁屁，我過了體育部的第一輪面試了。」

許放很冷淡：「哦。」

林兮遲也不在意，很驕傲地開始吹牛：「聽說這部門認顏值，長得好看的才能進。」

「假的。」許放懶洋洋道：「看妳就知道了。」

「……」想著他搬著書這麼辛苦，林兮遲忍了忍，沒跟他計較，「那你有沒有加什麼社團？」

他不鹹不淡道：「籃球校隊。」

「你不是說這些很無聊不想參加嗎？」

「……」沒回。

林兮遲眨了眨眼，好奇道：「對了，體育部是不是會幫學校的校隊安排各種比賽？那我們到時候說不定還會碰面欸。」

這次，許放頓了幾秒才回：「我怎麼知道。」

幫林兮遲把書搬到宿舍，許放沒多待，話都沒多說幾句便跟另一個男生一起走了。沒過多久，陳涵和辛梓丹也回來了，身後還跟著兩個不認識的男生，幫她們搬書。

林兮遲坐在椅子上，打開手機看了一眼。

有一個新訊息，是她的妹妹，林兮耿。

林兮耿：『喂，國慶回不回家？』

林兮遲在回覆框輸入了「不回」，頓了頓，又全部刪掉，重新輸入了模稜兩可的回覆：『看情況吧。』

大學英語在西一教學大樓三〇七教室上課，從七點開始，一直上到晚上八點半。下課之後，林兮遲剛好能直接去四樓參加體育部的第二輪面試。

週一晚上，林兮遲跟辛梓丹一起出門去上英語課。因為提前知道這個老師的恐怖程度，她們還特地提早了半個小時出門。

但到教室之後，發現來的太晚了。

小教室此刻除了前兩排，已經座無虛席。格局跟高中的教室類似，都是木桌木椅，講臺大黑板。

桌椅分成三列，左右各兩桌，中間四桌並在一起。

兩人選了第二排中間的位置坐下。

見許放還沒來，林兮遲便幫他占了位。

此時，閆志斌老師正站在講臺上，皮膚黝黑，國字臉，頭髮剪得很短，年齡看起來約莫五十歲，整張臉板著，散發著威嚴。

儘管還沒到上課時間，教室裡依然安安靜靜的。

林兮遲莫名有種回到高三的感覺，緊張得手心都快冒汗了，她低下頭，傳訊息給許放，催促他：『你倒是快來啊。』

剛好，上課鐘響了。

許放也同時出現在門口，踩著鐘聲進了教室。他漫不經心地往教室裡掃了圈，隨後往林兮遲旁邊的位子走去。

閆志斌掃了教室一圈，沒點名。

教室裡有六排座位，總共能容納四十八個人。這節課有四十個學生，除了第一排的八個位子，別的位子都坐滿了。

很快，閆志斌從講臺上走了下來，放了張紙在第一排其中一張桌子上，用他那不太標準的中文說了句：「現在最後一排的八個學生起來，坐到第一排。然後按照座位依次序寫自己的名字，以後就按現在的座位坐。」

他的話音剛落，林兮遲聽到身後有起身的動靜，幾個男生女生陸陸續續走到第一排。

幾秒後，林兮遲的正前方坐了一個男生。他看到了林兮遲，坐下之後便回過頭，對她笑了一下。

男生的膚色偏黑，穿著一件明黃色的上衣，圓領處有一條黑色的線，下面是四個小人的圖案。他很自然地靠在椅背上，手肘搭在桌沿，依然一副自來熟的模樣，笑起來眼睛明亮有神。

是前幾天在面試時見到的，葉紹文。

林兮遲對他還有印象，只不過沒想到會在這裡再見到他。她愣愣地看著他，抬起手，拳頭慢慢張開，僵硬地打了聲招呼。

葉紹文挑眉，十分多情地對她眨了下左眼，沒說什麼便轉了回去。

上次就看出他E人的性格，林兮遲也沒把這事放在心上，低頭翻開了大學英語的書，在扉頁上寫自己的名字。

教室裡不算安靜。

老師在講臺上刻板的說話聲，頭頂上老舊的風扇發出嘎吱嘎吱的聲響，還能隱隱聽到不知道從哪裡傳來的音樂聲。

林兮遲認認真真地聽著課，突然聽到左側傳來一聲輕哼，她側頭看去。

此時，許放正低著頭，臉上掛著陰霾，鬆鬆垮垮地握著支筆，似是很煩躁，在書上亂七八糟地塗畫著。

林兮遲莫名其妙，看了講臺一眼，偷偷摸摸地傳了張紙條給他。

許放看都沒看，隨意地翻開書本其中一頁，把紙條夾了進去，然後繼續塗塗畫畫。

林兮遲盯著他看了幾秒，他還是沒反應。

她本不想管了，但許放不高興的時候，存在感實在太強了，周圍散發的鬱氣像是有了形，在她的眼前不斷晃著。

林兮遲正猶豫著要不要再傳個紙條過去的時候，臺上的閆志斌眼一瞪，突然用手拍了拍桌子，大喊：「第二排中間那個穿著黑色衣服的男生，起來回答一下問題。」

聽到第二排，林兮遲呼吸一滯，下意識低頭看自己的衣服，隨後又轉頭盯著許放。

許放把筆放下，懶洋洋地站了起來。

閆志斌板著臉：「我剛剛說了什麼，用英語重複一遍。」

課才剛開始沒多久，閆志斌還沒開始講書本上的內容，只講了上他的課的規矩以及這個學期要學習的課程。

林兮遲剛剛的注意力全放在許放身上，完全不知道老師說了什麼，她有些急了，轉頭看向辛梓丹，用氣音問：「老師說了什麼？」

辛梓丹咬著唇，搖了搖頭：「我也沒聽。」

林兮遲沒轍了，正想讓他直接乖乖承認自己沒聽課的時候，許放開了口，聲音清冷偏淡，表情平靜，用英文流暢地說了一大段話。

臺上的閆志斌表情由陰轉晴，滿意地點點頭，讓他坐下。

許放微微頷首，坐下之後，表情又陰沉了起來，繼續塗塗畫畫。

林兮遲：「……」

之後林兮遲沒再管他。

臨近下課時，注意到許放終於停了筆，林兮遲的好奇心爆發到了頂端，她的腦袋沒動，眼珠子卻偷偷斜了過去。

許放學過幾年素描，所以畫出來的東西還算能看，起碼林兮遲能認出那是什麼。

書本上是她覺得最醜的一種狗，左眼閉著，穿著一件衣服，領子處有一條黑色的線，上面的圖案是四個小人。

林兮遲一頭霧水，不清楚他為什麼突然來了興致畫畫。她細看，覺得有點眼熟。

還沒想到這件衣服在哪見過的時候，下課鐘響了。

許放動作迅速地合上課本，放進背包裡。

林兮遲沒工夫再多想，跟辛梓丹說：「梓丹，妳先回去吧，我要去樓上面試。」

辛梓丹小幅度地點頭，慢吞吞地收拾著東西。

聽到這話，葉紹文轉過頭，很興奮地說：「妳也去樓上面試？是體育部吧？我就說我們都能過啊。」

林兮遲不知道該怎麼回應不熟悉的人的熱情，抿著唇笑了一下。

許放望了過來。

葉紹文自然地邀請：「一起去吧。」

沒有拒絕的理由，林兮遲正想點頭，恰在此刻，許放開了口：「妳面試到幾點。」

聞言，林兮遲轉頭看他：「我也不知道啊，怎麼了？」

許放看了葉紹文一眼，沒回答，輕輕丟了句「走了」後，背起背包就往外走。

辛梓丹跟林兮遲道了別，也出了教室。

教室裡就剩下他們兩人。

林兮遲俐落地收拾好東西。

葉紹文已經站了起來，站在前面說話，自來熟的大話癆，他誇張的「哇」了一聲，一副很害怕的模樣：「妳這朋友好凶哦。」

想到許放剛剛的模樣，林兮遲有些煩躁，她抬了抬眼，正想說什麼，突然注意到葉紹文衣服上的圖案——黑線，四個小人。

林兮遲：「……」

沒走多久，兩人便到了面試的教室。

空間和格局跟剛剛上英語課的教室差不多，裡面只有三個人，兩個坐在第一排的位子，回頭跟第二排的何儒梁說話。

林兮遲瞇眼一看，注意到那兩個人便是那天幫她面試的胖學長和娃娃臉學姐。

站在她旁邊的葉紹文身體一僵，低聲罵了句髒話。

胖學長注意到他們兩個，笑咪咪地把他們安排到何儒梁旁邊的位子坐下。順序依次是林兮遲、葉紹文、何儒梁。

又過了好幾分鐘，第二輪面試的人陸陸續續來齊。

胖學長和娃娃臉學姐走到講臺，簡短地做了自我介紹。胖學長名于澤，是體育部的部長，而娃娃臉是副部長，名叫溫靜靜。

于澤站在臺上默數著人數，皺眉：「怎麼好像少了兩個。」

溫靜靜也數了數，隨後拿起名單開始點名，圈出了沒來的兩個人：「我去聯絡一下，看看怎麼回事。」

林兮遲百無聊賴地等待著。

教室裡的人不算多，除去講臺上的部長，只有十一個人。其他人雖然也不認識，但還是有一搭沒一搭地聊著天，氣氛十分融洽。

林兮遲托著腮，隨意地往側邊望去，突然注意到葉紹文正襟危坐的模樣，看起來比上課還要認真，她不免覺得有些好笑。

林兮遲歪頭看了看何儒梁的位置。

只見他低著頭，雙手拿著手機正在打遊戲。

她收回視線，看了手機一眼，就見許放傳訊息跟她說『面試完跟我說一聲』，林兮遲快速地回了個『好』。

再抬頭時，林兮遲發現，葉紹文已經跟何儒梁變成能勾肩搭背的關係了。

「……」這男的是交際花吧。

恰好，溫靜靜從外頭回來，湊在于澤的耳邊小聲說了幾句。

于澤表情凝重地點了點頭，大喊了聲：「大家安靜一下，面試要開始了。」

全場瞬間安靜下來。

于澤在電腦上打開PPT，開始繪聲繪色地跟他們講體育部大致的活動和職責，就這麼說了半個小時左右。

直到翻到PPT最後一頁，于澤抬頭，笑道：「聽懂了嗎？」

大部分人都點了點頭。

于澤繼續問：「還有什麼問題嗎？」

葉紹文大聲回應：「沒了！」

「好。」于澤滿意地點點頭，雙手高舉，擺出歡呼的手勢，「恭喜你們，第二輪面試通過了！」

溫靜靜在一旁鼓掌：「恭喜恭喜。」

「……」

「……」

「時間也不早了。」于澤看了看手錶，「都可以走了，等我們安排時間，下一次就是第一次會議了，記得要來哦。」

溫靜靜：「不來也沒關係，我們這裡有資料，可以親自去找你們。」

林兮遲：「……」這什麼部門？

教室裡的人加了好友後，很快都走光了。

林兮遲傳訊息給許放，正想走人的時候，被葉紹文叫住：「欸，林兮遲，妳等等。」

她回頭，就見葉紹文指著她對何儒梁說：「欸，梁哥，你認得這女生嗎？上次跟我們一起在外面等面試的那個。」

聽到這話，何儒梁望了過來，單手撐著側臉，睫毛捲曲且翹，一雙眼像是放電似地盯著她，彎唇點點頭。

「我們三個這麼有緣，一起去吃個宵夜啊。」

林兮遲一愣，頭皮一麻，開始琢磨怎麼拒絕。

還沒等她想到，何儒梁已經開了口，直截了當道：「不了。」

葉紹文：「啊？為什麼啊？」

何儒梁拿上手機，邊往外走邊道：「我要回去打遊戲。」

「……」

出了教學大樓，林兮遲又翻出手機看了一眼，許放還沒回她。

她納悶地往通往宿舍的小路走，在螢幕上打著字：『我現在回宿舍了，你要幹嘛？』

走了幾步，林兮遲就注意到站在不遠處樹下的許放。

林兮遲疑惑地歪頭，毫不猶豫地走了過去，跳到他面前，「你在這幹嘛？」

許放抬頭，面龐被路燈染上幾分昏黃，瞳仁平靜，沒了平時的亮彩。他把手機放回口袋裡，不聲不響地往她宿舍的方向走，不知道在想什麼。

林兮遲跟在他後面，被他感染得情緒也低落了不少。

「你心情不好啊？」想到他剛剛畫的東西，林兮遲猶疑地問，「你認識那個葉紹文嗎？你很討厭他？」

許放頓了下，淡淡回：「沒有。」

「哦。」

一路走到宿舍樓下。

許放的心情明顯差到了極致，是她往常再怎麼惹他都不會露出來的表情。

林兮遲完全不知道發生了什麼，有些猶豫：「那我上去了？」

他沉沉地「嗯」了一聲。

林兮遲轉頭，剛走了兩步，就被許放扯著手腕，拉了回去。

她看到許放低下頭，五官漸漸逼近她，那雙眼裡情緒湧動，像是難以自控。他手上的力道漸漸加重，漆黑的眼直視著她。

許放輕輕喊她：「林兮遲。」

「嗯？」

林兮遲乖巧地看著他。

她那雙眼乾淨清澈，裡頭的情緒除了疑惑和對他全身心的信任，別無他物。

許放突然挫敗下來，鬆開她的手腕，扯著唇勉強笑了下。

「沒事。」頓了幾秒，他往後退了幾步，「回去吧。」

宿舍樓下的光線格外暗沉，許放在原地站著沒動，半邊側臉隱沒在陰影之中。

林兮遲也沒動，她盯著手腕，平靜地揉著有些發紅的地方，半天沒出聲，嘴唇漸漸抿緊。

許放低頭看了看手機的時間：「我走了啊。」

林兮遲「嗯」了一聲，抬頭，看著許放離去的背影。在心裡默數到十之後，她小跑了過去，毫不客氣地向上一跳，用臂彎扣住許放的脖頸，用力向下壓，將他的腦袋壓的比自己還低一個頭。

許放完全沒有防備，身子順勢向下傾，向前踉蹌了一步。他一臉莫名其妙地看向林兮遲：「妳有病？」

「你才有病。」林兮遲盯著許放的臉，眼裡全是正經嚴肅，完全沒有開玩笑的意思。隨後她伸出中指輕點他的眉心，嘴裡念念有詞，「何方孤魂野鬼，老朽在此警告——」

她停頓了幾秒，厲聲道：「趕緊從我兒的身體裡滾出去！」

許放：「……」

等了幾秒，林兮遲頂著確信許放被鬼上身的表情，雙眼骨碌碌地看著他，左手在許放眼前揮了揮，小心翼翼地問：「……走了嗎？」

許放深吸口氣，按捺著脾氣，全身緊繃著，「妳想被我打死嗎？」

「哦。」林兮遲訕訕地鬆開手臂，「看來是走了。」

被她這麼一弄，許放連剛剛自己為什麼心情不好都不記得了，他單手握住她的腦袋，面無表情地將她往宿舍的方向推，「行了，快滾回妳宿舍。」

林兮遲把他的手掰開，皺著眉：「屁屁，你心情不好要跟我說呀。」

「不好個屁。」

「你什麼都不跟我說。」感覺他對自己不像從前那樣敞開心扉，林兮遲心情也不爽了，邊往回走邊跟他吼，「反正我等等會去問蔣正旭的，我才是你最好的朋友！要是他跟我說你去找他傾訴了我就跟你斷絕父子關係！」

「……」

看她進宿舍了，許放才慢慢地往回走。

許放到學校超市買了瓶冰水，擰開了喝，一瓶水瞬間被飲盡，他掀了掀眼皮，把空水瓶扔到一旁的垃圾桶裡。

他正想回宿舍的時候，手機響了。

來電顯示：蔣正旭。

許放滑開接聽，他沒主動出聲，走過去坐到超市外的椅子上，單腳隨意搭在椅子中間的鐵欄，整張臉背著光，看不出情緒。

聽筒裡傳來蔣正旭的聲音：『放兒，你家那位姑奶奶又來我這撒潑了，你能不能好好管管？』

許放沒回話。

『你們真是。』蔣正旭瞬間明白是什麼原因，嘆息了聲，『我一個事不關己的大男人看著都著急。』

聽到這話，許放笑了：「你著急什麼。」

『你就不能直說嗎？』蔣正旭苦心婆娑地勸導他，『我這幾天不也跟你說了，因為一個妹子很苦惱，昨天直接衝去她宿舍樓下跟她告白，這不就成了。之前那些苦惱就跟笑話一樣，你看老子現在過得多麼美滋滋。』

「……」

『你他媽喜歡幾百年了不敢說。』

許放低聲回：「這不一樣。」

『怎麼不一樣。』蔣正旭想了想，『你怕林兮遲不喜歡你是吧？我跟你說吧，我覺得你機會還是挺大的。我之前問過她以後的擇偶條件。』

許放雙眸閃了閃，生硬地問：「她說什麼？」

『她很明確地說，長得比許放好看，脾氣比許放好，成績比許放好……』蔣正旭記不清了，統一道：『反正就是要什麼都比你好，把你碾壓得毫無招架之力。』

「……」許放忍著直接掛斷的衝動，冷笑道：「你存心來找我不痛快的吧？」

『怎麼就找你不痛快了，這四捨五入不就是以你為標準了嗎？』

「你想多了。」許放的聲音毫無波動，「她這話跟『我以後想找個跟我爸爸一樣的男朋友』沒有任何差別。」

『……』

「我跟她認識多少年了。」許放低頭，自嘲著，「要喜歡早喜歡了。」

許放突然想起高三那年。

他坐在林兮遲後面，趴在桌上閉目養神。她和隔壁桌聊著天，下課期間的教室並不安靜，可他的注意力全放在她身上。儘管模模糊糊，卻依然能聽出大概。

在談論他，問她如果許放喜歡她的話，她會怎麼樣。

他到現在依然能記得那時候的感覺，心臟跳得極快，想知道答案卻又不想知道，期盼卻又緊張地等待著她的回答。

可林兮遲只是堅定且把這個當成笑話般地搖頭，不斷地說著不可能。最後，在那個隔壁桌堅持地追問下，他聽到她很輕很認真地說出自己的想法。

——「那我可能會很尷尬吧……」

「今晚真是發神經了。」許放抓了抓後腦勺，起身往宿舍的方向走，「掛了。」

在蔣正旭那同樣沒得到什麼可靠的消息，林兮遲本想繼續騷擾許放，但想到他今天那副「老子就是心情不好，但老子死都不會說原因」的模樣，她瞬間放棄。

林兮遲想了想，還是傳訊息給他：『明天我請你吃飯，借錢請你，怎麼樣？』

等了一下，沒回。

林兮遲補充道：『把我吃破產都沒事。』

傳送成功後，林兮遲便拿著換洗衣物去洗澡了。出來時已經十點半了，她用毛巾擦著頭髮，第一時間就去看許放怎麼回覆。

他只回了一個字：『嗯。』

許放平時說話就是這樣，林兮遲此時無法從他這一個字中判斷出他的心情是好是壞，只好又傳了幾句話過去。

但學校的國防生管得嚴格，特別是大一大二的，十點半要點名查寢，之後就熄燈睡覺，不能再玩手機。

林兮遲沒再等他回覆，滿懷心事地打開一本書來看。

另一邊。

許放拿著手機從床上爬下來，進了廁所。自我調節了一段時間，他看著林兮遲又傳來兩則訊息，眉眼一挑，嘴角勾了起來，心底憋的那一口氣瞬間順暢了。

林兮遲：『見過為了朋友兩肋插刀不惜破產的人嗎？』

林兮遲：『正是在下。』

同時，手機又震動了下。

蔣正旭也傳訊息給他：『欸，我怎麼感覺你現在像個生理期來了的女生似的，天天多愁善感，誰勸都沒用。』

許放瞇著眼，懶懶散散地回話：『滾。』

蔣正旭：『正常了啊？』

蔣正旭：『怎麼正常了啊，在我一激之下去告白了？』

許放：『問你個問題，林兮遲請你吃過東西嗎？』

蔣正旭：『呵，有可能請過嗎？』

許放心情大好：『她說願意為了我破產。』

蔣正旭：『……』

蔣正旭忍不住打擊他：『只是把你當好朋友吧。』

許放：『現在確實是，以後就不一定了。』

許放：『至於別的，盯緊一點就行了。』

蔣正旭：『……』

剛剛說「要喜歡早喜歡了」的人是誰。

蔣正旭繼續打擊：『如果林兮遲一輩子都對你沒那個意思怎麼辦？』

許放盯著那句話看了良久，眼眸顏色加深，突然笑了，他舔了舔嘴角，慢條斯理地打了一句話——『那她就一輩子都別想找到男朋友。』

隔天，林兮遲第一節有課，早早就起床了。

宿舍有兩個人沒課，此時還在睡覺，怕吵醒她們，另外兩人的動靜都很小。林兮遲跟另一個室友的課不一樣，教室遠一些，便提前出了門。

她還在想許放的事情，一路上一副心情沉重的模樣。

到那後，林兮遲才發現，這節課的人格外多。教室大概能容納兩百人，此時已經坐滿大半。

林兮遲選了右邊靠中間的位子坐下。

很快，上課鐘響了。

這節課的老師是個年輕的男人，笑起來十分溫柔，說話風趣幽默，惹得學生頻頻笑出聲。難怪有這麼多人選他的課。

老師自我介紹了一番之後，便道：「第一天的話，我就點個名吧，順便認識一下你們。」

「陳嘉。」

「到。」

「李德賀。」

「到。」

「許放。」

老師等了一下，沒聽到有人回應，又喊了一次：「許放在嗎？」

聽到這名字，林兮遲愣了愣，注意力立刻轉到老師身上，隨後低頭傳訊息給許放：『你選了西方文化史？』

許放回的很快：『……』

許放：『剛醒。』

許放：『妳幫我跟老師說一聲我在廁所，等等就回來。』

許放：『我現在過去。』

看到這話，林兮遲靈光一閃，突然想到怎麼讓許放從昨天那樣的消沉狀態變得神采奕奕。惹他不高興，他不就有精神了。

講臺上，老師還在喊：「許放來了沒？」

林兮遲在讓許放打起精神和被許放打死之間糾結了幾秒，隨後她意志堅決地選擇了義氣，咬著牙舉起手，認認真真道：「老師，許放沒來。」

老師眼一抬，好脾氣地說：「那妳叫他快來吧，不然我按照規矩是要記他曠課的。」

林兮遲頓了下，看著手機上許放說的話，又抬了頭，「老師，許放說他就是要曠課。」

「……」

教室裡哄堂大笑，連老師也愣了一下，露出覺得很不可思議的笑容：「是嗎？那好吧。」

話出口後，林兮遲心中的悔意漸漸襲來，她慢慢趴到桌子上，把自己半張臉埋在臂彎裡，只露出一雙眼睛，盯著手機上的對話畫面。

上面還停留在許放說的那句：『我現在過去。』

盯了一陣子，許放又傳了則訊息：『說了沒？』

林兮遲想回覆又不敢回覆，過了一段時間才艱難地回：『說了……』

林兮遲：『說了別的。』

許放沒回覆。

在等待他回覆的期間，林兮遲想像著許放接下來會有的反應，越發提心吊膽。她實在忍受不了這種凌遲般的等待，乾脆一鼓作氣坦白：『我跟老師說你就是要曠課……』

林兮遲接著解釋：『但我不是故意的！我就是腦子一抽！』

還是沒回。

想著肯定是被他識破了想法，林兮遲認命地坦白：『好吧我就是故意的。』

林兮遲：『但我是有原因的……』

她還沒來得及說完，教室門口就出現了許放的身影。

許放像是跑過來的，這時稍喘著氣。他往教室裡掃了一圈，正想找個位子隨便坐下時，講臺上的老師看了他一眼，隨後低頭看了看名單，問：「許放？」

許放回頭，表情略顯疑惑。

確定是他，老師拿起筆，在名單上劃掉寫在「許放」名字後面的「曠」字，調侃道：「怎麼又改變主意要來上課了？」

臺下又發出一片哄笑聲。

聽到這話，許放雖然覺得有些古怪，但沒想太多，只當是林兮遲沒幫他解釋，神情淡淡地頷首：「對不起，我遲到了。」

「嗯，找個位子坐下吧。」

後排基本坐滿，許放直接在左側前排找了個位子坐下。他從書包裡拿出課本，又從口袋裡拿出手機，看了林兮遲的回覆一眼。

如果剛剛許放的表情可以用晴天來形容，那麼他現在就是十二級颱風加紅色暴雨預警，雷鳴般的雨點聲，被風捲得翻滾咆哮的海浪，天空電閃雷鳴。

他突然明白了剛剛老師和同學的反應。

許放滿臉陰霾，忍著脾氣，不斷地告誡自己，她說是有理由的。他應該要相信她，應該聽了她的解釋再下定論。

於是他咬緊牙關，故作平和地問：『什麼原因。』

這傢伙敢當著這麼多人的面撒謊，一定是發生了什麼極其嚴重的事情，驅使她一定要做這種不道德的事情。

許放不斷在心裡幫林兮遲找理由。

等了一下，那頭磨磨蹭蹭地回：『我想惹你生氣。』

「……」

距離下課還有五分鐘的時候，林兮遲就全副武裝，將東西全部收拾好，準備一打下課鐘便往外跑。

她剛剛注意到了，許放坐在靠門那組前排的位子，所以他等等肯定會從前門出去，她只要往後門跑就可以了。

只要跑得快，不可能跑不掉。

下課鐘一響，林兮遲和其他學生立刻起身，成群結隊地往外邊湧。流動的人群將她包圍住，帶來了滿滿安全感。

林兮遲鬆了口氣。

精神一鬆懈，她便多了心思去想別的事情。

林兮遲想，自己真的是一個，為了朋友的情緒連命都可以不要的絕世完美無暇的人，許放能遇到她這個青梅竹馬真的是幾億年修來的福氣。

就這麼沉浸在對自己的稱讚裡，林兮遲撞到了一個人的胸膛。

她下意識地道了聲歉，想繞開這人繼續往前走的時候，他開了口，語氣幽深：「做了什麼虧心事要低著頭？」

聽到這聲音，林兮遲渾身一僵。

許放怎麼走後門這邊了？

林兮遲抬眼，硬著頭皮，理不直氣不壯地辯解：「什麼虧心事？我什麼都沒有做，是你本來就想曠課，我只是如實交代了……」

許放被她氣樂了：「我只是忘了設鬧鐘。」

「反正。」林兮遲還想說什麼。

忽地注意到他和平時一般無二的暴躁語氣，她眨眨眼，原本的理虧瞬間蕩然無存，轉變成幫助許放度過了情緒低落時期的偉大情緒。

頓了幾秒，林兮遲拍了拍他的肩膀，驕傲道：「你應該感謝我才對。」

「……」

許放：？？？

時隔半天，林兮遲終於重新找回了好心情，她看了看手錶，笑咪咪道：「行了，我等等還有課，先走了啊。」

許放默不作聲地讓了位置。

還沒走幾步路，又被他叫了回去，「喂。」

林兮遲回頭，就見他扯了扯嘴角，皮笑肉不笑地說著：「謝謝妳啊。」

因為許放最後說的那句話，林兮遲又提心吊膽了一整天，但是卻意外的什麼都沒有發生。她主動去找許放要錢，這傢伙比平時好說話多了。

比如林兮遲跟他要九十塊錢，許放直接轉給她一百塊錢。

這事放在從前，是絕對不可能發生的。

許放這突如其來的好相處讓林兮遲得了一種叫做被害妄想症的病。

她總有種許放在謀劃什麼的預感。

但許放一直沒有什麼動靜。

隔了一段時間後，林兮遲改變了想法。覺得這傢伙只是良心爆發，想善待她這個從小一起長大的朋友。

林兮遲十分欣慰。

第二輪面試回來之後，體育部建了一個群組，名叫「健康生活每一天」，加上她總共有十三人。

可能是隔著螢幕，群組裡的人雖然剛認識不久，卻不拘謹，群組裡十分熱鬧，訊息一則又一則的冒出。昨天下午，一群人約定好週四晚上到校外聚餐，然後再回學校操場玩遊戲。

聚餐當天，一行人吃完飯，于澤帶著幾個男生去超市買零食，而溫靜靜則帶著剩下的幹事回了學校。

校內路燈光線有些暗沉，顯得小路氣氛幽暗寂靜。但一到操場，視野就明亮了不少，兩側各開了一盞高壓鈉氣燈，照耀著人工草地和跑道上的學生。

眾人找了個空位坐下。

每晚學校操場的人工草地上都會有成群結隊的學生圍成一團，大多是在玩一個叫做狼人殺的遊戲。

在場的大多數人沒玩過這個遊戲，甚至連聽都沒聽過。

林兮遲便是其中之一。

于澤乾脆建議讓他們先試玩一局，下一局再正式開始，輸了有懲罰。

林兮遲不太懂玩法和規則，一開始就露出了馬腳，被葉紹文奮力帶動他人把她投了出去。出局後，她鬱悶地上網去查這個遊戲的玩法。

接下來的兩局，林兮遲摸透了玩法。她的話雖然少，但撒起謊來泰然自若，眼都不眨一下，配上她那張無辜迷茫的臉，所有人都被她騙了過去。

也因此，林兮遲所處的陣營連贏了兩局。

兩局結束後，已經臨近九點半了。

在不知不覺間，跑道上站了一群穿著統一服裝的男生。一個個神清氣朗，身姿挺拔，組成整齊的佇列。

清點人數，確認人齊了以後，有一個領頭的男生帶著他們圍著跑道跑步。寬闊的操場上，幾十個人的步伐整齊一致，響亮的跑操聲音十分振奮人心。

其他人被這聲音吸引了目光。

溫靜靜聞聲望去，笑道：「是國防生在訓練。」

聽到「國防生」三個字，林兮遲也看了過去。只匆匆掃了一眼，手裡便被于澤塞了張牌，開始新的一局。

因為前兩局招惹了太多仇家，這局林兮遲被首殺，第一個晚上就出局了。這局花的時間比前幾局都要長，林兮遲饒有興致地看著他們睜著眼說瞎話。

結果是她所處的好人陣營輸了，懲罰是真心話大冒險。

好人陣營有八人，另外的四人站了起來，笑嘻嘻地看他們受懲罰。

從輸的八人裡抽一人受懲罰，用轉瓶子的方式。

于澤蹲在這八人圍成的圈裡，右手握著水瓶轉動：「欸，我覺得老是真心話不好玩，轉到誰誰就大冒險吧。」

話音剛落，瓶口的方向正對林兮遲。

與此同時，遠處傳來了國防生訓練完畢解散的聲音。

葉紹文突然湊了過來，眼神帶著幾分不懷好意：「林兮遲，要不然妳去找個國防生加好友啊。」

林兮遲愣了下，心臟一跳，下意識搖頭。

還沒等她垂死掙扎一番，就被興致勃勃的幾個女生扯了起來，她只好苦著臉把地上的手機撿了起來，往那邊走。

距離越來越近。

林兮遲剛做好心理建設，想著趕緊要完趕緊走人的時候，忽然注意到那群國防生裡——有個對於她來說格外熟悉的人。

許放。

林兮遲頓時鬆了口氣。

學校的國防生每週都要訓練三次，每個年級的時間不一樣，林兮遲沒特地問過他。倒是沒想到，今天剛好有訓練。

此時，許放穿著軍綠色的上衣，純黑色短褲，仰頭喝著水。旁邊有個男生在跟他說話，說著說著便大笑了起來，可他的表情卻沒有什麼變化，只是輕描淡寫地回了幾句。

林兮遲看到他把瓶蓋擰上，從口袋裡拿出手機，修長的手指在上面飛快地敲打著。

下一秒，似乎是察覺到她的存在，許放抬起眼，視線從手機移到她身上。

除了五公里，他還做了伏地挺身、仰臥起坐和深蹲，各項一百個。此刻他就像是剛從水裡出來，汗水順著頰邊向下流，從下巴往地上砸，卻不顯狼狽。

許放似乎不太驚訝林兮遲突然到來，那雙略顯薄情的眼微微一挑，像是在詢問她的來意。

林兮遲咽了咽口水，能清楚地感覺到周圍的人投來好奇八卦的目光。她用眼神示意他「你配合點」，一鼓作氣地開口，「同學，我們能加個好友嗎？」

聞言，許放往她的身後一瞥，瞬間明白了她現在的狀況。他收回了視線，重新把目光放在林兮遲身上。

許放盯著她看了一陣子。

很快，他的眉眼舒展開來，倏地笑了。

林兮遲前兩天那種不好的預感瞬間又冒了起來。

並且比先前都要強烈許多。

同時，許放弓下身子，低頭湊到她的臉前，眼裡的笑意已經斂了起來。兩人間的距離一下子縮短了不少，她的鼻息間全是他熟悉的氣味。

林兮遲還在疑惑許放想要做什麼的時候，就聽到他開口說了兩個字。

一字一頓，格外清晰。

「做夢。」

林兮遲的笑意僵住，定定地看著他，很快便垂下頭，默不作聲地把手機放進口袋裡。

旁邊有幾個男生發出壓抑的笑聲。

怕她尷尬，溫靜靜連忙過來拉住林兮遲的手，幫她解釋：「那個，同學。我們是過來大冒險的，打擾到你們的話真的抱歉了。」

不想在這多待，溫靜靜小聲對她說：「走吧。」

其他人都有些反應不過來。

除了天氣惡劣的時候，每天晚上學校操場的人工草地都有很多學生在玩遊戲。有遊戲就有輸贏，也有懲罰。

大冒險被指定去要陌生人的好友這種事情十分常見，被要的人通常不會當真，都會順勢給個臺階下。

他們還是第一次遇到這麼不給面子的人。

見林兮遲一直低著頭不說話，許放眉眼一挑，也低了低頭，腦袋微微一側，卻還是看不到她的表情。

同時，剛剛跟許放說話的那個大男孩湊了過來，稀奇地「咦」了一聲，認出她來。

「這女生不是……」

許放把他的腦袋推了回去，嘖了一聲：「想說什麼呢？」

林兮遲回頭，對溫靜靜笑了下：「沒事，你們先回去吧。」

溫靜靜還想說什麼。

葉紹文站在人群後面，眼睛一瞇，突然注意到許放的臉，認出就是那天坐在林兮遲旁邊的男生。他饒有興致地摸了摸下巴，沒再圍觀，嬉皮笑臉著半拉半扯把其他人帶走了。

人散去後。

林兮遲抿著唇，仰頭看向許放。

想著從哪個部位開始打，能讓他覺得又痛又狼狽。

最後她還是用了慣用的姿勢，向上一跳，臂彎扣住許放的脖頸，用力勒住。

許放沒有抵抗，咳嗽了兩聲，任由她施力，頓了幾秒後卻是笑了，開口道：「要不到還打人啊——」

他的尾音刻意拉長，聲音低潤微啞，聽起來慵懶又欠揍。

林兮遲抿著唇，在心裡罵道：打你怎麼能算打人。

「許放。」又施了一下力，林兮遲鬆開，刻意喊他全名拉開關係，看著他這張臉，她又忍不住踹了他一腳，「我回去了，以後再跟你算。」

她剛走了幾步，許放喊住她：「回來。」

林兮遲才懶得理他。

過了幾秒，他又道：「陪我去趟校醫室。」

聽到這話，林兮遲的腳步停住，杏眼瞪圓看他：「去校醫室幹嘛？」

這是假車禍嗎？她就勒一下他的脖子，也沒用多大的力氣，就要去校醫室了？

但許放不像是在開玩笑，他面色不改地指了指眼角的位置：「剛剛被人刮到了。」

「……」林兮遲這才注意到他眼角處確實有道紅痕，她沒搭腔，繼續往體育部的方向走。

見狀，許放懶洋洋道：「那我自己去了啊。」

林兮遲回頭，吼他：「我拿東西！」

林兮遲回到那邊，拿上自己的東西。他們紛紛來安慰她，她哭笑不得跟他們解釋了一番，隨後便原路返回。

別的國防生已經走光了，只剩許放在原地看手機。

「走了。」林兮遲走到他面前，拋下這句話後便往操場外走。

許放閒適地跟在她後面，腳步慢悠悠。

很快林兮遲又放慢腳步，走在他旁邊，開始控訴他剛剛的行為：「屁屁，我覺得你剛剛的行為真的是太不要臉了。」

「什麼。」

「通常來說，按正常情況來說。」林兮遲踢著路上的小石子，正經道：「哪裡會有我這麼好看的女孩子跟你要聯絡方式。」

「……」

「剛剛要不是因為認識你，我的目標絕對不會是跟你要。」林兮遲越想越覺得自己有理，「你自己想想，我這不是在你那群朋友面前給你面子嗎？」

許放被她這話噎到，深吸口氣：「我不需要。」

「你居然不檢討一下自己。」

「妳怎麼不想想是誰先起的頭。」

林兮遲閉了嘴。

半晌後，她好奇道：「所以真有人找你要過聯絡方式？」

林兮遲這種略帶不敢置信的語氣讓許放連看都不想看她，他按耐著把她扔遠的衝動，緩緩地冷笑一聲，「多了去了。」

許放的眼角是被同學的指甲刮到，但傷口並不深，沒怎麼出血，只是破了點皮。校醫用濕紙巾幫他清洗好傷口，塗了些優碘便讓他們離開了。

兩人出校醫室時已經差不多十點了。

林兮遲把他扯到路燈下，仰頭看著他的眼角：「我看看。」

許放別過腦袋：「看什麼啊。」

「不是。」林兮遲皺眉，又扒著他的腦袋，「剛剛是不是塗到你眼睛裡了？」

「塗我眼睛裡我自己會說。」

她沒聽他的，繼續盯著他眼角處的傷口。

許放本想掙脫開她，卻發現他們兩個此時貼得極近，近到他能很清楚地感覺到她的呼吸。她的五官被昏黃的路燈染得十分柔和，杏眼大而有神，像是帶著星星。

太近了。

許放的心臟一跳，有些狼狽地向後退了幾步，「行了。」

「……」林兮遲「哦」了一聲，低頭拿出手機，喃喃低語，「我要打個電話給阿姨。」

許放的喉結滑動著，腦袋還有脹而昏沉的感覺。他沒聽清楚林兮遲的話，納悶地回：「打給誰？」

林兮遲下意識回：「許阿姨。」

聽到這話，許放頓時清醒過來，猛地拿過她的手機，擺出不解的樣子：「妳打給我媽做什麼？」

「我要問問阿姨你這傷口要不要去醫院看看。」

「我這傷口就跟被針扎了一樣，去個屁的醫院。」

林兮遲也納悶了：「那你怎麼要來校醫室。」

「……」

「反正我問問吧，感覺那校醫手法好粗糙，不太可靠。」

想到那個發生了什麼事情都大驚小怪的媽，許放立刻覺得頭疼：「妳打了的話這個月別跟我要錢。」

聞言，林兮遲抬了抬眼，思考了下，果斷打了電話。

「哦。」

「……」

因為國防生十點半要查寢，許放沒跟她說太多，邊拿著她的手機跟電話裡的母親扯著沒什麼大礙，邊把她送回宿舍。

到宿舍的同時，許放的電話也掛了。

林兮遲接過自己的手機，小心翼翼地問：「阿姨怎麼說？」

許放丟給她一個十分不友好的眼神，「妳自己去問她。」

已經十點二十分了。

丟下這句話後，許放又扔下句「走了」，立刻往男生宿舍的方向跑。

林兮遲慢悠悠地往樓上走，邊傳訊息跟許阿姨說話。

林兮遲：『阿姨，妳怎麼跟許放說的呀？』

她正輸入著下一句「他怎麼這麼生氣啊」，還沒傳送出去，許阿姨便傳了兩則語音過來。

許阿姨：『本來想過來看看他的，這臭小子非跟我發火，叫我別為這種小事大老遠跑一趟。』

許阿姨：『真的氣死我了，這怎麼是小事了，這臭小子。』

林兮遲頓了下，把剛剛那句話刪掉：『那妳要過來嗎？』

許阿姨：『不過來了。』

許阿姨：『轉點錢給他就算了。』

「……」

林兮遲不敢置信地看了好幾遍，才確定：她幫許放得到了一筆多餘的生活費。

所以他剛剛為什麼要給她這麼凶狠的眼神？

她輕哼了一聲，邊傳訊息罵許放不可理喻邊回了宿舍。

一進門，陳涵和辛梓丹正圍在聶悅旁邊，三人聚成一團看電腦。

林兮遲把包放好，好奇道：「妳們在看什麼？」

人。

聶悅：「在看學校論壇啊，剛剛發生了件事，有個人傳了照片。」

聽到有八卦，林兮遲湊了過去。

上傳的圖片並不清晰，只能遠遠看到一群穿著訓練服的國防生和學生，他們中間站著兩個

一個國防生和一個女生。

林兮遲瞇了瞇眼，感覺這個畫面有點眼熟。

聶悅：「好像是——」

她的手握著滑鼠，隨意滑動著，把網頁拉到最上面。

還沒等聶悅說完，林兮遲就看到了標題。

——震驚！某女大學生向某國防生要好友，遭拒絕，將其打進校醫室！

第三章　特別是許放

看到這句話，林兮遲差點一口氣沒提上來。

她是真的沒有想到剛剛那種小事會傳開，而且還這麼迅速，連一個小時都還沒過去就被人掛到學校論壇上。

最不敢置信的是，還傳成這個樣子。

可她自己聯想起來，居然覺得別人這樣的猜測還挺合情合理……

旁邊三個室友還在討論，但都抱著不太相信這件事情的態度。

很快，聶悅回頭問她：「遲遲，妳今晚不是社團聚餐嗎？我記得妳好像說之後是去操場玩遊戲吧，妳有看到嗎？」

林兮遲頓了頓，很誠實地回：「是我。」

聶悅一時沒反應過來：「啊？」

其他兩人也把視線放在林兮遲身上，惹得她有些不好意思，訥訥道：「這個說的應該是我……」

「……」

三人的眼神無不震驚。

林兮遲反應過來自己的話等同於承認了論壇上的話，她立刻擺手，把剛剛發生的事情大略跟她們解釋了一番。

等她說完之後，聶悅笑出聲：「妳的小竹馬也太坑了吧？」

林兮遲嘆氣：「也不是，是我先惹他的。」

聶悅：「那要不要我在論壇上幫妳解釋一下？」

林兮遲想了想：「上面有明確說出我們兩個的名字什麼嗎？」

聶悅：「好像沒有，只是有個人出來說那個國防生是大一的。」

林兮遲：「那就別管了吧，反正也不知道是誰。」

聶悅點點頭，直接把網頁關掉。

「說起妳那個竹馬。」聶悅回想起之前見到許放的幾次，忍不住道：「感覺好凶的樣子，上次妳叫他過來搬書，我都不敢說話……」

林兮遲愣了：「啊？為什麼？」

陳涵：「其實我也覺得……」

「不知道，站在那就挺嚇人的。」感覺這麼說不太好，聶悅帶了點委婉，「反正就是不太好接近吧，不過看你們兩個相處還挺可愛的。」

「也還好吧。」林兮遲回憶了下許放生氣時的模樣，「其實他脾氣特別不好，但是最多就罵妳幾句那種。」

「這還叫還好嗎……」

「不過這麼一想。」林兮遲摸了摸下巴，「他家親戚的小孩，還有我妹、我表妹、表弟他們，好像確實都挺怕他的。」

聶悅剛想說什麼，林兮遲又繼續說：「只有我不畏強權。」

「……」

過了幾秒，一直沉默著的辛梓丹突然開了口，聲音軟軟的，像是隨口一問：「遲遲，妳跟許放只是朋友嗎？」

聶悅沒反應過來：「誰是許放？」

辛梓丹的嘴唇動了動，眸光微閃。

「我沒說過我那個朋友叫許放嗎？」林兮遲也想不起來了，隨後很認真地答了辛梓丹的話，「不能說只是，他是我最重要的朋友。」

聞言，辛梓丹若有所思地點點頭。

聶悅：「啊，我還以為妳平時打電話的對象是他誒。」

林兮遲也愣了：「就是他啊。」

聶悅：「那我怎麼聽妳喊屁屁。」

林兮遲答非所問：「因為他自我介紹從不跟別人說自己的名字的放是哪個放。」

聶悅沒懂：「啊？跟他自我介紹什麼關係？」

陳涵無法聯想這兩者的關係，在腦海裡過了一圈，疑惑道：「是我腦子壞了還是怎樣，這個讀音我居然想不到別的字了……」

聶悅：「我也想不到……」

辛梓丹：「我也……」

林兮遲眨眨眼：「確實沒有。」

幾人暈頭轉向的把話題扯到這上面：「那他自我介紹時，好像確實不需要說自己名字裡的放是哪個放。」

「主要是因為我以前自我介紹會說很多話，他說我廢話特別多，然後我看他這樣不順眼。自我介紹時一個字都不會多說，特別跩，只說『許放』兩個字。」說到這，林兮遲笑出聲，「然後後來有一次，他自我介紹的時候，我忍不住開口說……」

「之後就一直這樣喊他了……」

雖然林兮遲確實不太介意論壇說的那件事情，但她肯定要借此機會來譴責許放一頓。而且現在已經過了十一點了，許放肯定不會回覆她。

這就給了林兮遲一種許放默默承受著她辱罵的感覺。

格外有成就感。

林兮遲罵完他便關機睡覺了。

可能是剛剛跟其他人談論起了許放的脾氣，結果這一覺讓林兮遲夢到了國中的事情。

許放的脾氣從小就大，其實沒別的原因，主要是因為他從小身體就差，總是生病，許母找中醫調養了一段時間也沒什麼效果。

許家的幾個長輩也不知道該怎麼辦。

家裡只有這一個孩子，每天這樣看著也心疼，所以對許放幾乎是無所不應，把他寵上了天。

從懂事開始，林兮遲是不願意跟許放一起玩的。

因為他動不動就會發脾氣，動不動就對她擺臉色。兩人一起做錯了事情，她會被父母罵，而許放不會。

一起去學校的事情是母親強硬要求她這麼做的，到了學校之後她就不會跟他說話。

兩人以前的關係不算好，她討厭許放。

林兮遲還偷偷想過，如果她也跟許放一樣，體質那麼差就好了。

那爸媽肯定會對她好一些。

後來，有一天早上，林兮遲像往常一樣去找許放一起去上學。

開門的人卻不是許放，而是許母。她彎下腰摸了摸林兮遲的腦袋，眼裡有掩飾不了的憂愁：「許放今天生病，不去學校了，遲遲今天自己過去吧。」

林兮遲愣了下。

怎麼老是生病？她怎麼就不會生病。

她都懷疑他是裝病不想去學校了。

林兮遲抬頭看著許母，輕聲問：「我能進去看看他嗎？」

許母點頭，側身讓了個空間讓她進去。

那時候，許家還沒有搬到現在的別墅，房子只有三室兩廳。林兮遲一進到房子裡就聽到從廁所裡傳出來的嘔吐聲，聽起來極其痛苦。

剛剛腦子的想法瞬間消散，她捏著拳頭，慢慢走了過去。

廁所的門沒有關。

林兮遲還想好了要跟他說什麼，要跟他說「好好養病，你生病請假我也不會把今天老師講的內容告訴你的，我不會幫你把作業帶回來」。

還有什麼呢……

然而一走到廁所門前，看到裡面的場景，林兮遲一句話都說不出來了。

許放根本沒有任何力氣，直接坐在馬桶旁邊，他的臉色蒼白的像是一張紙，冷汗不斷向下掉，雙眼赤紅，似乎在發抖，整個人狼狽不堪。

他用餘光瞥到林兮遲的身影，眼神一滯，卻不像平時那樣露出不耐煩的神色。只是別開了腦袋，什麼都沒說。

過了一下，許放又無法克制般地趴在馬桶上嘔吐了起來。

許母帶著剛到的家庭醫生著急地走了過來。

林兮遲退了出去，出了許家，默默地把門關上。

腦海裡全是剛剛的畫面。

他在哭。

林兮遲是記得那天的。

她做的筆記比往常都認真詳盡，把許放的作業認認真真地疊起來放進書包裡，想著他生病了也不能因此讓他的成績比別人落了一步。

可她把什麼都準備好了，許放卻不在。

他吐到休克，被送去醫院了。

林兮遲在他家門口站了一下，沉默著回了家。那天晚上她像平時一樣獨自一個人寫作業，寫著寫著眼淚掉了下來。

然後她哽咽著拿出日記本，在上面寫了一行字。

——「希望這個世上的所有人，都不會生病。」

她的筆尖一頓，紅著眼繼續繼續寫。

——「特別是許放。」

林兮遲從夢中醒來，心臟壓抑難受，眼眶澀澀的發疼。周圍一片漆黑，天還沒亮，還能聽到室友輕輕的打鼾聲。

她拿著手機下了床，小心翼翼地走到陽臺。

隔天，許放被鬧鐘吵醒。

他懶懶散散地把鬧鐘關掉，習慣性看了時間一眼，被手機的光線刺到，臉皺了起來。點開訊息，看到列表唯一一個置頂傳了幾十則訊息給他。

許放疑惑地抬了抬眼，點進去看。

前面幾則全是罵他這人不可理喻，讓她的名聲變差等等，許放看得起床氣都出來了。他坐了起來，看著後面十幾則語音，完全沒有點進去的想法。

許放揉了揉太陽穴，把聲音調小了些，認命地點開了語音——

『屁屁對不起。』

『對不起對不起。』

『我今天不應該勒你脖子的，我也不應該跟老師說你就是要曠課，我不應該什麼都跟你對著幹。』

『你眼角被人傷到，我不應該只帶你去校醫室，應該帶你去醫院才對。』

『對不起對不起對不起。』

說到最後，她嚎啕大哭了起來，像是為他哭喪一樣：『對不起！屁屁你一定要長命百歲！求你了！』

「……」

其餘三個室友已經陸陸續續起床了。

有人過來敲敲他的床，「叩叩」兩聲，示意他時間不早了。

許放低低地應了一聲，在床上坐著，不知所措地抓了抓腦袋，隨後表情古怪地在回覆欄上輸入：『妳這一嚎我差點以為我在夢裡猝死了。』

他還沒傳送出去，突然注意到語音的傳送時間。

凌晨三點半。

許放的指尖一頓，疑惑地盯著那個時間。

做噩夢？

很快，他把剛剛的話全部刪掉，改成中規中矩的回答：『知道了。』

林兮遲是那種很少哭，但一哭就停不下來的人。所以昨晚她哭出來後，在陽臺蹲到快天亮才重新進了宿舍裡。

除了昨晚最後忍不住喊出來的那句話，別的時候她都強行壓抑著聲音。

倒沒把室友吵醒。

怕明早眼睛會腫，林兮遲還特地拿毛巾沾了點熱水來敷眼睛。

結果第二天眼睛雖然腫得不明顯，但眼眶一圈還是紅的。因為睡眠不足，眼睛裡布滿了血絲，她把妝容化得比平時濃了些依然遮不住那股憔悴。

林兮遲今天早上和下午都滿課，晚上沒有課，但八點半到十點有晚自習。晚自習結束後，還要到食堂跟體育部的人開一個小會。

除了下午下課到八點半那段時間，其餘時間都被排得滿滿的。

上午第一節課是必修課。

通常同一個宿舍的都是同系同班的，所以除了選修課，林兮遲和室友們別的課程上課時間都是一樣的。

四人一起出了門。

林兮遲起得晚，洗漱和化妝匆匆忙忙的，到現在才有時間回想昨天半夜做的事情。就連她也覺得自己傻又神經兮兮的。

她不知道許放會有什麼反應。

大概會說她有病吧？

林兮遲鬱悶地打開手機看了一眼。

她剛看到許放的訊息，愣了下，還沒來得及回覆，畫面立刻切換成來電顯示。許放打來的。

林兮遲按了接聽：「喂？」

她的聲音因為昨晚哭過，變得低啞了些，平時的朝氣蓬勃蕩然無存，就像是凋零的植物，懨懨的，沒有半點生氣。

許放大概也在去教室的途中，電話那頭有些吵鬧，都是人的說話聲。

聽到她的聲音，許放低低哼了聲，單刀直入：『昨晚夢到我死了？』

「……」林兮遲皺眉，「你說什麼呢！」

『那妳哭個屁。』

想到昨天那樣毫無儀態的大哭，林兮遲有些難為情。她抿了抿唇，小聲說：「你打來幹嘛……」

『沒事。』許放頓了頓，無端道：『以後打電話給我。』

「什——」

林兮遲話沒說完，就被許放的一句「掛了」中斷。

她放下手機，呆滯地盯著退出通話畫面的螢幕，完全沒懂他剛剛的意思。

昨天那一夢，許放因為病痛而脆弱絕望的模樣，大大刺激了林兮遲的回憶，導致她完全記不起許放現在健康而強壯的樣子。

腦海裡全是那時候骨瘦如柴的許放。

就這麼想了一上午後，林兮遲傳訊息約許放一起吃晚飯。

林兮遲今天上的所有課都是必修課，所以從上午到下午都是宿舍四人行。

最後一節課下課後，林兮遲走出教學大樓，一眼就看到站在左側第一棵樹下的許放。看到他那副有精神的模樣，她胸口的那股惆悵瞬間散去了不少，轉頭跟室友道了別。

林兮遲走到他面前，停住，雙眼目不轉睛地看著他。

一開始許放還任由她盯，幾十秒後，他忍不住抬手把她的腦袋往另一側推，皺眉道：「看個屁。」

林兮遲乖乖地把視線挪開，沒回應，抬腳往食堂的方向走，「走吧。」

得到這樣的反應，許放非常猝不及防。如果是平時，按正常情況發展，林兮遲肯定會頂著正正經經的表情，指著他說：「是啊。」

許放疑惑地盯著她的背影，跟在她後面。

氣氛低沉。

往常這個時候，都是他走在前面，林兮遲跟在他身後，嘴巴一張一合，說一大堆能把他氣得冷笑的話。

而今天，她這副彷彿在說「你怎樣我都聽話」的乖巧模樣，居然讓許放渾身難受又不自在。

許放先沉不住氣了，語氣略顯煩躁：「妳喊我一起吃飯又不說話？」

「哦，那我說話。」林兮遲思忖了下，冷不防開始輸出，「許放，你的五官真的太完美了，從額頭到下巴，你的眼睛，你的鼻子，你的嘴唇，無一處不是精緻的藝術品。」

「……」

「還有你的身材，我從沒見過有人有一副天神般的容貌的同時，居然還有這樣的——」

許放立刻伸手捂住她的嘴巴，盯著自己手臂上的雞皮疙瘩，「妳有病？」

林兮遲沒答，目不轉睛地看著他。

「妳給我正常點。」許放冷著臉地瞪了她一眼，把手鬆開，又心有餘悸地補充了句，「再那麼多廢話妳自己去吃。」

林兮遲也很無辜：「不是你讓我說話嗎？」

「……」許放懶得理她。

「如果你要讓我照平時那樣說話，」林兮遲立刻搖頭，「這是不可能的，我昨天已經發過誓了，我絕對不會再跟你對著幹了。」

許放完全不知道她夢到什麼能讓她有這麼大的反應，皺著眉道：「所以妳之後都要這樣跟我說話？」

「如果你不喜歡這種方式我可以換別的。」

「比如?」

「我可以委婉一點。」

「……」

林兮遲繼續尬誇:「許放,原本我覺得你身上這件短袖真的好醜,但穿在你身上,我突然覺得不醜了。不,不是不醜了,我覺得,你的短袖可以去參加選美比賽。」

許放深吸口氣,決定從根源下手:「妳昨天做了什麼夢。」

林兮遲頓了頓,想到那個畫面,情緒又低落了,她沒隱瞞,誠實告知:「夢到你國一的時候腸胃出問題,吐到休克被送去醫院了。」

「然後妳一醒來就這麼折磨我?」

林兮遲被他這話噎到了:「什麼折磨?我誇你還不好。」

「妳這樣說話我起碼少活二十年。」

「……」

林兮遲頓了幾秒,又抬了頭,眼睛骨碌碌的,跟剛剛在教學大樓外面的眼神一模一樣。

正當許放想像剛剛那樣把她的腦袋推開的時候。

林兮遲開了口,說:「你長得好像傻子。」

見許放的臉色再度變得陰沉了起來,林兮遲立刻慫了,弱弱地補了句:「這不是貶義。」

許放:「……」

許放七點有籃球隊訓練，所以他五點就吃過飯了，此時只是因為聽電話裡林兮遲的情緒不太對才過來陪她吃飯。

他幫林兮遲打了份飯，放在她面前，不耐煩地催促，「趕緊吃，吃完趕緊走。」

林兮遲咬了口飯，含糊不清道：「感覺我說什麼你都不高興。」

「知道就好。」

「那我……」

他冷著臉打斷她：「吃飯。」

林兮遲坐在他對面，小聲抱怨：「好不容易想對你好一次你都不接受。」

「……」

「你說你這人是不是有受虐傾向。」

許放垂眸玩著手機，沒理她。

「我對你好你凶我，我罵你你也凶我，你說我們應該怎麼相處。」

許放忍無可忍，抬頭看她，突然開口說：「遲遲。」

林兮遲瞬間沉默。

他面無表情，語氣毫無起伏：「可愛的遲遲。」

「……」

「沉魚落雁，貌美如花，如花似玉的遲遲。」

「……」

這些話讓林兮遲意識到自己先前的話存在多大的問題，以及她的擔心顯然也是多餘了。相比她，許放的戰鬥力明顯有過之而無不及。

接下來的時間，林兮遲不敢再去招惹他，深怕他又突然發神經。她低頭默默啃著飯，很快就把一盤東西解決乾淨。

許放把手機收了起來，瞥了她一眼：「吃完了？」

「嗯。」

「那走了。」

兩人走出食堂。

距離晚自習還有一個小時左右。

這個時間很尷尬，回宿舍嫌麻煩，先去自習室又嫌早，林兮遲思來想去，乾脆跟著許放一起去籃球場。

學校的籃球場有室內和露天之分。

許放帶她去的是體育館，而非上次林兮遲遇到他的那個籃球場。

露天籃球場多是供學生運動使用，而籃球校隊的訓練都在體育館裡，主要是怕惡劣天氣影響了訓練。

「對了。」林兮遲轉頭問他，「屁屁，你怎麼會加入籃球隊？」

許放隨口道：「無聊。」

「但國防生不是每週都要訓練三次嗎？週一還要出早操。」

「嗯。」

「那加上籃球隊的訓練，你不是幾乎每天都要訓練了。」

「大概吧。」

「唉。」林兮遲同情地看著他，「我感覺你的生活只剩下訓練了。」

聞言，許放又看了她一眼，語氣悠閒：「還有別的。」

「什麼？」

「錢。」

「……」

體育館離食堂不遠，走過去大約十分鐘路程。

林兮遲來學校差不多快一個月了，去體育館的次數卻寥寥無幾，除了之前來這領過軍服，還有因軍訓其中一天下雨，臨時跑到這避雨。

體育館內，木地板光澤發亮，一群穿白色球衣的少年們站在中間，看臺處零零散散坐著幾個女生。

把林兮遲帶到看臺，許放翻出自己的球衣，而後把背包往她懷裡一扔：「我去換衣服。」

林兮遲「哦」了一聲，把他的背包放在旁邊的椅子上，拿出手機看了時間一眼。

現在還不到七點半。

晚自習從八點半開始，一直到十點才結束。每個系的自習時間不一定相同，要看助教怎麼安排，一個星期兩三次左右。

盤算了下時間，林兮遲決定八點再動身去自習室。

恰在此時，許放換好衣服回來了。他的身材高大挺拔，被軍訓曬黑的皮膚稍稍白回來了些，但看起來依然是十分硬氣陽剛的小麥色。

許放把裝著衣服的袋子扔到他的書包上面，手上拿著一瓶不知從哪拿的水，默不作聲地遞給林兮遲。

林兮遲接過，正想問這水是給她喝的還是讓她幫忙拿著的時候，身後有人輕輕拍了下她的肩膀。

她回頭，是一個預料之外的人——辛梓丹。

不知從何時開始，她坐在林兮遲後面，臉頰紅撲撲的，濃密的睫毛撲閃著，略帶驚喜道：「遲遲妳也在這呀？」

林兮遲有些驚訝：「妳怎麼來體育館了。」

「想過來看看籃球隊訓練。」

許放站在一旁漠不關心地聽她們說話，過了幾秒，他輕嘖了聲，催促道：「快點。」

林兮遲回頭，疑惑道：「什麼？」

他指了指林兮遲手中的水，趾高氣揚道：「開。」

「……」林兮遲無語了，「你自己不會開嗎？」

話是這樣說，但林兮遲還是十分聽話地擰開瓶蓋，遞給他。

許放十分理所當然地接過，喝了一口後，緩緩地問：「妳幾點去晚自習。」

「我八點就過去。」

身前和身後都有認識的人。

林兮遲一人無法兼顧二人，只跟許放說話又怕辛梓丹尷尬。想起還沒跟許放介紹過自己的室友，她便回頭指了指辛梓丹：「屁屁，這是我室友，叫辛梓丹。」

辛梓丹很小聲地說了句：「你好。」

許放禮貌頷首，神色淡淡，完全沒有要自我介紹的意思。

雖然知道辛梓丹早已知道許放的名字，但林兮遲還是象徵性地跟她介紹了下：「這是我朋友，許放。」

說到這，林兮遲偷偷看了許放一眼，見他橫過來的眼神，她又放大了膽子，補充道：「放屁的放。」

猜到她會這樣，許放扯了扯嘴角，懶得跟她計較。

他把水瓶扔進背包開著的口裡，另一隻手用力揉著她的腦袋，用聽不出情緒的語氣說：「膽子真的越來越肥。」

林兮遲用力把他的手扯開，聽到這話後，表情理所當然又欠打，「人吃不肥啊，只能把希望寄託在膽子上了。」

之後許放便過去集合了，林兮遲看著他站在最後一排。老師點名報數後，帶著一群人繞著籃球場邊緣跑步熱身。

像是有花不完的精力。

八點一到，她和辛梓丹準時出了體育館。

林兮遲看了體育部的群組一眼，在裡面說著話：『我十點下晚自習，然後就過去。』

她把手機放回口袋裡，抄了條小路往教學大樓走。

今晚的夜空格外明亮，空氣比平時清涼了不少。晚風輕輕吹，樹枝搖曳著，路燈的罩子裡有不知名的蟲子在飛舞。

辛梓丹站在她旁邊，突然問：「遲遲，妳平時跟男生就是那樣相處嗎？」

林兮遲一愣：「什麼那樣相處。」

「就剛剛。」她笑了笑，聲音依然軟軟的，聽不出任何惡意，「感覺妳跟妳朋友那樣好親密呀。」

林兮遲不知道她為什麼會有這種想法，越聽越不對勁：「妳不要感覺。」

辛梓丹眨眨眼：「啊？」

「我跟他就是很親密啊。」

「……」

不知怎的，說了那話之後，林兮遲感覺周圍的氣壓似乎瞬間低了下來。但回頭看辛梓丹的表情，不覺得她像是在不高興。

林兮遲沒想太多。

下了晚自習，林兮遲快步走到離教學大樓最近的A食堂，在角落一桌找到同部門的人。人還沒來齊，所以于澤沒急著說會議的內容。一群人熱鬧地聊著各種事情。

林兮遲找了個空位坐下，旁邊是副部長溫靜靜，而對面則是何儒梁和葉紹文兩人。

何儒梁神色淡淡，低眼打著遊戲。

看了他一下，林兮遲突然有些不理解他的行為。

這麼喜歡打遊戲為什麼還要來參加體育部……這不是浪費了他打遊戲的時間嗎？

葉紹文像是聽到了她的心聲，毫無顧忌地問：「梁哥，你這麼喜歡打遊戲，怎麼會來參加學生會啊？」

何儒梁的手指在螢幕上飛快敲打著，沒回答。

倒是溫靜靜主動說話了：「他和于澤是室友。」

葉紹文：「啊？跟部長？」

溫靜靜：「是啊。」

葉紹文頓時明白過來，拍了拍何儒梁的肩膀，不放棄任何拍馬屁親近他的機會：「梁哥，我就知道，你這種打遊戲的大神一定特別有義氣！室友隨意一句請求，就願意赴湯蹈火在所不辭地拋棄自己的遊戲時間，義無反顧地加入他的部門。」

「不是的。」溫靜靜微笑著拆臺，說明實情，「你們部長是用遊戲裝備換的，他覺得何儒梁可以幫他招到很多幹事所以叫他過來，結果他只招了一個。」

一個？怎麼感覺……

林兮遲猶疑地看向溫靜靜。

「呃哈哈，一個啊……」完全猜錯，葉紹文有些窘，硬著頭皮力挽狂瀾，「所以是哪個面子這麼大，成為我們梁哥唯一看上的幹事？」

聽到這話，何儒梁終於抬了眼，慢悠悠地說：「只有那個好騙。」

林兮遲：「……」

他根本就忘了那個人是她了吧？

本以為自己是因為人格魅力被招進體育部，現實卻只是因為區區一件遊戲裝備，林兮遲為此情緒低落了幾分鐘。

很快她便恢復了情緒。

但經過此事，看著並肩坐在一起的何儒梁和葉紹文，林兮遲居然覺得平時總拿她當炮灰的葉紹文反而順眼了些。

人到齊後，于澤站了起來，跟他們說今天會議的主題：「是這樣的，你們進體育部的第一個活動來了。下週要舉辦新生籃球賽，這是每屆大一都有的活動，時間從十六號到十八號，這三天的下午兩點半到六點半。」

「是不同班級比賽？」

「不是，一個系組一個球隊，這個我們暫時先不用管，到時候通知各個學院學會體育部，那邊會把名單交給我們的。」

「那不是很多……學校好像有三十多個系吧。」

「六個學院，學院之間比賽，除了工學院的科系多了些，別的都還好。」于澤拍了拍手，「總之我先提醒你們，接下來的時間會很忙，大家加油！」

時間也不早了，于澤又囉嗦了幾句，強調企劃書要在兩天內趕出來。所以接下來兩天，晚上七點之後有空的幹事直接帶著電腦過來這邊集合。

眾人點點頭，便回了宿舍。

因為昨天沒睡好，林兮遲洗完澡就回床補眠。一晚過去，便將失去的精神補足了。

隔天有解剖實驗課。為了給學生心理緩衝，老師第一節課安排的內容是解剖死掉的環毛蚓，就是一條很大的蚯蚓。

學這個科系之前，林兮遲已經事先瞭解過，早就做好心理準備了，所以看到面前那條比自己手指還粗的蚯蚓，她的臉色沒有什麼變化。

聶悅開始哀嚎了：「我靠，我現在轉系還來得及嗎？」

陳涵很狠心：「那也要等妳解剖完這次才能轉。」

林兮遲抿著唇笑了，拿著解剖剪沿著環毛蚓的背部，略偏離背中線的位置剪開。她按照老師的提醒和腦海裡的印象，一個一個步驟往下做。

很快，林兮遲就解剖完了。

她看著蠟盤上被解剖的蚯蚓，格外有成就感。

第一個想起的就是許放。

林兮遲到一旁洗了洗手，趁老師的目光放在別的同學身上時，偷偷把自己的成品拍了照，傳給許放。

林兮遲：『我好開心啊！！』

林兮遲：『我第一次解剖的成果！！！真的！太！好看！了！』

林兮遲：『給你看！！！』

圖片上，一隻巨型的蚯蚓被切開，幾處被解剖針固定，露出裡面不知是何物的淡黃色囊包還有深紫的內部，看起來黏糊糊的。

十分噁心。

正打算吃早飯的許放：「……」

見許放一直盯著手機，坐在他旁邊的室友余同忍不住湊過來看，羡慕道：「有女朋友就是不一樣，一天二十四小時看著手機……」

還沒說完，他猛然看到螢幕上的內容，下意識罵道：「我靠，這什麼東西？」

許放的眉眼一挑，沒說什麼，把手機螢幕關掉，反扣在桌面上，面不改色地吃起面前的牛肉麵。

余同望向自己面前的早飯，胃裡一陣波濤洶湧，喉間似乎有東西不斷向上湧。他轉頭看向許放，手指顫抖著，不敢置信道：「你就這麼吃了？」

許放筷子沒停，眼也沒抬，對他這種暗示不為所動，「你想吃自己去裝。」

「……」余同被他說得一愣，吆喝道：「不是！我說那圖看了那麼久，你不覺得噁心嗎？」

聞言，許放反應過來，頓了下，意味深長地「啊」了一聲，又拿起手機，傳了句：『好看。』

余同：「……」

原諒他不懂戀愛的世界。

沒多久，許放又補充了兩個字：『個屁。』

看到這兩個字，余同的表情才稍微滿意了些，但他又搖搖頭，教育道：「你的語氣應該要再憤怒一些，不然她下次還會傳給你。」

許放沒動靜，只是淡淡道：「知道。」

吃完晚飯後，林兮遲先回了宿舍一趟，把書都放回宿舍裡。不知道體育部那邊幾點才能走，她乾脆先洗了個澡，才出了門。

晚上七點，食堂的人流量已經少了很多，分成好幾個區域的座位只零散的坐著幾對人。

林兮遲走到昨晚開會的位置。

此時只來了五個人，分別是于澤和何儒梁，還有體育部的另外三個女生。三個女生坐成一排，于澤和何儒梁坐在她們對面。

沒別的位子，林兮遲只好走過去坐到何儒梁旁邊。

幾人打了聲招呼，隨後繼續討論著籃球賽的紀律和流程等等。

于澤擺弄著他面前的電腦，翻出上一屆新生籃球賽的企劃書給他們看：「大體流程是差不多的，所以這個企劃書其實挺好弄。」

林兮遲打開了電腦。

何儒梁也一反常態，很正經地敲打著電腦，開始寫活動的主題。其他人分工，還沒等人來齊，企劃書便差不多完成了。

有好幾個人晚上有課還有晚自習，一直到十點，整個部門的人才來齊。

之後于澤便開始分配任務：「宣傳和場地這些別的部門來負責。學校總共六個學院，我們有十三個人，剛好分成六組，每組兩個人。因為工學院的科系多，所以三個人。」

「那就我和阿朋負責資訊學院。」

「你們溫部長就跟……」

「所以工學院就，遲遲、阿梁還有邵文三個人吧。」

工學院總共有八個科系，林兮遲負責兩個系，其餘兩人分別負責剩下的六個系。

林兮遲負責的是建築工程、材料科學與工程這兩個系，報名表已經交上來了，每個球隊的人數限定在七到十五人左右。

工學院男生多，所以兩個系的報名表被填得滿滿的，都是剛好十五人。

林兮遲開了個文件，把這些人的資料全部打入電腦中。輸入建築工程系的資料時，她發現名單上第三個就是許放。

她眨了眨眼，低頭傳訊息給許放：『你參加新生籃球賽啊？』

許放回得很快：『嗯。』

林兮遲：『那你知道冠軍的球隊獎品是什麼嗎？』

許放：『不知道。』

林兮遲：『球隊每人一輛自行車！我看過了！超帥的！！』

許放：『嗯。』

林兮遲：『屁屁，你要是贏了就把獎品送給我吧。』

許放：『不送。』

「……」

此時幾個室友都還在睡午覺。

林兮遲懶得罵許放，她丟開手機，把剛輸入好的資料確認一遍後，傳給了何儒梁。之後便是聯絡各院系的體育部，讓他們派一個人過來抽籤。

等抽完籤才能繼續剩下的工作。

因為下午還有體育課，林兮遲便在桌上趴著休息了一下。

林兮遲的課表本來是隨便選的，後來為了方便，把一部分調成了跟室友相同時間。就比如體育課，四人都選在週四下午。

大一的體育課是體驗課，就是把各種運動都嘗試一遍，到第二個學期再正式選。

上課場地在操場，周圍沒有陰涼的地方。下午五點的太陽依舊很大，讓林兮遲一時間以為回到了軍訓時。

體育老師直接選了個個子最高的男生當體育股長，確認人齊之後便讓體育股長帶著他們跑兩圈熱身。

這節課學的是足球。

老師把五十個人的班級按男女五五比例隨機分配，分成了五支球隊。將人工草地分成好幾塊，每個球隊在這個區域裡活動。

因為幾乎每種運動都要嘗試一遍，所以老師講得不算正式，管得也鬆，聽進去的人很少。草地上，是一群人追著一顆球亂跑。

林兮遲和聶悅分到同組，她跑在隊伍外面，不好意思去搶別人的球，所以她基本沒有碰過球。不過她也沒什麼興趣，後來乾脆站在旁邊看。

最後還是聶悅把她喊了過去：「遲遲！來一起玩呀！」

此時，大多數的人熱情已經散去，有些人甚至直接回到看臺去喝水休息。

聶悅把球遞給她，笑咪咪地說：「我們來打賭吧，賭一頓飯！我當守門員，我接到球妳請我吃飯，沒接到我請妳。」

林兮遲想了想，搖頭：「我當守門員吧。」

「也行，不過妳要小心一點別摔倒了。」聶悅囑咐道：「在人工草地上摔跤可疼了，我試過一次。」

林兮遲應了聲好，也來了興致，跑到球門前。

她正想讓聶悅開始的時候，突然分了神，意外注意到往這邊走的許放。此時他的旁邊跟著一個男生，兩人不知過來做什麼。

也不知道他是什麼時候來的。

林兮遲的注意力往那邊放了一下，餘光瞥見一顆球朝她的方向飛來，她的呼吸一滯，下意識往旁邊躲，結果不小心左腳絆到右腳，摔倒在地。

還真如聶悅所說，是有點疼。

所幸因為今天上體育課，林兮遲特地穿了長褲，所以現在只有手肘被擦破了皮，疼得發麻。

林兮遲下意識往聶悅的方向望去，發現球還在她腳邊。

不遠處有個男生跑了過來，想把林兮遲拉起來，他的臉上帶著歉意：「對不起啊，不小心踢到這邊了。」

看到她摔倒了，聶悅也跑了過來，著急地把她扶起來，說話都結巴了：「怎麼突然摔了……我都沒反應過來……」

林兮遲把手肘抬起來看了看。

皮都被蹭破了，露出裡邊泛著血絲的皮肉。看起來有些可怕。

摔都摔了，林兮遲轉頭看向那個男生，沒多指責：「以後踢球注意點。」

她剛想對聶悅說「陪我去趟醫務室吧」時，手臂就被人握著抬了起來。微涼的觸感，力道不算重。

林兮遲轉頭，就見許放抿著唇，表情非常不悅。隨後，他轉頭看了那個男生一眼，雙眼黑漆漆的，深邃不見底，身上散發著十分可怕的氣息。

看起來像是下一刻就要把他打死一樣。

那個男生表情有些畏懼。

林兮遲剛想喊他一聲，讓他收斂一下脾氣，就被他默不作聲地扯著往外走。她不是怕疼的人，所以沒什麼想抱怨的，好奇道：「你來操場幹嘛？」

「……」

「你不是沒體育課嗎？」

「……」

「你今天不會說話嗎？」

「林兮遲。」

「幹嘛？」

許放憋著的火氣瞬間爆發，語氣冒著火：「那球那麼大個妳看不到？」

林兮遲很誠實：「不是，我就是看到了才……」

許放打斷她：「下次給我戴眼鏡上課。」

林兮遲：「我戴了隱形……」

再次打斷：「下節課還是足球課？」

林兮遲想了想：「應該是吧。」

他冷冷地看過來一眼：「我下週會過來看妳有沒有戴眼鏡。」

林兮遲：？

察覺他似乎真的有些生氣，林兮遲沒再跟他鬥嘴。

沒走幾步路，許放鬆開了林兮遲的手腕，自顧自地往前走。林兮遲納悶地盯著他背影，沒追上去。

可能是嫌她走得慢，許放又折回來扯著她快速往前走。

林兮遲比他矮了一大截，腿也比他短了一大截，到後來幾乎是跟在他後頭跑。

許放注意到了，回頭看她，皺眉道：「妳跑什麼。」

「……」林兮遲喘著氣，聽到這話時，她用十分詭異的眼神看著他，隨後微微一笑，「我鍛煉身體啊。」

許放又看了她一下，沒再說什麼，把腦袋轉了回去，繼續向前走。

速度絲毫沒有減慢。

林兮遲：「……」

校外有一家社區醫院，坐車過去大概十分鐘的車程。

兩人出來的急，都沒有帶健保卡，所幸社區醫院不需要健保卡，報身分證號碼就可以了。

許放去幫林兮遲掛了號。

傷口雖然不算特別深，但在人工草地上摔傷，沾染的細菌多，保險起見，許放還是讓林兮遲打了針破傷風。

臨走前，醫生開了塗抹傷口的藥給她，還囑咐她忌辛辣刺激性食物。

林兮遲看著手肘上的紗布，邊道：「既然出來外面了，我們就去吃麻辣火鍋吧。」

許放跟在她旁邊，漫不經心地應了一聲，「嗯。」

聽到他肯定的回答，林兮遲興奮地掰著手指數想吃的東西：「那等等要三盤牛肉吧……哦你也要吃，那就四盤。然後我還想吃鮮貝、蝦，還有——」

還沒等她說完，許放便轉了個彎，走進一家店裡。

林兮遲頓住，剛剛想說的內容也忘了，愣愣地抬頭看著面前的招牌——砂鍋粥。

「……」

林兮遲原本高漲的情緒立刻低落下來，認命地走進去。

店裡是中式風格裝潢，木製的牆壁上掛著水彩畫和毛筆字圖片，米色的大理石地板，中間是一塊大理石製成的長方體，上面擺著許多植物盆栽。

再往裡走，還有兩個用玻璃門隔住的小隔間。

兩人隨意找了個位子坐下。

「這裡一鍋粥一百塊錢。」林兮遲翻了翻菜單，「去隔壁吃個麻辣火鍋三百塊錢，我知道了，你就是想省這兩百塊錢。」

許放眼都懶得抬。

「因為這兩百塊錢。」林兮遲表情沉重，繼續道：「你可能會失去一個跟你出生入死的好朋友。」

「……」

「你覺得值嗎？」

「嗯。」

「……」林兮遲閉嘴了。

砂鍋粥多是直接一鍋盛上來，許放幫林兮遲裝了一碗，放在她面前。

林兮遲用勺子翻著粥降溫，似乎對這頓晚飯很滿意，她的眼神一下子亮了起來。

看著她的表情，許放斂眸，淺淺地扯了下嘴角。

沒過多久，許放想起一件事情：「明天下午我可能要回趟家，妳要不要一起回去。」

聞言，林兮遲抬頭：「啊？你回家幹嘛？」

許放面無表情地看著她：「我媽一天打十次電話給我，因為她覺得我眼角的傷嚴重到要縫針。」

「……」

「而且週一中秋節。」見她沒什麼反應，許放又問了一遍，「回不回。」

林兮遲垂頭喝粥，含糊不清道：「不回了吧。」

他也沒再說什麼，漆黑的眼直視著她，淡淡道：「行。」

大學英語一週有兩節，所以隔天下午第一節又是閆志斌的課。

因為已經固定了座位，林兮遲本不急著出門，但辛梓丹早早就收拾好東西，站在旁邊等她。

林兮遲不好意思讓她等，迅速地拿了書，兩人一起出了門。

路上，兩人並肩走著。

「對了遲遲，」辛梓丹主動提出話題，「對了遲遲，我之前聽妳說，妳家好像也住在溪城是嗎？」

林兮遲點頭：「是呀。」

「那妳等等回家嗎？」

「不回了。」林兮遲隨便找了個藉口，「學生會有點事。」

辛梓丹唐了頓，笑道：「怎麼你們中秋都不回家呀？」

「也不是。」林兮遲說：「聶悅就要回去啊，還有我朋友也要回去。」

「聶悅明天才回，妳那個朋友呢？」

林兮遲回想了下，不太確定道：「應該是等等下課就走了吧……不過妳問這個做什麼？」

辛梓丹的眼睛彎彎，嘴角翹起淺淺的弧度：「我就隨便問一下啦。」

林兮遲沒太在意，也沒多問。

因為來的早，教室裡的人很少，就連講臺都是空蕩蕩的，老師還沒到。

不過坐在林兮遲前面的葉紹文倒是來了，穿著大紅色的短袖，此時正趴在桌子上睡覺。

聽到動靜，他一下子坐了起來，轉頭一看，十分熱情地跟她打了聲招呼。隨後看向辛梓丹，騷氣地眨了下左眼：「同學，妳好啊。」

跟他見過好幾次，在群組裡偶爾會聊一下，林兮遲已經十分瞭解他的人設，就是一個十足的傻白甜。她對他的印象還算好，也打了聲招呼回去。

辛梓丹小聲回：「你好。」

葉紹文把頭轉了回去，對林兮遲說：「對了，等等一起去超市外的帳篷吧，我跟其他院系的體育部聯絡好了，三點四十在那集合，然後抽籤安排比賽順序。」

林兮遲：「好。」

其他同學陸陸續續在上課鐘響之前進入教室。

許放這次也來得早，不像以往那樣，總是踩著鐘聲進來。他抬眼一看，看到正轉身跟林兮遲說話的葉紹文，腳步沒停，平靜地走過來。

許放把課本放在桌上，掀起眼睫看了林兮遲一眼，算是打了聲招呼。

倒是葉紹文格外熱情，立刻把臉湊到許放面前：「嗨！朋友——！」

許放低著眼看手機，沒理他。

葉紹文繼續道：「我上次在操場看到你了，我覺得你拒絕女生跟你加好友的時候表情特別帥，我也想學學。」

林兮遲：「……」

葉紹文十分期待：「你能不能教教我？」

聞言，許放抬了眸，神情平靜認真，「不會有人跟你要的。」

「……」

許放：「所以不用學。」

「……」

葉紹文轉了回去，沒再說話。

林兮遲趴在桌上眨眨眼，眼珠子骨碌碌地轉著，視線從許放身上轉到葉紹文身上，十分好奇葉紹文是哪裡惹到許放了。

上課後，林兮遲戴上眼鏡，翻出一捆不同顏色的筆，分了幾支給許放，囑咐他要好好聽課，隨後便認真地看向老師。

林兮遲昨天摔傷的位置是左手肘，恰好對著許放那邊。

而且她寫字的姿勢是，背部挺直，左手的上臂與身體平行放置在桌上，另一隻手拿著筆微微彎曲。

所以她受傷的部位偶爾會碰到許放的手肘。

隔著一層紗布並沒有什麼感覺，林兮遲也沒有故意躲閃。

但後來，許放似乎是太久沒握筆了，沒寫幾個字就痠，他便抬起手，想要甩一下舒緩一下痠意。

然後他的手肘就順著他抬手的姿勢重重戳在林兮遲的傷口上。

林兮遲完全沒有防備，輕輕悶哼了一聲，立刻放下筆，用右手捂著傷口，不敢置信地瞪他。

許放也愣了下，視線怔怔地，從她的眼睛移到她的手肘，喉結滾了滾，一時竟不知道該說什麼。

林兮遲盯著他，很肯定地說：「你故意的。」

許放瞥了她一眼，沒說話。

林兮遲繼續道：「你這人真是心腸歹毒。」

「……」

林兮遲罵完之後，心情舒暢，繼續做筆記。寫了一段時間之後，她突然覺得有點不習慣了，左手手肘的位置好像一直沒再碰到許放。

想到這裡，林兮遲轉頭望去。

就見此時許放只坐了左側半張椅子，寫字時右臂很刻意地往內收，神情十分難看。注意到林兮遲的視線，他也望了過來。

許放冷哼一聲，什麼都沒說便繼續低頭做筆記。

下課後，林兮遲跟許放和辛梓丹道了別，便跟葉紹文從左側的樓梯走了。

許放收拾好東西，看了看時間，也抬腳往外走。

下課時間，周圍人頭攢動，全是學生，密密麻麻的，連走一步路都要等前面的人先走才能繼續往前走。

許放也不著急，慢條斯理地走出教學大樓。

東二教學大樓有一條通往校外的小路，周圍種植了很多樹，綠蔭涼涼，空氣裡飄著淡淡的梔子花香氣。

許放往前走。

突然聽到身後略顯怯懦的女聲，喊他：「許放……」

許放回頭，是一個個子矮矮小小的女生，及肩的黑髮，巴掌大的小臉，一雙黑漆漆的眼明亮有神，臉上帶著淺淺的紅暈。

他一時想不起這是誰，疑惑地抬了抬眼。

女生抿著唇，小聲說：「聽遲遲說……」

哦，林兮遲的室友。

「你家也在溪城？」女生抬眼，期待地看他，結結巴巴地說：「本來我跟遲遲說好一起回家的，但她臨時不回了……剛好你也要回，她就讓我跟你一起回去……」

許放默不作聲地看著她。

持續的沉默讓辛梓丹十分緊張：「就、就我不太懂怎麼回去……」

「妳等等。」許放開了口，慢悠悠地拿起手機，輕輕說：「我問一下。」

第四章　獨一無二

葉紹文帶了一副牌，從裡面抽出八張，四種花色各兩張。讓每個系的人抽取一張，拿到同樣花色的分成一組。

抽完之後，一行人按照花色說了系名，林兮遲拿本子記錄下來。

接到電話時，林兮遲正在寫最後一個系的名字。她側頭瞥了一眼，是許放。她沒著急著接，對面前的女生笑了下：「可以了，謝謝。」

隨後才放下筆，接起電話：「幹嘛？」

電話那頭帶著窸窸窣窣的聲音，有些吵鬧。

許放的聲音微微壓低，順著電流傳來，語氣隱晦不明：『我一個人回去？』

聞言，林兮遲極其無語：「你打過來就問這？」

『嗯。』

「那難不成還要我送你回去？」

『……』

許放的沉默讓林兮遲直接當成默認，她皺著眉，教訓道：「都多大年紀了，回個家還要人……」

林兮遲的話還沒說完，電話就被掛斷了，耳邊傳來冰冷的嘟嘟聲。她一臉莫名其妙，放下手機。

葉紹文在一旁看到她這副模樣，同情道：「那個是妳男朋友？」

林兮遲盯著他，過了半晌才驚悚道：「你為什麼會有這麼恐怖的想法。」

「……」

另一邊，許放把貼在耳邊的手機放下，表情沒什麼變化，輕輕淡淡道：「妳可能記錯人了，好像沒有這回事。」

辛梓丹渾身僵硬，腦袋低著，眼眶發紅，裡頭漸漸盈滿水光。

方才許放是走到一旁打電話的，所以她不知道他跟林兮遲說了什麼。

在等待的時間裡，辛梓丹一直想著要走，叫自己不要丟人現眼了，但又抱著那麼一點點小的希望繼續等著。

她之前跟林兮遲提過許放的……林兮遲應該能懂吧……

可結果並沒有像她所希望的那樣，而是如理應的走向一致，謊言被毫不留情地拆穿。

林兮遲沒有幫她。

此時，儘管對方沒說什麼侮辱性的話。

辛梓丹依然覺得被人羞辱到了極點，她努力想張嘴，卻不知道該如何解釋才能挽回局面。

許放似是完全沒把這當成一回事，沒再多說一句，便繞過她離開了。

葉紹文之後和班裡的人還有聚餐，兩人各自散去。

林兮遲不想晚上再出來一次，乾脆繞路到食堂。想起聶悅和辛梓丹都回家了，她便傳訊息給陳涵：『小涵，我現在在食堂，要幫妳打飯嗎？』

陳涵：『不用啦，我今晚社團聚會。』

陳涵：『可能會比較晚回宿舍。』

看到這話，林兮遲回了個『好』，到其中一個窗口打了飯便往外走。

路上，她突然想到生活費的事情。

怕許放回家後玩翻天，完全不理她，任她在學校餓死也沒有任何聲息，林兮遲立刻傳訊息找他：『屁屁，給我三天生活費。』

想了想，她補充道：『過節，給多我一點吧。』

這次許放給錢給得十分爽快，直接轉了一千塊錢過來。

林兮遲看到金額之後，不敢置信地瞪大眼，忍不住在原地跳了一下。她正想打個電話把許放誇上天的時候，手機鈴聲響了。

來電顯示：媽媽。

林兮遲唇邊的笑容一滯，頓了幾秒後才接起。她繼續往宿舍的方向走，語氣不自覺上揚，聽不出異樣：「媽，找我什麼事呀。」

『遲遲。』女人的聲音溫婉，語氣帶著點疲憊，『中秋回不回家？』

「應該不回吧，我參加了學生會，有點事情。」林兮遲踢著地上的石子，翹著唇，「而且才三天，就懶得回去。」

『唉，剛剛出門遇到許阿姨了，聽她說許放今天要回家。』林母有些遺憾，『我還以為妳會跟他一起回來。』

「我有事嘛……」

母女倆許久沒有聊過天，此時有一搭沒一搭地聊著，時間過得很快。

沒聽到其他動靜，林兮遲一直繃著的那根神經漸漸放鬆下來，高興地跟她說著最近發生的事情。

很快便走到寢室門前。

林兮遲從包裡拿出鑰匙，邊把鑰匙插進門鎖裡，邊說：「媽，我到宿舍了。先不說了，我先吃個晚飯，中秋……」

她的話還沒說完，那頭傳來一陣刺耳的瓷器破碎的聲音，隨後，是電話碰撞東西發出的撞擊聲，以及其他不知名的聲響。

再之後，是一個女生哭喊著：『我不吃這個——！』

林兮遲的呼吸一滯。

遠遠的，她能聽見林母走過去的腳步聲，以及對那個女生的輕哄聲，聽起來溫柔又焦慮，十分有耐心。

可女生的情緒半分沒減輕，聲音尖銳可怕，幾乎是嘶吼：『妳又在打電話！我生病了妳都不關心我——！妳是不是又在跟她打電話！她怎麼這麼煩啊——！』

林兮遲打開了門，聽著電話那頭不斷傳來的尖叫聲，以及對她鋪天蓋地的惡意。她眨了眨眼，定在原地，很輕很輕地把話說完。

「中秋節快樂。」

林兮遲進了宿舍，裡頭空蕩蕩的，除了她沒有別的人。

可映入眼裡的內容卻如剛剛在電話裡聽到的一樣，瓷器破碎。在她的椅子後面，水和玻璃碎片四濺，一地狼藉。

那是之前她跟許放在校外買的杯子。

林兮遲怔怔地盯著地板，沉默地蹲了下來。她抿著唇，伸手把大塊碎片撿起來，腦海裡一片混沌，充斥著回憶裡不同人對她說過的話。

是林母在說：「遲遲……妳能不能先去妳外公家住一段時間？」

是林父一臉憂愁，希望她能諒解：「妳想不想去國外讀大學？」

是那個人惡狠狠地對她說：「我警告妳，假期不要回來，看到妳就噁心。」

都不想讓她回去。

最後，是她那個向來飛揚跋扈的妹妹，第一次不與她作對，站在她身前，對著父母哭到嘶啞，吼道：「你們憑什麼這樣對我姐！我告訴你們——」

林兮遲猛地把手中的碎片扔回地上，眼淚毫無預兆地落下。像是找到了宣洩的出口，她用手背擋著眼睛，聲音嗚咽著，「誰弄的啊……」

轉了錢給林兮遲，一直到晚上，許放都沒再收到她的回覆。之後想到這個忘恩負義的傢伙，他就火大。

晚飯時間，許放下了樓。

因為他一個月沒回過家，許母特地做了一大桌菜。見他下來了，露出笑臉，喊他過來吃飯。

許放正想過去，坐在客廳的許父也喊他了：「兒子，過來。」

聞聲，許放懨懨地換了個方向，往客廳的方向走去。

許父指了指面前的茶几：「你把這東西送到林叔叔家去吧，我這幾天忙忘了。剛好遲遲沒回來，你就跟他們說一些你們在學校的事情吧。」

許放低頭一看，茶几上放著好幾個禮品袋，裡頭放著月餅、茶葉和紅酒。他抿了抿唇，臉色瞬間難看了，走回餐桌：「不去。」

許父立刻坐直了，瞪眼：「你不去？」

聽到外頭的動靜，許母拿著鍋鏟從廚房裡走了出來，也瞪眼了：「你在凶誰？」

「多大點事。」許父氣焰全消，拿起禮品袋往外走，「兒子不去我去，我去吧。」

「……」

想到隔壁那家，許放的心情又差了不少，晚飯吃的心不在焉，心裡總有種不好的預感。

吃完飯後，許放被也從學校回來的蔣正旭約出去喝酒。他回房間換了身衣服，坐在床上，漫不經心地把玩著手機。

蔣正旭又打電話來催，許放立刻掛斷，抓了抓腦袋，撥通了林兮遲的電話。

響了十幾聲，沒接。

許放按捺著脾氣，繼續打。

打了五六次之後，林兮遲才接起電話。她那邊很吵，震耳欲聾的音樂聲，讓許放完全聽不清她的聲音。

很快，音樂聲沒了。

電話那頭傳來林兮遲的聲音，帶著重重的鼻音，迷迷糊糊地：『唔？』

這樣的語氣讓許放的脾氣頓時煙消雲散，他軟了聲，不怎麼確定地問：「妳在睡覺？」

『沒有。』林兮遲說話的語速很慢，聽起來呆呆的，『我也回溪城了，我有點想回來，就回來了。』

這個答案出乎他的預料，許放頓了一下，才道：「妳在哪？」

林兮遲答非所問，迷迷糊糊的：『外公睡得早，現在太晚了，我不能去吵他。』

「……」

等了一下，一直沒等到他說話，林兮遲又開了口，『你打給我幹嘛……』

許放閉了閉眼，聲音帶著火氣，重新問了一次，「妳現在在哪？」

聽到他這句話，林兮遲吸了吸鼻子，聲音停住，一段時間的空白像是在思考，很快便掛斷了電話。

動作十分乾脆果斷，絲毫沒有考慮對面人的感受。

「……」許放摸了摸眉心，站了起來，單手叉著腰，表情如同山雨欲來。他深吸口氣，剛要打回去，手機震動了下。

林兮遲傳了個圖片給他。

圖上是一個昏暗的包廂，中央放置著營幕，停留在某句歌詞上，入鏡頭的還有玻璃桌上七零八落的幾瓶酒。

許放立刻就認出是在哪了——家附近的KTV。

以前跟高中同學出去玩的時候，他們一行人經常來這一家。

許放又看了幾秒確認，立刻出了門。

因為林兮遲沒給他包廂號碼，許放到前檯問了下，服務生看他這副黑著臉的模樣，以為是尋仇的，不敢隨意告訴他。

看著他一直支支吾吾的模樣，許放沒了耐心，直接進去一個一個包廂找。

最後在一個小房間裡找到林兮遲。

一推開門，是震耳欲聾的音樂聲和撲面而來的酒味。玻璃桌旁放著一個黑色的酒桶，裡面的罐裝啤酒只剩兩瓶，地上還有灑出來的酒。

林兮遲坐在沙發角落，背靠椅背，眼睫低垂，臉蛋在這光線不足的房間裡顯得影影綽綽。

許放冷著臉，把燈開到最亮，隨後走到點歌機前，把音樂關掉。

燈一亮，林兮遲立刻警惕地抬起眼，因為近視的緣故，她瞇了瞇眼，很快就認出了他，眼睛一彎，笑嘻嘻地說：「哇，屁屁來了。」

他對她堆起的笑臉不為所動：「起來。」

林兮遲沒動，杏眼圓而大，眼睫撲閃著，無辜地盯著他，似乎對他的火氣很不解。

「妳知道現在幾點？」許放也定定地看著她，烏黑的雙眸如墨，話裡冒著火，「妳不是不回來？回來了就泡ＫＴＶ喝酒？妳有病吧。」

她依然盯著他，腦袋還歪了一下，像是聽不懂他在說什麼。

許放更加火大。一個女生在這喝得爛醉如泥，說什麼都聽不懂，不哭也不鬧，乖巧得像隻貓，就不怕有居心叵測的人進來。

許放強迫自己冷靜下來，走過去站在林兮遲面前，壓著火氣，「我再說一次，起來。」

林兮遲依然瞪圓著眼睛盯著他，跟他僵持不下，誰都不肯先退讓。

她的眼睛眨了一下、兩下。

眨第三下的時候，兩滴豆大的眼淚順勢掉落。

許放突然意識到什麼，那因為擔心而沖昏了頭腦的怒氣瞬間散去，不知所措地看著她不斷往下掉的眼淚。

林兮遲不遮不擋，就這樣像個孩子一樣坐在他面前哭，小小的哽咽聲壓抑不住，哭得難以自控。

印象裡，許放已經很久沒見過林兮遲哭得那麼傷心的樣子了。

上一次還是國中的時候，他因為腸胃的問題被送到醫院。

結果第二天她就來看他了，兩人當時的關係談不上很好，令他措手不及的是，林兮遲一見到他就開始哭，什麼開場白都沒有。

哭得撕心裂肺，像是他已經死了一樣，惹得周圍的人頻頻望過來。

當時他在想什麼，忘了。

除了覺得丟人，還有什麼。

好像是希望自己快點好起來吧，她應該就不會再哭了。

之後他再也沒有見過林兮遲哭成這樣過。

遇到什麼事情，她永遠都是一副沒心沒肺的樣子。被他罵，被他欺負，被他擺臉色，依然每天嬉皮笑臉的，像是一點煩惱都沒有。

就連手上摔了一個大傷口，一滴眼淚都不會掉，甚至還有心思逗他玩。

時間久了，許放幾乎要忘記了。

她遇到不好的事情，也是會難過的。

而他，看到她哭成這副模樣的時候，難受到連話都說不出。

「妳哭什麼。」許放的喉結滾了滾，蹲在她面前，側頭看她的表情，看著她越掉越凶的眼淚，他手忙腳亂地說：「我也沒多凶吧……」

「……」

「好，是我的錯。」見她連一個眼神都不給他，許放立刻妥了協，「我這人脾氣太差了，我心腸歹毒，我罪該萬死，我連當妳兒子都不配。」

聞言，林兮遲的哭聲漸漸小了下來，眼珠子糊了一層水汽，眼周和鼻尖哭得紅紅的，看起來十分可憐。

見她哭得沒那麼凶了，許放才再度開了口，聲音低緩，帶著十足的耐心，「妳是不是想待在這。」

林兮遲想了想，搖頭。

許放：「那走了？」

林兮遲又想了想，小幅度地點點頭。

許放：「能起來嗎，我扶妳？」

又搖頭。

許放皺了下眉，遲疑道：「那我背妳？」

點頭。

許放嘆了口氣，站起來幫她把東西收拾好，背上，隨後蹲到她面前，輕聲說：「上來。」

這次林兮遲沒再賴著，立刻坐直起來，雙手勾在他的脖頸上。

許放雙手托著她的大腿使力，把她背起後往外走。

走了幾步路後，林兮遲把臉頰埋在他的頸窩處，溫熱的呼吸噴在他的皮膚上，還伴隨著不停掉落的眼淚，順著他的脖頸向下流，劃過他的心臟，灼熱得發疼。

又開始哭了。

明明下午上課的時候，她還是精神飽滿的樣子，帶著一臉譴責，說他這個人心腸歹毒。

怎麼才過去半天，就變成這樣了。

許放沒再說話，任由她把情緒發洩出來。

過了一下，林兮遲突然抽噎著開口：「屁屁，他們都欺負我。」

許放的表情一頓，低聲問：「他們是誰。」

她沒答，自顧自地重複：「他們都欺負我。」

許放鍥而不捨地問：「他們是誰。」

林兮遲勾住他脖子的雙手力道突然加重，同時，她的臉抬了起來。

感覺到動靜，許放下意識地側頭，往後望去，與她的視線對上。林兮遲吸著鼻子，似乎很不高興他一直問，聲音刻意抬高：「就他們！」

「哦。」許放被她吼得一愣，表情是少見的呆傻。很快，他擺出反應過來的樣子，「他們啊……」

見狀，林兮遲的心情瞬間好了些，不再瞪他，也不哭了。她把下巴擱在他的肩膀上，說：「屁屁，有人摔了我的杯子。」

「誰。」

「我以為我跟她們相處的挺好的。」林兮遲喃喃低語，「我還以為她們也挺喜歡我的。」

「所以是誰。」

「她們都不喜歡我，沒有人喜歡我。」說到這個，林兮遲又帶著哭腔，把眼淚蹭在他的肩膀上，聲音低到塵埃裡，「我是不是很多餘。」

許放的脾氣又開始差了：「多餘個屁。」

「哦對，還有屁屁。」林兮遲腦袋迷迷糊糊的，只知道捕捉他話裡的字詞，聽到「屁」字，她像是突然想起來了，又開心起來，「屁屁喜歡我。」

「……」

毫無預兆的聽到這樣的話，許放猛地咳嗽了幾聲，猝不及防地回頭看她，耳根倏地泛紅：「妳在說什麼？誰喜歡妳，傻了吧。」

「屁屁嗎？」林兮遲的眼裡還帶著水光，歪頭想著，「屁屁確實是傻子。」

「……」

許放的額角一抽，正想罵她一頓的時候，突然注意到她清澈乾淨的眼睛。

不夾雜其他情緒。

他瞬間明白過來她所說的「喜歡」並沒有其他含義。許放自嘲了聲，聲音低了下來：「我沒事跟妳這酒鬼計較什麼。」

「嗯。」聽到「計較」兩個字，林兮遲很認真地評價他，「你這個人就是很計較的。」

聞言，許放剛剛低落的情緒瞬間蕩然無存。

他忍辱負重地聽著她的話，想著她今天心情不好，便沒跟她一般見識。

林兮遲的聲音帶著濃濃的鼻音，還有些許沙啞，對著這個話題打開了話匣子：「我讓你轉錢給我買蚊帳你就剛剛好轉三十九塊九。」

許放閉了閉眼，認下這個罪。

「叫你屁屁也不讓。」

但她喊了之後，他什麼時候不應了，這個許放就不怎麼想認了。

「不帶我吃麻辣火鍋。」

那醫生才剛說忌辛辣刺激性食物，許放還是不怎麼想認。

「我跟你說贏了籃球賽把獎品給我你也不願意。」

聽到這個，許放終於忍不住了：「我要是答應妳了，輸了妳不得失望死。」

林兮遲慢慢搖頭，似乎不太明白他為什麼會有這樣的想法，「不會失望死的。」

這句話表達的意思似乎是，她相信他是絕對不會輸的。

許放的心臟一跳，對這樣的她完全無可奈何，他斂睫，聲音像是在嘆息，「行吧。」

還沒等他把下句話說完，就聽到她一本正經地說：「如果能讓許放輸。」

「……」

「我可以存錢倒送那個贏許放的球隊一輛保時捷。」

許放：「……」

他到底跟她有什麼仇？

走了一段路，許放才發現自己此刻在漫無目的地走，他停了下來，一時有些茫然，低聲問她：「妳現在想去哪？」

趴在他背上的林兮遲正嘰嘰喳喳地說著話，像個小朋友一樣，情緒也不像剛剛那般說幾句就要哭。

聽到他這句話，林兮遲閉了嘴，很快又小聲說：「不回家。」

許放沒說什麼，到路邊攔了輛計程車，把她放了下來，半抱半扶著把她塞進車裡，隨後對司機說了個飯店的名字。

不只是平時，就連喝醉酒的時候，林兮遲的話也異常的多。她靠在椅背上，目不轉睛地看他，湊過來，很神祕地說：「屁屁，你今天長得有點好看。」

許放瞥了她一眼，沒說話。

林兮遲慢悠悠地抬起了手，指尖戳了戳他的眼睫毛。

許放僵在原地。

她似乎覺得很好玩，又戳了戳他的臉頰，然後再戳戳他的嘴角。

注意到她的手還要往下移動，許放的喉結滾動了下，抓起她的手把她推回原來的位置，冷著臉說：「給我坐好。」

「哦。」林兮遲吸了下鼻子，很認真道：「是很善良的那種好看。」

「……」要不是林兮遲說話一直結結巴巴，有時候被他罵了也傻愣愣地應下，許放幾乎要以為她是在裝醉。

他抓了抓腦袋，沒再理她，心想著等等該怎麼辦。

很快，許放想起一個人，轉頭看了林兮遲一眼。她又把注意力放在別的東西上，一臉嚴肅地揪著自己衣服上的一個小裝飾。

許放收回視線，拿出手機，在通訊錄裡找了半天，才找到林兮耿的電話號碼。

他毫不猶豫地撥通。

響了五六聲，那邊都沒有接起。

在許放的耐心就快被等待的時間消耗殆盡，準備找其他人的時候，林兮耿接起了電話。

林兮耿那邊很安靜，似乎很震驚他會打電話給她，她頓了幾秒之後，很不確定地問了句：

『哥？』

許放單刀直入：「在哪？」

『能在哪啊大佬。』林兮耿的聲音刻意壓低著，對他這樣的問題十分無語，『在學校啊，等等還有一節晚自習。』

「現在能出來？」

『怎麼可能。』林兮耿直接拒絕，『被老師抓到我會死的。』

「哦。」許放正想掛斷。

『欸等等。』林兮耿對他突然打來的電話感到很莫名其妙，『你打給我幹嘛，我姐呢？你回溪城了？你讓我姐一個人過中秋？』

恰在此時，林兮遲湊過來，好奇地問：「屁屁，你在跟誰打電話？」

許放垂眸看著她。

她的視線完全放在他的手機上，連餘光都沒分給他。

許放扯了扯嘴角，默不作聲地把手機遞給她。

林兮遲乖乖地接過，沒拿到耳邊聽，像個傻子一樣擺弄著他的手機，不小心按到了擴音鍵。

『喂！你人呢！』手機喇叭裡傳來林兮耿的聲音，帶著點著急，『我姐在你旁邊？她也回溪城了？她怎麼不跟我說啊。』

聽到熟悉的聲音，林兮遲眨了下眼，喊她：「林兮耿。」

『……』林兮耿的聲音瞬間停了下來，很快又開了口，沒了剛剛的焦慮，語氣變得很冷淡，『幹嘛。』

「我回溪城啦。」

『哦。』林兮耿沒什麼反應，卻忍不住道：『我明天才放假。』

「明天才放假。」林兮遲思考了一下，因為腦子昏昏沉沉的，說的話前言不搭後語，「那今天放假嗎？」

『……』林兮耿終於發現不對勁，說的話帶著猜測的意味：『林兮遲，妳喝酒了？』

「嗯，喝了——」林兮遲笑咪咪地掰著手指開始數，聲音慢悠悠的，「一、二、三、四、五，喝了……五瓶，有一隻手那麼多！」

林兮耿靜了下來。

計程車因為紅燈停下，司機看著導航，問道：「快到了，你們要在哪下？直接在尼斯飯店門口下？」

這話一出，氣氛變得比剛剛還要安靜。

車裡的人沒說話，電話那頭的人也沒說話。

許放掀了掀眼瞼，正想應司機一聲。

電話裡突然傳來林兮耿一聲巨吼：『我靠！許放你還是人嗎！』

「……」

『你要帶我姐去哪？你把她灌醉了帶去哪？』然後是一陣窸窸窣窣的聲音，以及鞋子撞擊地面奔跑的聲音，同時還有一個男生在喊：『喂！林兮耿妳去哪！打鐘了啊！等等老師要來查勤的！』

林兮耿也大喊：『我怕個屁！』

車子開到了尼斯飯店門口。

許放付了錢，扶著林兮遲下了車，見她腳步虛浮的樣子，他又重新蹲下，把她背了起來。

林兮遲趴在他的背上，似乎是累了，說話的音量變得十分微弱，含含糊糊地說著什麼。

許放聽不清。

周圍人頭攢動，耳邊是車子發動的聲音，眼前是飯店門口的玻璃頂棚掛著用來裝飾的星星燈飾，世界看起來熱熱鬧鬧的。

許放背著林兮遲，兩人沒有再交流，卻一點都不顯寂寞。

許放抿著唇看著前方，突然有一種十分挫敗的感覺湧上心頭。

他知道林兮遲幾乎什麼都會跟他說。

就算是在路上踩到個石頭，午飯多吃了一兩飯，洗澡時熱水卡突然沒錢了這些小事情，她都會當成大事一樣跟他說。

可真正遇到讓她不開心的事時，她卻會捂得嚴嚴實實的，連一些蛛絲馬跡都不讓他發現。

真的是因為被人摔了杯子才不開心嗎？

許放側頭，看著她已經閉眼睡著了。從這個角度只能看到她半張臉，被髮絲遮住大半，呼吸輕輕淺淺，十分有規律。

他低下眼，輕輕笑了一下。

「傻子。」

不放心兩個女生在外面住，許放用他和林兮遲的身分證分別開了兩間房，隨後拿著房卡把林兮遲帶到其中一個房間。

許放把她放到床上。

一碰到床，林兮遲就很自覺地爬起來，把鞋子和襪子都脫掉。許放站在一旁看著她習慣性的動作，也沒攔著。

下一刻，林兮遲雙手抓著衣擺，想把衣服脫掉。

許放的眼神一滯，大步走上前，搶在她把衣服脫掉之前把被子一掀，將林兮遲從頭到腳蓋住。

林兮遲不動了。

過了一下，似乎是覺得裡面太悶，林兮遲把腦袋從被子裡伸出來，眼睛閉著，看起來已經睡著了。

酒品真好，喝醉了只會胡說八道一番，不吐也不鬧，乖巧得想讓人把她偷走。

許放坐回旁邊的沙發，腦袋低垂著，表情被額前細碎的瀏海遮擋住，看不太清表情。幾秒後，他突然單手捂著眼，耳根全是紅的。

他狼狽不堪地低著眼，不再去看林兮遲的方向，暗罵了髒話。

林兮耿到的時候，已經是半個小時後的事情了。

她跟林兮遲差不多高，穿著藍白條紋校服，綁著清爽的馬尾，大概是匆匆忙忙跑過來的，額前全是汗。

一見到許放，林兮耿原本焦急的眼神瞬間換成敵意，立刻衝進房間裡找林兮遲。

直到看到林兮遲安安穩穩地躺在床上睡覺時，她才放下心來。正想回頭跟許放理論的時候，就見他往門外走，邊道：「妳看好她，我出去買點東西。」

察覺許放的情緒不太好，林兮耿也不知道發生了什麼，不敢再說話，只是「哦」了一聲。

出了飯店，許放到隔壁的商場，讓店員隨便拿兩套女生的衣服，隨後又到內衣區，腳步停在門口，完全沒有勇氣進去。

他強迫自己冷靜下來，冷著臉走了進去。

其中一個店員走了過來，熱情地問：「是來幫女朋友買內衣的嗎？」

「……」許放這次連承認的心思都沒有。

店員似乎對這種情況司空見慣，直接問道：「有沒有說要什麼款式呢？」

許放硬邦邦地回：「隨便。」

「大小呢？」

「……」

「您不說我們無法給您意見的啊。」

「隨便。」許放按捺著脾氣，從來沒試過將自己置於這麼尷尬的場地，語氣鋒利又惡劣，「我說了隨便，你不要再問了。」

「……」店員莫名其妙地看著他，心裡有了猜測，隨後拿著旁邊一套問他，「那就拿這套？」

許放沒看，直接道：「幫我裝起來。」

解決了這件事，許放的精神瞬間放鬆了不少。他上網查了查，到隔壁的超市去買了優酪乳和蜂蜜，又買了兩碗粥回去。

許放把東西遞給林兮耿，透過門縫看了林兮遲一眼，這才轉身進了隔壁的房間。

林兮耿翻了翻幾個袋子裡的東西，她看著睡得正香的林兮遲，糾結下一步該怎麼做。

與此同時，許放傳訊息給她：『把她叫醒，讓她喝杯蜂蜜水，不然明天頭疼。』

看到這話，林兮耿便下定決心，走過去十分溫柔地拍了拍林兮遲。

林兮遲便迷迷糊糊地睜開眼，然後定定地看著她，又閉上了眼，嘟囔道：「做個夢也能夢到林兮耿這個醜東西。」

「……」林兮耿冷笑一聲，剛剛的溫柔瞬間消失，下一刻直接把她身上的被子掀了起來，「起來洗澡，臭死了！」

林兮遲又睜開了眼，睡了一覺，她清醒了些，皺著眉，遲疑道：「林兮耿？」

「不然？」

「妳怎麼在這？」

林兮耿輕哼了聲，沒理她。

「我記得好像是許放來找我。」林兮遲歪頭回憶著，「哦，他打電話給妳了。」

「妳幹嘛喝那麼多酒。」

林兮遲想了想：「我忘了。」

她低頭聞著自己身上的味道，嫌棄地皺了皺鼻子：「好臭，我要去洗澡。」

「去，浴室在那。」林兮耿指著一個方向，起身，準備去幫她泡蜂蜜水，「熱水幫妳調好了，等等我拿衣服給妳。」

「哦。」林兮遲懶得思考，直接進了浴室。

林兮耿翻了翻許放拿來的袋子。

兩套一模一樣的衣服，一套內衣，還有一罐蜂蜜和優酪乳。

敢情她不需要內衣是吧，林兮耿翻了個白眼。

她把衣服和內衣塞進其中一個袋子裡，掛到門把上，喊道：「我放門口了啊。」

很快，林兮遲從浴室出來，頭髮沒擦乾，水滴順著髮尾向下掉，把衣服沾濕了不少。她皺著臉，手上拿著剛剛林兮耿塞進袋子裡的內衣，問道：「這妳買的？」

林兮耿低頭把玩著手機，聞聲看了她一眼，又低下頭，「不是，是許放哥。」

聞言，林兮遲站在原地沒說話。

林兮耿覺得她洗了個澡似乎更不清醒了，疑惑地看她：「怎麼了？」

「這內衣三十二Ａ。」

「……」

「許放是不是對我有什麼誤解。」

「……」

說著說著，她撓撓頭，提著內衣就向外走。

林兮耿傻了：「妳要幹嘛？」

「我要去找他理論一下。」

「……」

如同扔下一顆驚雷，林兮耿在原地呆滯著，輕輕「哦」了一下後，看著林兮遲用食指勾著內衣帶打開房門。

林兮耿猛地反應過來，立刻起身衝過去，死死抱住她：「妳、妳等一下！別做這種事情，冷靜點。」

不知道她為什麼突然這樣，林兮遲沒反抗，懵懵地看她。

手中的力道一鬆，內衣掉到地上。

林兮耿正想把她已經踏出門外的半個身體拖回來，恰在此時，住在隔壁房間的許放從裡面出來。

還是剛剛的衣著，手上拿著房卡和鑰匙，不知道要去做什麼。

用餘光瞥見她們，許放轉過頭，皺了下眉，問道：「妳們要去哪？」

聽到許放的聲音，林兮遲回過神，吸了吸鼻子，動作很疲軟地抬起手，指著他：「許放，我問你——」

見她依然傻乎乎的模樣，許放的眉眼微微一挑，饒有興致地等著，想知道她這個酒鬼想跟他說什麼，「嗯？」

林兮耿及時伸手捂住她的嘴，訕訕道：「呃，她腦子還不太清醒，啊哈哈哈哈……我們去睡覺了。」

許放就看著林兮遲頂著一副很想說話的模樣，被林兮耿連拖帶拽地拉回房裡，隨後是巨大的關門聲。

有什麼東西伴隨著門的推動被移出了門外。

他還沒來得及看，恰在此時，對面房間走出一個女人。

注意到許放和地上的東西，她的眼神變得古怪。兩人四目相對。她警惕地看了他一眼，又迅速回到房間，用力把門關上。

許放有些困惑，垂頭掃了一眼。

「……」

在那一瞬，他真的有想把林兮遲拖出來打死的衝動。

把林兮遲扯回房間後，林兮耿將剛泡好的蜂蜜水塞進她手裡，惡狠狠地說：「趕緊給我喝，喝十杯！」

她還想繼續訓斥林兮遲的時候，手機響了聲。

許放哥：『東西掉了。』

林兮耿疑惑地咕噥著「掉了什麼啊」，又往門外走去。

外面已經看不到許放的人影了，林兮耿低頭，瞥見地上那件內衣，表情一僵。她深吸口氣，飛快撿起來，再度關上門。

喝醉酒的林兮遲格外聽話，此刻正咕嚕咕嚕地喝著水，一口接著一口。眼睛想看她又怕被她罵，躲躲閃閃的。

「妳知道妳剛剛做了什麼嗎？」林兮耿走過去站在她面前，此時除了罵她沒有別的想法，「妳丟人丟到隔壁家了！」

林兮遲不想被訓，一口氣喝完水，迅速鑽進被窩裡，連一根頭髮都沒露出來，拒絕聽她接下來的話。

見狀，林兮耿懶得再理她，嘟囔著：「反正妳明天別罵我，我已經盡我全力攔著妳了，真的是——不會喝酒還敢喝那麼多。」

林兮遲在她的抱怨聲中漸漸入睡。

半夜，林兮遲忽然醒來，迷迷糊糊地看著周圍的環境。黑漆漆的，什麼都看不到。她的腦子像斷了線，像個盲人一樣摸著旁邊的東西。

然後，她摸到一個腦袋，留著長頭髮的腦袋。

腦袋的主人似乎在睡覺，她這般揉弄都沒有任何反應。

回憶頓時排山倒海般湧起，林兮遲的呼吸一滯，猛地踹了旁邊的人一腳：「林兮耿？別睡了！起來！快起來！」

林兮耿把腦袋往被子裡縮，意識昏沉地問：「幾點啊……」

「不知道。」林兮遲沒時間關心這種小事，語氣十分崩潰，「妳告訴我，我有沒有去找許放理論？沒有吧，絕對不可能有的吧，我就算喝醉了也不可能做這種事情吧……」

聞言，林兮耿從被子裡露出半張臉，看著她：「沒有。」

林兮遲鬆了口氣。

林兮耿閉上眼，打了個哈欠，語氣很平靜：「不過妳把內衣掉外面了，許放哥讓我去撿回來。」

「……」

隔了好久，林兮耿沒聽到林兮遲再說話。她正想繼續入睡的時候，坐在她旁邊的林兮遲猛地爬了起來，發出一陣又一陣劈里啪啦的聲音。

在黑暗裡待久了，林兮遲能看清房間大概的格局，她把床頭的燈打開，扯過桌子上的背包，逃難般開始收拾東西。

林兮耿被她煩得脾氣都出來了：「妳幹嘛啊？睡覺好嗎？別折騰了，我明天還要早起回學校。」

「妳睡。」林兮遲邊收拾，邊抬頭跟她說：「耿耿，我走了啊，妳明天早上早點起來，偷偷走，別讓許放發現。」

「……妳要幹嘛？」

「妳就讓他覺得只是做了一場夢吧。」林兮遲拉上拉鍊，背上背包，「我丟不起這個人，我絕對丟不起這個人。我要走了，再見。」

林兮耿「哦」了一下，慢悠悠地爬起來。

察覺到她的動靜，林兮遲疑惑道：「妳也要跟我一起走？」

「不是。」林兮耿掀開被子，在床上找東西，「我要打電話給許放哥。」

「……」林兮遲盯著她，很嚴肅地說：「林兮耿，我跟妳說，這事情很嚴重，我不是在跟妳開玩笑，趕緊把手機給我放下。」

林兮耿哼唧了聲，把手機扔到一旁，悶悶地說：「我可是蹺了晚自習出來找妳的。」

聽到這話，林兮遲的腳步一頓，又折了回去，好奇道：「妳的班導師不是何魔頭嗎？」

林兮耿：「是啊。」

「妳慘了。」林兮遲滿臉同情，卻雙臂高舉，擺出歡呼的姿態，「我有一次上他的課遲到了一分鐘都被他罵了一節課。」

「……」

林兮遲：「而且他肯定會通知家長的，妳打算怎麼跟爸媽說。」

林兮耿故作不屑：「管他呢。」

「算了。」林兮遲把東西扔回桌上，重新躺回原來的位置，「我總不可能一輩子躲著他——」說到這，她頓了下，半天才憋出了句：「而且許放也不像是那種那麼、那麼……」

林兮遲扯不出來了，林兮耿沒接話。

林兮遲不再說什麼，小聲說：「睡吧。」

過了一下，林兮耿問：「所以妳明天就回學校了嗎？」

林兮遲沒做什麼思考：「應該吧。」

「哦。」林兮耿又問，「那妳國慶回來嗎？」

「國慶再說。」

「如果妳回的話。」林兮耿想了想，繼續說：「我就跟妳一起去外公家住，然後我們可以一起出去玩。如果妳不想回就算了。」

林兮遲好笑道：「妳這個高三生國慶還想放幾天？」

林兮耿：「也有三天啊。」

「到時候再說吧。」林兮遲彎了彎唇，幸災樂禍道：「妳還是先想想明天怎麼應付妳的班導師吧。」

「哦。」林兮耿不甚在意，回敬道：「一起想啊，妳不也要應付許放哥。」

「……」

隔天，林兮耿一大早便起床回學校了。

她走了之後，林兮遲也睡不著了。但她不敢主動過去找許放，在床上賴到九點，直到餓得不行了才到浴室去洗漱。

林兮遲穿戴整齊，站在許放房間門口替自己打氣。她安慰著自己，許放絕對不會計較也不會記得這種小事的，而後敲房門。

叩，叩，叩，禮貌三聲——沒人應。

林兮遲重複了一遍，又三聲——還是沒人。

她瞬間沒耐心了，認定許放還在睡覺，開始用力拍門，不爽道：「起來了，昨晚喝酒的到底是誰啊，都快十點——」

房門立刻被人拉開。

許放頭髮半乾，臉上還沾著水，撲面而來一股薄荷味。身上的衣服換了一套，灰T恤黑色運動褲，看起來十分休閒。

表情卻異常難看。

林兮遲眨了眨眼，氣焰全消，語氣瞬間變了，十分乖巧地說：「你在洗澡啊，那我回去等……」

他直接打斷她的話：「頭疼不疼？」

林兮遲一愣，下意識摸了摸腦袋：「不疼……」

許放用手指推了下她的腦袋，確定她說的是真話後才走回房間裡，帶齊自己的東西往外走，用眼尾掃了她一眼：「走了。」

林兮遲連忙跟上：「你不用把頭髮吹乾嗎？」

「……」沒理她。

「那什麼，屁屁。」怕他再提昨天的事情，林兮遲搶占先機開口，「我真是太感謝你昨天對我的所作所為了。」

「……」

「如果是你喝醉了，我跟你說，你就算再怎麼發瘋，我都會好好照顧你的，就算是你吐在我身上——」

聞言，許放回了頭，雙眼黝黑沉沉，不知道在想什麼。

林兮遲咽了咽口水，繼續道：「我都會裝作什麼都沒有發生的。」

「……」許放還是沒說話。

林兮遲盯著他的表情，琢磨著他的想法。

難道還不夠？吐在她身上還不生氣這種行為真的很偉大了啊。

林兮遲思忖了下，猶疑而小心翼翼地說：「就算你在我頭頂上拉屎——」

許放：「……」

她的話還沒說完，立刻崩潰似地給了他一掌，「不行，這個絕對忍不了！」

「……」

順著力道，許放的腦袋向一側偏去，靜止在原地。周圍的空氣彷彿也被感染了，場面一下子僵硬了下來。

感受到他的低氣壓，林兮遲慢慢把手收回來，悔意立刻湧上心頭，補救般地說：「呃……是這樣的，你剛剛頭髮上有隻蚊子，蚊子……」

許放把頭轉了回來，動作生硬得像是機器人，他揉了揉剛剛被她拍到的位置，語氣幽深：「需要我道謝？」

「……」林兮遲不敢說話了。

他掃了她一眼，沒多言，又繼續往電梯的方向走。

林兮遲垂頭喪氣地跟在他後面，再度反省自己在許放面前有什麼說什麼的毛病，並對此深惡痛疾。

她尋思著怎麼道歉。

談起道歉的話，那要先算一下要道幾次了。

林兮遲掰著手指算。

跟他說了不回家結果等他回家之後又偷偷回來，回來了也不跟他聯絡，這就像是故意不想跟他一起回去的感覺，不過這種小事許放怎麼可能會介意；昨晚好像罵了他很多次，不過這種朋友間的玩鬧應該沒有什麼關係吧；那就內衣的事情？不行，這個太丟人也太尷尬了，不能提；這樣算起來的話，好像只剩剛剛拍了他一巴掌的事情了。

這個好像確實太過分了……

林兮遲默默地站在他後面，盯著他挺拔的脊梁，乾淨修長的脖頸，以及往上還沒乾的頭髮。身上的衣服卻乾乾淨淨的，看起來十分清爽。

許放什麼都沒做，只是定定地看著前方。完全不像平時那樣，不想理她的時候就裝模作樣地拿手機出來玩。

好像很生氣的樣子。

很快，電梯停在他們所在的樓層。

門打開，裡面已經被占據大半的空間。見有人要進來，其餘人下意識地往裡退了些。許放抬腳走了進去，林兮遲跟在他後面。

進電梯後，林兮遲站在許放旁邊，小心翼翼地用餘光看他。

許放的側臉俐落分明，睫毛捲曲挺翹，眼窩深陷，鼻梁挺拔，嘴唇淡抿著，下顎向內收，能看清臉頰上繃緊的肌肉。

還在生氣。

林兮遲沒轍了，低頭抓住他的手腕，握起，放置在自己臉前。

察覺到她的動靜，許放望了過來，手上並沒有要反抗的趨勢。

林兮遲抿了抿唇，有點緊張又嚴肅地說：「好吧，許放。你想打的話，我也可以讓你打。」

「……」

原本還有些吵鬧的電梯突然安靜了下來。

周圍人的視線若有似無地往他們的方向看。

「左臉還是右臉？」林兮遲頂著很配合的神情，用另一隻手指了指自己的臉，「你想打哪邊都行。」

許放：「……」

出了電梯，林兮遲跟在許放後面，感覺他的步伐明顯比先前快了不少，她著急地跟上他，速度一時沒控制好，直接撞到他的背。

許放停下步伐，憋了半天的氣終於忍不住了，冷聲問：「妳一天不氣我就渾身不自在？」

林兮遲立刻搖頭：「沒有。」

許放回頭，看到她被撞得有些發紅的鼻子，還想說什麼，卻又什麼都沒說。只是輕哼了聲，轉頭往前走，腳步漸漸放慢下來。

一路沉默。

兩人順著路一直向前走。走了一小段路之後，發現附近有一條小吃街，濃郁的香氣撲面而來。來往的人雖不多，卻顯得十分熱鬧。

走到這後，許放看她：「吃什麼？」

林兮遲沒想太久：「麵吧。」

聞言，許放朝周圍看了一圈，隨便選了一家麵館，走了進去。

麵館的空間不算大，十分密集地放了五六張四人桌，深褐色的木桌被擦的乾乾淨淨，桌上放著菜單和一個筷子筒。

此時早就過了吃早飯的時間，所以店裡的人很少，只有一桌坐著人，但看起來不像是來吃飯的客人。

兩人找了個空位坐下。老闆娘走了過來，她的手上拿了個小本子，另一隻手拿著支圓珠筆，戳了下筆帽問：「吃什麼？」

許放看了菜單，漫不經心回：「兩碗雲吞麵。」

林兮遲沒有任何異議，低頭喝著茶水。

她還在思考討好許放的方法。

其實把他誇得天上有地下無這種事情，她是可以輕鬆做到的。

但是林兮遲一想到之前許放說的那句「妳這樣說話我起碼少活二十年」，她就有些洩氣，瞬間失去了實施的念頭。

他們果然還是更適合相愛相殺的相處方式。

大概是因為人少，這家店上菜的速度很快，林兮遲還沒想到對策，兩碗熱氣騰騰的麵便上桌了。

她的眼睛一眨，盯著面前那碗麵，討好許放的心思頓無。

小店簡陋，用的餐具都是免洗的。林兮遲往桌上的筷子筒一看，只剩下一雙了，她伸手，剛想去拿的時候，就被許放搶先拿了。

「……」

上菜的服務生一看：「妳等等，我再去拿一雙。」

對他這種雕蟲小技很是不屑，林兮遲表情得意。但她還沒來得及點頭，許放便開了口，很認真地說：「不用了，她就喜歡用勺子吃麵。」

聽到這話，服務生有些詫異，但還是點點頭，然後走了。

「……」

林兮遲僵在原地，覺得這個狀況非常不可思議。

這個服務生居然就這麼相信了許放的鬼話，果真沒拿筷子給她。

看著已經拿起筷子開始吃麵的許放，林兮遲不敢計較，忍氣吞聲的到另外一桌去拿了一雙新的筷子。

吃完之後，許放到前檯結了帳，兩人往外走。

漫無目的地，順著這條小吃街一直向前走。

跟許放待在一起的時候，不論他的情緒如何，林兮遲的話都非常多。方才因為他的脾氣不敢說話，沒過多久又原形畢露了。

「屁屁，我跟你說件事。」林兮遲走在他旁邊，嘰嘰喳喳地說：「剛剛那個店，我們學校那邊也有一家，一碗雲吞麵才六塊錢，這裡要七塊。」

可能是因為不久前坑了她一次，許放的心情好了一些。比起先前一直沉默，現在至少還會回她幾個字。

「哦。」

「不過感覺這的好吃點。」

「嗯。」

「你覺得呢？」

「太便宜。」許放淡淡而理所當然道：「吃不出差別。」

冷場。

林兮遲側頭看了他一下，表情若有所思，然後說：「你好像暴發戶。」

「……」

又走了一段路，許放也沒計較她的話，突然把話題轉到別的上面，像是隨口般地問：「妳有沒有什麼想跟我說的？」

明明就是帶著目的的問題，可他的語氣卻懶散又隨意，不會讓林兮遲感到有壓力。還能不自覺把她的情緒帶到昨晚的事情上。

林兮遲看著他，嘴唇動了動，眼神謹小慎微，像是在掙扎一般，良久後才道：「屁屁，假如你是一條狗。」

「……」許放一噎，懶得理她了。

林兮遲垂下眼，繼續說：「你從出生開始就住在你現在這個主人家裡，生活幸福美滿。但是有一天你被狗販子抓走了，從此生活變得戰戰兢兢，連吃頓好的都很困難。」

聽出她完全沒有開玩笑的意思，許放瞬間明白了她想表達的含義，眼眸閃動。

「後來你被主人找回去了，但卻在家裡發現一條跟你很像的狗。一開始你以為是你的兄弟姐妹，但後來發現不是的……牠只是你的主人找來取代你的替代品。」說到這，她的聲音低了下來，「正常人都不會對這個替代品有什麼好感吧。」

許放輕聲問：「妳怎麼知道這個替代品一定是替代品，而不是主人想養的第二條狗。」

沉默了半晌後。

「我知道你知道。」林兮遲抿唇，也不拐彎抹角了，「我是被領養的。」

「……」

「但我媽從小就一直跟我和耿耿說，我們還有個姐姐。」她語氣逐漸艱澀，「說她只是被壞人抓走了，但一定會回來的。」

許放揉了揉她的腦袋：「嗯。」

「我從來沒有否認和忽視過她的存在。」

林兮遲回想起第一次見林玎時，她帶著怯懦的眼，面黃如蠟、骨瘦如柴以及走路一跛一跛的模樣。

讓人無法不觸動。

也因此，就算林玎對自己做了那麼多惡劣的事情，林兮遲依然很難對她帶有討厭的情緒。

就像是身負重債，毫無底氣和資格。

「嗯，我知道。」許放淡聲道：「我爸媽也一直跟我說妳家有三姐妹。」

「我爸媽也沒有對我不好，他們還是很愛我，就算我不是親生的，還是很愛我。」林兮遲踢了踢地上的石頭，若無其事地說：「他們是對姐姐太愧疚了。而且去外公家住也好，不然林玎還要一直罵我打我。」

察覺出她的情緒並沒有她所說的那麼無所謂，許放嘆息了聲，喊她：「林兮遲。」

林兮遲沒抬頭，低聲應：「嗯？」

「如果妳覺得妳只是別人的替代品，不是獨一無二的。」他頓了下，繼續說：「那麼妳可以來我這裡。」

聽到這話，林兮遲才抬了頭，疑惑道：「什麼？」

許放看著她，平靜地說：「我可以讓妳成為獨一無二。」

第五章 我也缺杯子

聞言，林兮遲愣了下，不明所以地對上他的眼。

許放的眼瞼很薄，內雙，眼尾上翹，眼形偏細長，瞳仁黑而深沉，很少有濃郁的感情外露，十分內斂。

所以儘管認識了那麼久，林兮遲看著他這副神情，也完全猜不透他在想什麼。她漸漸屏住呼吸，彷彿連多呼一口氣都會讓自己更不自在。

林兮遲原本的低落在這一瞬間消散，演變成另一種難以形容的情緒。從內心深處慢慢溢出，發酵出有些尖銳卻又黏膩的感覺。

是她完全不知道該怎麼形容的一種感覺。

一時間，林兮遲居然連怎麼回他都不知道。她抿了抿唇，捏緊拳頭，見他沒有繼續說話，便主動開了口，語氣比剛剛還要弱幾分，「什麼？」

像是想把她內心的想法全部摸清摸透，許放一直把目光放在她身上。頓了幾秒之後，他彎下腰，緩慢湊近她，在離她鼻尖還有十公分的距離停下。

許放低聲重複，聲音有些沙啞：「獨一無二。」

林兮遲的呼吸又是一滯。

說完這句話之後，空氣似乎靜止住。

半晌，許放站直起來。

林兮遲回過神。

他的海拔瞬間又比她高了二十多公分，語氣恢復從前，居高臨下地說：「既然妳家已經有三條狗之多，妳不如來我家。」

「……」

「別的我不能給妳保證。」許放懶洋洋地別過眼，掩藏住有些不自然的神情，繼續往前走，「這獨一無二的狗位還是能為妳保留的。」

「……」林兮遲深吸口氣，發傻似地捶了捶自己的腦袋，一本正經地提醒他：「你家怎麼就沒狗了？不是有條快二十歲的老狗了嗎？」

「……」

「你先幫我把那條狗弄走。」林兮遲皺皺鼻子，嫌棄道：「脾氣太大了，你要幫我創造一個好的環境。我跟他一房容不得二狗。」

許放對她這種為了抹黑他不惜把自己也黑上的行為十分不齒。

他冷冷地瞥了她一眼：「有病。」

被許放這麼扯開話題，林兮遲再回想剛剛自己心情不好的原因，忽然沒了剛剛那種酸澀的心情。她走快了兩步，跟上許放的腳步，順口回：「嗯，那狗還有病，我害怕。」

「……」

確認她的情緒差不多恢復了，許放又將話題轉到別的上。

話出口的那一刻，他甚至有種自己成了林兮遲老母親的感覺，在不斷地，一點一點地把她的心結開導出來，「妳昨天說妳的杯子被打碎了？」

聽到這個，林兮遲遲鈍地「啊」了一聲，點點頭：「對啊。」

「知道是誰摔的？」

「不知道。」提起這個，林兮遲的心情明顯沒有剛剛那麼沉重，「我回宿舍就發現被摔了，而且碎片七零八落掉在那，也沒有人收拾。」

故意摔的誰會收拾，肯定是摔給她看的啊。

許老母親簡直恨鐵不成鋼，繼續開導：「可能是故意的？」

他這句話一出，林兮遲轉頭看他，眼神像是看傻子一樣：「不然呢？」

「……」

「到現在也沒人找我道歉，如果是不小心摔的肯定會跟我說啊。」

「……」她居然還想得挺透。

「而且杯子又不是什麼貴重的東西，也不會很難以啟齒吧。」林兮遲摸了摸下巴，有些煩惱，「可我猜不到是誰摔的，我真覺得我跟她們相處得挺好的。」

林兮遲陷入沉思之中。

許放垂眸思考了下，忽地想起回家那天的事情，淡淡道：「妳那個一起上英語課的室友，週五那天來找我跟我說，妳讓她跟我一起回家。」

正在糾結是誰的林兮遲頓住，一臉茫然，「啊？」

許放本來沒覺得，這麼一說居然莫名有點心虛，他回想了下自己那天的態度，含糊其辭道：「反正我就是跟妳說有這麼一件事。」

林兮遲沉默了幾秒：「那你跟她一起回去了？」

沒想過她最先問的會是這個，許放用眼尾掃她，連搭話都懶。

「屁屁。」林兮遲直接把他的反應當成默認，很認真地教育他，「你別那麼容易相信人，如果真有這種事情我肯定會提前跟你說的。」

許放歪頭看向天空，閒散地打了個哈欠，明顯不想聽了。

林兮遲嘆了口氣：「所以說你這人就是天真，有女孩子找你你就……」

見她沒完沒了，許放還是沉不住氣，表情陰沉，語氣惡劣又暴躁地打斷她：「沒有，趕緊閉嘴。」

林兮遲眨眨眼，「哦」了一聲，重新說起摔杯子的事情：「你這麼一說，我感覺好像是她欸。」

「嗯。」

「但我沒有證據證明是她。」林兮遲又開始苦惱了，「怎麼辦，我就吃了這個啞巴虧嗎？」

對任何人都睚眥必報，包括自己喜歡的女孩子的許放很理所當然地建議：「妳也摔她的杯子。」

這個建議讓林兮遲沉默了，頭低垂著，不知道在想什麼。

許放以為她不敢，嘖了一聲：「膽子真是——」

他的話還沒說完，林兮遲又抬了頭，表情比剛才更苦惱了：「她有兩個杯子啊，我不知道摔哪個。」

「……」

「一個是粉色的，一個是白色的。」林兮遲想了想，「我感覺粉色的那個比較貴，要不然我就摔貴的那個？」

「……隨便。」

被室友摔了杯子這件事情，確實給了林兮遲一種自己人際交往能力低下的挫敗感，但知道這個人是辛梓丹時，她反倒鬆了口氣。

因為林兮遲大多數時間都是跟聶悅一起玩。

其次便是陳涵，雖說和她相處的時間不比聶悅多，但跟她待在一起的時候覺得十分輕鬆。

所以如果不是她們，林兮遲確實不太難過。

林兮遲性子很慢熱，通常別人不主動找她說話，她也不會主動去找別人。辛梓丹話少，跟她一樣，是相似又不太相似的性格。

兩人同寢室一個多月，朝夕相對，感情依然不鹹不淡。

所幸才認識一點時間，這事對林兮遲的打擊不大。跟許放說完之後，她便將之拋到腦後了。

走了十多分鐘，林兮遲隨之說了這麼長時間的話，嗓子都要冒煙了。她看著一直往前走的許放，抱怨道：「現在去哪？」
「不知道。」許放低頭看了看手機，「妳要回學校還是去妳外公家。」
林兮遲也還在糾結，反問道：「你什麼時候回學校？」
「週一下午吧。」說到這，他抬眸看了她一眼，張了張嘴，「但——」
「那我也週一回。」
兩人不知不覺走到小吃街盡頭，這裡的人流量明顯比前段路少了很多，只能見到零散幾人的身影。
林兮遲指了指前面一家霜淇淋店，滿臉渴望地說：「屁屁，我們去吃那個吧。」
這家冰淇淋店的定價高，比起前面的店鋪，是隔一長段時間來吃一次都覺得是奢侈的東西。
店鋪前的人寥寥無幾。
冰淇淋店的裝潢精緻，門面的冰箱裡放著各種口味的冰淇淋，色澤鮮明，位置和形狀被精心擺放，明黃的燈光映襯得冰淇淋更加誘人。
隔著一道玻璃林兮遲都能感受到那股涼氣，在這大熱天裡是令人十分愉悅的溫度。
這個冰淇淋店，林兮遲在學校那邊也見過。當時看到價格，她和聶悅都被驚到，咋舌站在門口，雖然被吸引，但還是因為價格遲遲沒有進去。
但今天不一樣了，今天有許放這個有錢人。
林兮遲與高采烈地走在前面，對站在前檯的男服務生指了指：「你好，我要一個抹茶口味的。」

說完之後，林兮遲回頭問：「你要嗎？」

許放懶得理她，拿出錢包，抽了張錢出來付款。

因為店小，店裡只有兩個服務生，除了前檯的男生，還有另一個女生，此時正低頭幫她裝冰淇淋。

林兮遲百無聊賴，又開始瞎扯：「我之前有段時間，因為生活費的事情，過得很慘。」

說到這，她看了許放一眼，帶著譴責。

前檯的男生看起來十分無聊，目光若有似無地放在林兮遲身上。

林兮遲沒注意到，繼續說：「有一天，我很餓很餓，就拿著我最後一個硬幣，想拿這個硬幣去買兩個包子吃。」

「……」

「路上有個別人掉到地上的冰淇淋……」

林兮遲後面還有一長段話——我沒注意到，結果不小心踩到上面，然後摔了。我的硬幣掉進了下水道裡，我為此大哭了一場，對剋扣我生活費的人痛恨無比。

但她沒有機會說出來。

與此同時，許放盯著前檯的那個男生，道貌岸然地接上她的話：「然後妳就把那個冰淇淋撿起來吃了。」

林兮遲：「……」

此時女店員已經把冰淇淋做好，將之放在托盤上。許放拿了起來，放進她手裡，嘴裡吐出個字：「吃。」

林兮遲瞪圓著眼，頂著一副「我一定要解釋自己的清白」的模樣，想反駁他的話。

許放勾了勾唇，伸手塞了一勺冰淇淋進她嘴裡，很溫柔地笑。

「記得改掉妳這個喜歡撿東西來吃的毛病。」

「……」

隨後扯著她的手肘往外走，完全不給她解釋的機會。

走了好一段路後，林兮遲才反應過來，立刻掙開他的手。力道不輕，可以透過這個舉動看出當事人的氣急敗壞。

許放收回被甩開的手，好整以暇地側頭看她。

意外的是，林兮遲卻沒有看他，只是低下頭，握著勺子開始吃冰淇淋，喃喃低語：「再不吃就要融了。」

「……」

把冰淇淋吃了大半後，林兮遲才注意到許放一直沒說話，她用鞋尖碰了碰他的鞋尾：「你在幹嘛？」

許放正看著手機，聞聲掀起眼皮瞥她一眼：「看到篇文。」

「什麼？」

他把手機放回口袋裡，想借此含沙射影地挖苦她一下，隨口說了句，「喜歡上一個傻子是什麼樣的感覺。」

「啊？你還有這方面的憂慮。」林兮遲吆喝著，「你本人不就是傻子嗎？」

立刻被她直接嗆回來的許放一噎，半晌後才道：「滾吧。」

「我覺得，正常人是不會喜歡上傻子的。」感覺他是真的對這個問題很好奇，林兮遲不再開玩笑，認真地說出自己的想法，「會喜歡傻子的人肯定也是個傻子，能問出這種問題的人可能更傻，並且傻而不自知。」

「……」

許放按捺著脾氣，只能看著她毫不知情地把他罵得狗血淋頭。

「欸，你給我看看那篇文吧。」林兮遲攤開手心，「我想看看留言是怎麼說的。」

許放臭著臉，硬邦邦地說：「關了。」

「屁屁你不要氣餒。」林兮遲拍拍他的手臂，安撫道：「不是說傻就找不到正常人當女朋友的，說不定以後會出現一個很偉大的人，願意包容你的一切。」

「……」

兩人又逛了一圈。

此刻到了正午，早晨略顯陰沉的雲層散開，太陽在空中高掛，陽光熱辣，曬在皮膚上有些刺疼，像是被細針扎了一樣。

因為太陽是從正上方往下照射，所以林兮遲想像以前一樣藏在許放的影子裡都不行。

她被曬得難受，不斷催促許放走快一些。

許放被她煩得不行，連頭也沒回：「忍著。」

林兮遲沒說話了。

耳邊少了她嘰嘰喳喳的聲音，許放反倒不習慣了，忍不住回頭，語氣生硬刻板：「這裡無法攔車，再走五分鐘就行了。」

林兮遲垂著腦袋，低低地應了一聲。

她這副模樣，許放不知道她在想什麼，便彎腰側頭去看她的表情。

只見她雙目失神，眼神毫無焦距，看起來十分空洞。注意到他的視線，林兮遲立刻恢復過來，眨了眨眼：「你看我幹嘛？」

許放：「……妳在幹嘛。」

聞言，她的眼神又開始渙散，有點鬥雞眼的趨勢：「忍。」

「……」許放忍著把她的頭拍開的衝動：「有病。」

「這樣可以分散注意力，就不會覺得那麼曬了。」林兮遲看他，「屁屁你也可以試試。」

這次他沒忍住，伸手把她的臉推到一邊，「走開。」

許放攔了輛車，先把林兮遲送去她外公家樓下，之後才回了家。

林兮遲的外公姓丁。前幾年外婆過世後，他便一直獨自一人居住在這裡。這一帶全是老舊的住宅，但地理位置不錯，交通便利，周邊人文環境設施配套齊全，還安靜。

從高二開始，林兮遲便一直住在這裡。

在這之前，她都是騎車去學校的，跟許放一起。兩人都沒有選擇住宿，家就住對門，每天都是林兮遲去找他一起上學。

從嵐北別墅區到學校，騎自行車只需要十幾分鐘的路程。但外公家離學校太遠，林兮遲只能改成坐公車去學校。

那時候許放對她突然搬家的原因毫不知情，問了她好幾次也不說。他本就不是一個有耐性的人，次數多了就生氣了。

那次冷戰大概持續了三天，許放單方面的。

林兮遲不想跟他冷戰，但不知是什麼心態在作祟，她不想告訴他家裡的事情。

為了和好，林兮遲想盡了各種方法，都沒有用。

而且許放的人緣特別好，林兮遲每次去找他的時候，他身邊都圍著很多人。雖然他從來沒做過當眾甩臉就走的事情，但就是一直把她當成空氣。

會聽她說話，但卻連個眼神都不給她。

那三天，林兮遲的情緒特別低落。有一天想著想著就哭了，各種脾氣和委屈隨之上來，哭了一整晚。

隔天她腫著一雙眼去了學校，不像往常那樣去找他說話。

兩人開啟了正式意義的雙向冷戰。

又過了一天，林兮遲還記得，那天因為沒睡好的緣故起晚了，匆匆忙忙背上書包下了樓。

當時天已經大亮，盛夏早晨的陽光依然灼熱嚇人。

她怕被老師罵，心裡慌亂又著急。

一出樓下的大門，就看到了許放。

他坐在單車的鞍座上，雙腿閒散地踩著地，穿著藍白色條紋的校服，背著光，周身染上一層金燦。

見到她時，許放表情變得不自然，他別開臉，語氣十分惡劣，「妳是睡死了？快點。」

早自習從七點開始。

以前許放每天雷打不動，準時六點半起床，聽著她絕望地催促他，而後懶洋洋的花十分鐘洗漱換衣服，叼著麵包往外走。

林兮遲不知道他從嵐北騎車過來要多久，總之她需要半個小時。

也不知道他今天是幾點起床的。

可能是找到了跟自己一起遲到的伴，林兮遲瞬間就不怕了，走到他面前，不知怎的有些尷尬，只能小聲提醒他，「這裡太遠了。」

他從單車上跳下來，把車推到單車棚裡，背對著她沉聲說：「知道。」

雙向冷戰只持續了一天。

再然後，一直到高中畢業。

許放的早上六點半，從雷打不動的起床時間，變成了——雷打不動的在林兮遲外公家樓下等她。

林兮遲從回憶裡回過神，拿著鑰匙開了門，喊了聲：「外公。」

沒人回應。

林兮遲又喊了幾聲，還是沒人回應，她打開外公的房間看了一眼，這才確定家裡沒人。她猜測外公大概是去找朋友下棋了，便沒打電話給他。

到浴室裡匆匆洗了個澡，林兮遲把衣服洗了之後，回床睡了個午覺。

再醒來時，她是被外公罵醒的。

老人家的生活規律，看不得她日上三竿了還躺在床上，罵她的理由從「要回來也不跟我說一聲」到「都幾點了還睡」再到「妳回家就是為了睡覺嗎」，最後到「再睡就給我滾回學校」。

林兮遲被這一聲吼嚇醒，立刻爬了起來。

一看時間發現現在已經下午五點了，本來感覺外公脾氣又躁了的林兮遲突然改變了想法，覺得這趟回來外公好像溫柔了不少。

外公已經把晚飯準備好，此時正板著臉坐在餐桌的主位上。

林兮遲走過去坐好，笑咪咪地喊：「外公。」

外公哼了一聲，拿起了筷子：「耿耿那丫頭說妳不接電話，剛剛打電話給我了，等等要過來這邊。」

林兮遲點點頭，端起碗來喝了口湯。

下一刻，外公毫無預兆地問：「昨天喝酒了？」

林兮遲口裡的湯差點噴了出來，她連忙咽了下去，立刻擺著手否認：「沒有沒有。」

過了一下，她小心翼翼道：「耿耿跟你說的嗎？」

外公橫過來一眼：「不是沒喝？」

「……」

林兮耿來了之後，不論她有沒有打小報告，林兮遲還是不管三七二十一，把她扯進房間痛罵了一頓。

把林兮耿氣得想給她兩巴掌。

晚上，兩人躺在床上。

林兮遲問起她今天是怎麼應付老師和父母的，林兮耿跟她說完後，又反問她今天是怎麼應付許放的。

就這麼亂七八糟地聊著天。

聊著聊著，林兮遲漸漸睏了，她打了個哈欠，小聲說：「睡吧。」

快要睡著時，她隱隱聽到身後的林兮耿說：「林兮遲。」

「我現在能考年級前二十了，以後我也去S大。」

在外公家住了兩晚，週一早上林兮遲跟許放一起返校。

本來許放訂的票是下午的，但林兮遲怕辛梓丹比她早回去，讓他改成週一最早的高鐵票。

兩人到校時，因為時間太早，校園裡還靜悄悄的。

許放把林兮遲送回了宿舍。

一路上聽著她在糾結白色還是粉色，而且她不光一個人糾結，還要拉上他一起糾結，如果他不糾結，她還反過來罵他。

許放愍悶得連罵她的心情都沒有。

到宿舍樓下，林兮遲換了個問題：「屁屁，你喜歡白色還是粉色。」

許放搪塞道：「白色。」

「哦。」林兮遲決定下來，「那我就摔白色。」

看事態總算有了結論，許放發麻的頭皮放鬆下來，但還是有些疑惑：「怎麼突然就決定了？」

林兮遲理當如此地說：「我要把她喜歡的人喜歡的顏色摔了。」

有些反應不過來她的話，許放眉頭一擰，伸手掐了掐她的臉：「說什麼東西？」

林兮遲瞥他一眼，把他的手扯開：「說了你也不懂。」

「……」他不懂什麼？

「反正我猜的肯定沒錯。」林兮遲往宿舍裡走，邊跟他擺擺手，「我去了啊，你也快回去吧。」

許放手插口袋站在原地，看著她走進宿舍裡，沒像平時那樣轉頭就走。他懶洋洋地打了個哈欠，低頭拿出手機打發著時間。

此時才七點出頭。

陽光透過窗戶將略顯暗沉的走道點亮，光束散落一地。走道裡靜悄悄的，時不時能見到幾個女生安安靜靜地從樓上往下走。

走到五樓，林兮遲左轉，走到五一八門前，拿著鑰匙開了門。

宿舍的窗簾緊閉，房間裡很暗。

林兮遲不太確定陳涵是不是在床上睡覺，沒有急著開燈。她把書包放到桌上，開了小檯燈，餘光一看，突然注意到被自己扔到垃圾桶裡的玻璃碎片。

她想了想，從擺放宿舍共同物品的地方翻出之前學生會發的校報，把碎片包好之後才再度扔進了垃圾桶。

做完這一連串流程，林兮遲側頭看了看辛梓丹的桌子。

辛梓丹的桌面總是整整齊齊的，貼著淡粉色的桌紙，兩個杯子還是一如既往地放在桌面左側的位置。

說實話，第一次做這種事情，要說不緊張是不可能的。

林兮遲又往陳涵的床上看。陳涵掛了透明的蚊帳，隔著一層網狀的紗，她有些看不清楚。

在原地思考了下，林兮遲戴上眼鏡，爬上自己的床。

再三確認陳涵的床上沒有人之後，她還小心翼翼地對著空氣喊了幾聲：「小涵、小涵？小涵！」

林兮遲這才放下心來，下了床。

這是林兮遲第一次過宿舍生活。

讀高中時，她甚至連高三那個階段都沒有選擇住宿。雖然以前有聽過隔壁桌跟她抱怨與室友的關係不好，但她無法感同身受，對此沒有發表太多的意見。

隔壁桌的處置方法就是忍，不想把宿舍弄的太尷尬。所以她們表面上室友關係依然不錯，但內裡已經千穿百孔。

其實要不是許放跟她提起了這事情，林兮遲大概也會像隔壁桌的做法一樣，直接當成沒事發生過，不會去想到底是誰摔了她的杯子。

又或者是，她會直接去問是誰做的，雖然她覺得真正做這件事的人並不會承認。總之對她唯一的影響大概只有，之後的相處時會比之前多了幾分戒備吧。

但這次，不知怎的，她就是特別想計較。

林兮遲走到辛梓丹位子前，想伸手去拿那個白色的杯子，動作又頓了下來。她折回自己的衣櫃前，翻出冬天用的手套戴上。

萬事俱備後，林兮遲把那個白色的杯子放到桌邊，然後屏著氣，向外戳了一下。

杯子落地——「咣噹」一聲。

杯子在地上滾動著，滾到杯把的部位時，又向原本的方向滾動了一圈。林兮遲撿起來檢查了一番，連個碎片都沒掉。

她又重複了兩遍。

依然沒碎。

她有些絕望了，傳訊息找許放：『這個杯子很恐怖啊。』

林兮遲：『這個杯子比鋼鐵還要堅硬。』

林兮遲：『我摔三次了都沒碎。』

林兮遲：『怎麼辦？』

「……」

許放覺得這傢伙真的是做什麼都做不好，除了嗆人什麼都不會，連摔個杯子都要人教。

許放深吸口氣，打字：『妳用力點。』

又怕碎片濺起會刮傷她，許放把之前的話刪掉，改口道：『換個杯子。』

許放等了一下，沒等到回覆，倒是等到了她的人。她依然背著剛剛那個背包，看起來跟剛剛沒有任何差別。

看到他還在，林兮遲很驚訝，跑到他面前，喘著氣，像逃難似的，「你怎麼還沒走？」

許放表情古怪：「妳幹什麼。」

「我要跑。」林兮遲一本正經，「要離開案發現場啊。」

「……」

「我摔第四次就成功了！」林兮遲比了四的手勢，笑咪咪道：「你放心，我把燈什麼的都關上了，我還用手套碰她的杯子的，不會留下指紋。」

她這副沒心沒肺，像獻寶似的模樣讓許放忍不住勾了唇。早知道她會出來，他也沒說什麼，單手扣住她的腦袋往前推，「去吃飯。」

兩人到校外的一家早餐店。

林兮遲看著菜單，想了想兩人的食量，點了兩碗豆漿和三根油條，還有五個肉包。這個份量，大半都是許放的。

不知為何，林兮遲今天的胃口格外好，把自己的份量吃完還是不飽，坐了一下後，她搶了許放一個肉包吃。

許放看了她一眼，沒說話。

林兮遲啃完後，摸了摸肚子，覺得自己還能再吃一個，然後她又趁許放不注意時搶了他一個肉包，迅速咬了一口。

先下手為強。

這下許放忍不了了，冷著眼看她：「妳想餓死我？」

聞言，她手上的動作一頓，默默地把手上的包子放了回去。

盤子上只剩最後一個肉包，剛好是林兮遲放回來的那一個。缺了一塊的地方還能看出被咬過的痕跡，格外顯眼。

「……」

許放扯了扯嘴角，拿起那個包子，就見她的視線重新望了過來，滿眼渴望地看著。讓他想到了前幾天在路邊看到的一條流浪狗。

「張嘴。」

林兮遲不明所以地「啊」了一聲，下一刻，他把手中的包子放在她嘴前，用了力。動作並不溫柔，像是想一次性將整個包子塞進她嘴裡。

「……」林兮遲差點被噎到。

她咬了一大口，把嘴裡的包子咽了下去，不敢置信地看他，良久後才譴責道：「兩個包子就讓你動了殺意。」

沒掌握好力道的許放：「……」

兩人吃完早飯才剛過八點。

感覺辛梓丹不會回來的那麼早，林兮遲也不想一個人待在外面，便扯著許放跟她一起亂逛。

學校有很多店，考慮到周圍大多是學生，所以價位都不高。

林兮遲進了一家精品店，她之前那個杯子也是在這裡買的，價位合適，而且都很好看。因為兩人不趕時間，所以不著急。

慢悠悠地逛到其中一個小格時，林兮遲的腳步停了下來。

許放跟在她後面，也朝她的視線望去。

裡頭放著好幾對杯子，都是情侶款的。

林兮遲的視線定在中間那對，糖果色，一粉一藍，圓柱形，有些傾斜。除了杯把，兩個杯子還有兩隻手，是正在擁抱的姿勢，看起來很可愛。

林兮遲把那對杯子拿了起來，回頭問他：「這個好看嗎？」

許放沒答，濃密的睫毛向下垂，盯著她手中的杯子，過了半晌才淡聲說：「還行。」

「那我買這個吧。」林兮遲高興道：「好可愛啊……」

沒等他回覆，林兮遲拿著杯子去前檯付了款。

她完全沒有考慮這個是情侶款，另一個該給誰用的問題。只想著如果有兩個杯子，她可以一個用來喝水，另一個泡牛奶。

就算只用一個，另一個也可以先備著，以防下次再被人摔了沒有杯子用的情況。

杯子被店員分別裝在兩個正方形的盒子裡，用氣泡紙固定著，再裝進一個袋子裡。

林兮遲接過袋子，跟許放出了店，開始漫無目的地逛街。

一直逛到午飯時間，兩人乾脆吃完午飯才回去。

到宿舍樓下之後，林兮遲跟許放擺了擺手，拿著手裡的袋子便想往宿舍走。

她還沒轉身，許放便先搶過她手中的袋子，低頭看了一眼，透過兩個盒子外的那層透明塑膠膜，把粉色的那個遞給她。

林兮遲莫名其妙地接著：「你幹嘛？」

許放別過臉，神色不自然，似乎很不高興她的問題，「我也缺杯子，不行？」

回宿舍後，林兮遲才發現，事態比她想像的要嚴重些。

宿舍另外三人已經回來了，散落一地的碎片沒有人收拾。辛梓丹坐在椅子上，眼睛哭得都紅了，另外兩個人正在安慰她。

林兮遲抱著杯子進了門，裝模作樣地說：「怎麼了？」

聶悅和陳涵看起來也有些茫然。

唯有辛梓丹看著她，眼睛和鼻子都是紅的，神情卻很冷，眼淚像不要錢一樣往下掉，哽咽著說：「不知道是誰摔了我的杯子。」

語氣有些尖銳，似乎已經認定是她摔的。

另外兩人有些猶疑地看她。

在此之前，林兮遲一直沒有因為這事情真的生氣過。

但在此刻，她的火氣莫名就被點燃了。

「是嗎？」林兮遲也盯著她看，彎唇笑了下，「真巧，我的杯子也被人摔了。」

林兮遲嘴角漸漸變得平直，輕聲說：「我也很好奇是誰。」

聞言，辛梓丹身體僵住，眸光微閃，她的腦袋向下低了些，用手背抹著淚，遮住了神色，沒有說話。

如果先前林兮遲對於摔杯子這件事情還有那麼一點點不確定，那麼此刻，辛梓丹的反應，林兮遲可以百分之百肯定是她。

察覺到她們兩個之間的氣氛，因辛梓丹的哭聲先入為主的聶悅反應過來，出來打圓場，做了別的猜測，「是不是我們誰沒把門關好，讓別人進來了呀。」

陳涵也連忙幫腔：「對啊，而且我聽說學校最近有很多野貓，也可能是野貓跑進來了。」

林兮遲站在原地沒說話。

辛梓丹還在擦眼淚，遲遲沒有張口。

兩個當事人不說話，再怎麼緩和氣氛都沒有用，另外兩人此時也不知道該說什麼好。

猶豫片刻，陳涵到陽臺去拿了掃把，回來收拾碎片。

因她這個舉動，辛梓丹終於起身，接過陳涵手中的掃把，紅著眼輕聲說：「是我小題大做了……對不起，我還以為是我哪裡讓妳們不開心了。」

等了她半天就等來這樣一句話，林兮遲真的氣樂了，忍不住說了句「妳想的確實沒什麼錯」便回到自己的位子前。

林兮遲的語氣和神情都不像往常那般柔和又好相處，變得鋒利又冷然。

原本回了溫的氣氛瞬間又降到了冰點。

第一次見到林兮遲這副模樣，聶悅在原地愣了一下，很快便過去拍拍她的肩膀，小聲問：「妳今天怎麼回事啊？」

林兮遲還冒著火，差點對聶悅發脾氣，她扯了扯嘴角，淡淡道：「沒事。」

其實這不關陳涵和聶悅的事。

兩人一個剛從家裡回來，一個剛跟社團的人玩回來，都是心情很好的回了學校，結果一回來就要面對她們這劍拔弩張的氣氛。

想到這裡，林兮遲突然有點小愧疚。

但聽到辛梓丹的聲音時，她的愧意瞬間蕩然無存。

辛梓丹望了過來，沒有半點做了虧心事的模樣，聲音軟又啞：「妳的意思是覺得是我摔了妳的杯子嗎？」

見林兮遲沒有回答的意向，聶悅站在她旁邊，遲疑地幫她回答：「遲遲應該不會無緣無故這樣想的……」

「妳不能自己回答嗎？」辛梓丹的聲音揚了起來，像是受了極大的委屈，尾音帶著哭腔，「妳有話直接說行不行？」

林兮遲是真的被她的態度弄得完全不知道該說什麼。

她是第一次遇到這樣的人。

她周圍的人一直都是直來直往的，高興還是不高興，對她做了什麼好事或者壞事，都會直接告訴她。

林兮遲是第一次遇到這種對她做了不好的事情還反過來質問她的人，讓她一時間甚至開始懷疑自己的判斷。

她回頭，平靜地看著辛梓丹，「那妳摔了嗎？」

辛梓丹立刻否認：「我當然沒有！我為什麼要做這種……」

林兮遲打斷她：「那就沒什麼好說的了。」

辛梓丹被她一噎，眼眶又紅了，哽咽著。

林兮遲被她哭得越發不耐煩，她深吸口氣，說：「妳讓我有話直說的前提是妳也要跟我有話直說，說實話用這種方式對付人我也覺得噁心。」

「……」

「哦，我不是說摔杯子的事情，我是說態度的問題。」林兮遲看著她立刻瞪大的眼，轉了話鋒，「所以請妳別哭了，這招對我沒用。」

「不然妳是覺得，掉幾顆眼淚，」林兮遲笑了，「就能替妳解決所有的事情嗎？」

辛梓丹咬唇，止住哭聲。

林兮遲冷冷道：「要不然我也跟妳學學？」

雖然林兮遲話是這麼說，但讓她當場哭出來，她肯定是做不到的。就算辛梓丹氣到搧了她一巴掌，力道太小的話，她都擠不出半滴淚。

不過說出來的話不一定就要做到。

林兮遲真心覺得自己剛剛的話真的太帥了。

實在是太帥了，帥到讓她覺得跟辛梓丹撕破臉是一件很美好的事情。

在這件事情上，林兮遲越想越膨脹，轉頭就把這些話全部都說給許放聽，並從每一個細節教導他如何帥氣而從容且不帶一個髒字地罵人。

宿舍裡靜悄悄的，從林兮遲的最後一句話落下，便不再有人說話，只能聽到辛梓丹偶爾吸鼻子的聲音。

陳涵回到床上，其餘三人都待在自己的位子上坐著。

表面上風平浪靜，實際上陳涵和聶悅都傳訊息找她，問她發生了什麼事情。

林兮遲想了想，還是沒說實話：『就我跟她的一點私人恩怨，妳們不用管了，也不要因為這個影響了心情。』

沒多久，辛梓丹也傳訊息找她，說的話倒是出乎她的意料。

辛梓丹：『遲遲……對不起，我那天不小心摔了妳的杯子，真的是不小心摔了……我太慌了，不敢承認，對不起啊。』

盯著螢幕上的話，林兮遲抿了抿唇，一時間腦子像斷了線，想罵她又覺得不對勁，感覺說太多也不對勁。

她不知道該怎麼回覆。

林兮遲猶豫了幾秒，把對話截圖，傳給許放。

林兮遲：『我怎麼回？』

林兮遲：『我不想說沒關係啊……但是不是太小氣了？』

許放回覆得很快：『回。』

林兮遲一愣，連忙打：『回什麼？』

許放：『個。』

許放：『屁。』

林兮遲沒反應過來，很聽話的對辛梓丹回了個：『屁。』

傳過去之後她才覺得不對勁，又找許放：『你剛剛的意思叫我別回還是回個屁字。』

許放：「……」

這傢伙能不能用點腦子？

林兮遲的答覆讓兩人的關係僵到了極點。

辛梓丹沒再回覆她，兩人在宿舍裡也沒有別的溝通，相處方式變成了互把對方當成空氣。

但這麼過了兩天之後，林兮遲突然覺得挺舒坦，比她想像中的假惺惺要好得多。

這件事一過，林兮遲在閒暇間想起，其實高中時許放的桃花也不少。

高一的時候，有個女生求了她幾個星期，跟她要許放的聊天帳號。

林兮遲之前也被另一個女生纏得不行，最後半推半就地給了，因為這事許放一個月都沒跟她說話。

這次她哪敢隨便給，每次推辭時說的話都是女生自己去跟許放要。

但那個女生不好意思自己去要，多次被林兮遲拒絕，實在煩了，直接在教室裡吼她：「妳以為我想天天來找妳？我要是敢自己去要的，我他媽一句話都懶得跟妳說。」

這一吼把她吼愣了。

後來不知道許放是怎麼知道了這件事情。

有一天下午放學硬是攔著那個女生不讓她走，惹得人家臉紅心跳的時候，突然把藏在桌子後面的林兮遲扯出來，讓女生跟她道歉。

所以林兮遲高中的時候，人緣並不算好，但也不會有人覺得她好欺負。

因為都知道，許放會幫她欺負回來。

就這麼過了幾天。

辛梓丹的氣似乎也過了，每天在宿舍裡若有似無地向她示好，林兮遲反倒有些不習慣。

恰好最近她的事情也多，新生籃球賽快開始了，她要跟著聯絡和安排各種事情，因此天天往外跑。

週五下午林兮遲還要去幫忙布置場地。

新生籃球賽持續三天，分六個學院，同時段會有不同系的球隊在比賽。

林兮遲負責的學院是工學院的，有八個系，週五比四場。

勝出的四個隊伍在週六比賽，選出季軍，剩餘的兩個隊伍在週日比最後一場，分出冠軍和亞軍。

體育館的場地充足，足夠讓六個學院比賽，所以統一安排在體育館裡比賽。

週五下午，體育館看臺處坐滿學生，前排處都是穿著統一球衣的球隊。

林兮遲穿著學生會的會服，站在場地邊，時不時控制一下秩序，讓學生不要走進場內。

何儒梁看著手中的資料夾，淡聲說：「時間到了，讓他們準備一下吧。」

他拿的高，而且沒說第一場是哪兩個系比賽，林兮遲一時間記不起來，下意識踮腳湊過去看。

察覺到她的身高，何儒梁很自然地把資料夾放低了些。

是機械系和建築系。

林兮遲看清後，說：「那我去跟建築系的說一下。」

她往四周看了一圈，都是高高大大的男生。雖穿著不同色的隊服，但她不清楚哪個系對應哪個顏色。

最後還是何儒梁指了方位她才找到。

大紅色球衣。

林兮遲順著方向跑了過去。

十幾個男生圍成一團，不知道在說什麼，此時正哄笑著。大紅色顯得熱情而張揚，十分有活力。

林兮遲有些不好意思打擾他們，喊了一聲，因為聲音太小沒人注意到。

恰在此時，林兮遲注意到站在中央的許放。

他的視線也放在她身上，似乎已經看了她很久。雙眸深邃而沉，像黑夜裡倒映著星星的湖水。少年穿著大紅球衣，火熱而桀驁的顏色。

剛剛沒注意到，此時在一群火裡看他，覺得十分醒目。

許放側了下頭，神色慵懶帶著笑，聲音稍揚，「別吵了。」

其餘十幾個男生瞬間安靜下來，目光下意識放在許放身上，又順著他的目光放在林兮遲身上。

不知道是不是因為剛跑過的原因，林兮遲覺得自己的心臟跳得有些快。她別開視線，把聲音提高了些：「比賽快開始了，你們準備一下，看看第一節要安排哪五個人上場。」

這個應該是早就安排好的，很快，大半的男生走回看臺處，找了地方坐下。

只剩六個人站在站在原處，包括許放。

林兮遲點點頭，想回去找何儒梁和葉紹文時，忽地被許放叫住，「喂。」

林兮遲回頭，疑惑地看他。

「妳回去幹嘛？」

「看比賽。」

聽到這話，許放沉默著，扯著她的手肘往看臺處走。到其中兩個空位時，他使了力，把她推到其中一個位子坐下，隨後坐在她旁邊。

他的身上還散著薄荷的味道，不濃，很清冽。

「在這裡也能看。」他說。

一場比賽分為四節，每節十二分鐘，每節間隔一百三十秒，半場休息十五分鐘。每場比賽設兩名裁判員和兩名記分員，由裁判協會那邊指派。

林兮遲戴了隱形眼鏡，看了下何儒梁和葉紹文的方向，從這個角度能看到他們兩個已經找了個位子坐下了。

比賽快開始了，旁邊的男生都跟許放很熟，離他最近的那個還很曖昧地搥了下他的胸口。

被許放一掌拍了回去。

林兮遲猶豫著，最後還是沒有回去。她側頭，耳邊還能聽到幾個男生在起鬨的聲音，被許放喝止住：「吵個屁啊。」

這種情況其實林兮遲遇到的不少。

高一剛開始的時候，圍在許放旁邊的那群男生，每次看到他們兩個待在一起便會發出一陣起鬨聲。

一開始林兮遲有些尷尬，跟他們認識了就沒有這種事情了。

後來，林兮遲發現別班的同學來找班裡的異性，大家也都會發出這樣的怪叫聲。都是玩心重，並沒有惡意。

她漸漸把這種行為當作是尋常的事情。所以此刻林兮遲也不尷尬，反倒好奇地問：「你平時對他們都這麼凶嗎？」

許放從腳邊的紙箱裡拿出一瓶水，扔進她懷裡，另一隻手搭在她的椅背上，神態漫不經心：「我凶？」

「是啊。」這次林兮遲不再自取其辱，自覺擰開瓶蓋，遞給他，「所以我很好奇你這樣為什麼會有那麼多朋友。」

許放接過，但沒喝，沒理她。

林兮遲低頭琢磨了下，猜測道：「用錢買的？」

「……」許放覺得自己在她心目中似乎一無是處，他沉默了幾秒，反問道：「我用得著？」

林兮遲當他默認：「哦，果然是用錢買的。」

許放被她這反應氣樂了，直接認下，反過來嘲諷她，「所以妳也是我用錢買的？」

「我當然不是。」林兮遲立刻否認，頂著英勇就義的模樣，「所以我從小就覺得自己特別偉大。」

許放：「……」

看著場內兩個球隊已經選好站位，五紅五藍。中鋒在中圈內跳球，藍隊跳球得手，耳邊有哨聲響起。

林兮遲突然反應過來，問道：「你是替補嗎？」

許放扯過她手心裡的瓶蓋，慢條斯理地擰回瓶口，「嗯。」

「你為什麼是替補。」林兮遲皺眉，「你不是校隊的嗎？」

許放又把水瓶扔進她懷裡，指了指場上正在奔跑的少年們，神情懶散，「那五個也是。」

「……」

注意到林兮遲幽幽地看著他，眼神看不出是什麼含義。

許放頓了幾秒，還是解釋了：「誰想上就誰上，沒人安排。」

林兮遲莫名有些失望，小聲嘟囔：「如果是你肯定能拿到那個跳球。」

恰好紅隊有個男生扣了籃，身後瞬間響起了尖叫聲，幾乎要掀翻整個籃球館。許放沒聽清她的話，整個人湊近了些，「嗯？」

許放身上還是那股熟悉的薄荷味，帶著男性荷爾蒙，肩膀寬厚，鋪天蓋地的壓迫感向她襲來。

林兮遲用的沐浴乳也是薄荷味的。

此刻，不知為何，她就是覺得許放身上的好聞很多，而且這個距離，破天荒的，居然讓她覺得有些不自在。

許放又開了口，說話時溫熱的氣息噴在她的側臉和脖頸處，一寸一寸的，有些癢。

「我等一下——」似乎是在思考，他的話頓住，遲遲沒說完。很快，他笑了一下，一時間，那若有似無的癢意達到了最極，讓林兮遲無法忍受。

林兮遲忍不住抬手，掌心碰上他的側臉，「啪」的一聲，把他的腦袋推遠了些。

許放沒反應過來，下意識低罵了聲。

隨後不敢置信地看她，表情立刻沉了下來：「妳打上癮了？」

林兮遲摸了摸脖子，垂著眼，有些心虛：「我這哪算打……」她的餘光還能看到許放十分不善的目光，訥訥補充：「是你湊太近了……」

對於她的解釋，許放沒有發表任何言論。

他這次好像真的不高興了。

比起剛剛湊在她旁邊的姿勢，許放現在坐得端正了不少，他靠著椅背，視線放在場上的隊友身上。

林兮遲側頭一看，能注意到許放幽深的瞳仁，繃著的五官線條，咬肌收緊，下顎內斂，神態很不悅。

她這次沒像往常一樣，立刻去討好他。

林兮遲低下眼，再度摸了摸脖頸的位置，眼神有些茫然。

大概是因為她沒去哄他的緣故，許放周圍散發的鬱氣更加濃郁了。在這段時間裡，裁判吹著哨聲，陸陸續續有幾個球員被替換下來。

能聽到幾個大男孩大喘著氣，十分興奮地說：「我等等還要再上去一次，剛剛我那個三分球——我感覺全世界的女生都在為我尖叫。」

「你再上個屁！老子還沒上呢！」

「……」

時間就這麼一分一秒的過去，一直到上半場結束，旁邊的許放一點動靜都沒有，完全沒有要上場的傾向。

半場休息時間。

剛剛上場的七八個男生被一群建築系的女生簇擁著，幾個男生沒了剛剛的意氣風發，都不太好意思地撓著頭，接過她們手中的水。

徒留幾個沒出汗的坐在原地，嫉妒地吐槽：「剛剛阿狗打得很爛吧，我看到他都差點撲街了好嗎！」

「就是啊——」另一個男生冷哼一聲，「還沒我十分之一。」

林兮遲聽著他們的話，莫名有點想笑。時間一過，剛剛的不自在也散去了，她恢復正常，轉頭小聲喊：「屁屁。」

許放低眸看著手機，沒理她。

林兮遲也不介意，自顧自地問：「你什麼時候上場啊？」

許放依然沒說話。

恰好有個大汗淋漓的男生過來，把手臂搭在他的脖頸上，打斷林兮遲的話，大大咧咧道：「許放，你第三節上？」

「……」

「快說，我們急著安排呢。」男生突然注意到林兮遲的存在，「啊」了一聲，「要不然你別上了吧，你個垃圾都有女——」

同時，許放把他的手拿開，力道不算輕，頂著一副「趕緊給我滾蛋」的表情，不耐道：「第四節。」

注意到林兮遲和許放兩個之間不太對勁的氣氛，男生很識相地走開了。

林兮遲抓了抓臉，這下是真的覺得事態嚴重，便開始認真地討好他：「屁屁，你怎麼這麼晚才上場啊？」

「……」

林兮遲捂著良心：「我感覺上場的人都沒你有氣質沒你打球打得好還沒你帥，我都快睡著了。」

這下許放倒是有了反應，一直盯著手機的視線轉了過來，睨著她。

見狀，林兮遲又跟他提了最重要的事情，很刻意地強調：「你快上場吧，我相信你肯定能幫我贏自行車的。」

儘管視線轉過來了，神情明顯把她的話聽進去了，但許放就像個啞巴一樣，一聲不吭。

下半場快開始了。

送水給男生們的女生坐回了原地，要上場的球員在一旁做著熱身運動。

比賽一開始，體育館瞬間又熱鬧了起來。

林兮遲看著椅子上放著幾個空水瓶，又低頭看了看自己手裡的水瓶，已經開了蓋，但剛剛許放沒喝過。

她不確定了：「你等等要我送水嗎？」

許放懶散地靠在椅背上，坐久了似乎有些睏，他打了個哈欠，半瞇著眼，沒回答她的話。但表現出來的意思就是：妳這問的不是廢話嗎？

他沒反應，林兮遲只好往另一個答案上想：「那我自己喝了？」

「……」許放被她氣得快吐血了。

時間到了，許放起身，在場邊做著簡單的熱身運動，看起來比剛剛還要生氣，連一個視線都不給她。

林兮遲突然覺得，他們兩個的關係，因為一巴掌，從朋友變成了仇人。

許放替補的是前鋒的位置。

第四節的發球權在對方手上，場上的比分依然沒有拉開，只有幾分之差。

軍訓過去半個月了，許放的膚色白回來不少，此時站在場內，被其他幾個煤炭襯托得白白淨淨。

但他卻是裡面最高的一個，五官像是用刀雕刻出來，硬朗分明。細碎的短髮散落額前，劍眉微揚，看起來矜貴而英氣。

建築系只剩他沒上過場，其餘的人都滿身大汗，唯有他身上清爽乾淨，像是去串門的一樣。

比賽一開始，他原本那副懶散的神情一下子就變了。

林兮遲捏著手裡的瓶子，緊張地看著他在場內奔跑，游刃有餘地搶過對手的球，紅球衣令他更加鮮活。

許放似乎特別喜歡扣籃，五次裡有三次得分他都是單手抓著籃筐，另一隻手將球扣入其內，整個人半掛在球框上，隨後輕鬆地跳回地板。

動作俐落帥氣，格外吸人眼球。

林兮遲覺得自己快因為尖叫聲聾了。

建築系贏了。

她抿著唇，看著旁邊一湧而上的男生，以及在場內跟隊友擊掌的許放。剛剛隨口說的話忽然成了現實。

林兮遲覺得自己的想法真的太奇怪了。

她居然會覺得許放是裡面最厲害也最好看的一個。

這種話說多了居然會把自己洗腦成功嗎？

接下來，有一大群女生手上拿著水瓶，過去送水給剛下場的男生。

林兮遲本來也想過去，但想到剛剛其他男生被女生送水時羞赧而高興的模樣，以及許放的神情，她便坐了回去。

她盯著手裡的水，突然很不高興。

林兮遲低著頭，心底酸澀難耐，是完全不知道該怎麼形容的感覺。遠處傳來男生的哄笑聲，她隨之擰開水瓶。

憑什麼就他有水喝，還有一群水喝。

林兮遲正想把這瓶水一口氣灌下，腳尖突然被人踢了一下，耳邊傳來少年的喘氣聲。

她抬頭。

許放滿頭是汗，雙眼被汗水沾濕，看起來濕漉漉的，泛著淺淺的光。他的表情非常難看，完全不像是剛剛贏了比賽的模樣，反而帶著點戾氣。

他定定地盯著林兮遲，眼裡帶著不敢置信，「妳還真自己喝了？」

第六章　攻略*PP*計畫

林兮遲愣了一下，放下水瓶，下意識往他剛剛所在的位置看了一眼。

籃球場上，兩個男生搭著肩，靦腆地跟面前的女生說話。周圍有三兩個人抱著球玩鬧。一行人神情飛揚愉悅，還沉浸在勝利的餘韻當中，場景生動鮮活。

許放站在她面前，像是剛洗過澡，汗流浹背。水珠順著髮絲向下落，匯聚在下顎，豆大的汗滴砸到地上，大紅色的球服也被染成深紅色。

男性的荷爾蒙散發到了極致。

他的雙眼深邃，戾氣像漩渦一樣在其內湧動起伏，整張臉板著，毫不掩飾不爽的心情。

在這一瞬間，林兮遲甚至還有種，如果她不把嘴裡的水吐出來，許放會記恨她一輩子的感覺。

林兮遲硬著頭皮把水咽下去，捏緊水瓶，把蓋子擰上。隨後彎腰翻了翻旁邊那個箱子，訥訥道：「我以為……唉你怎麼老發脾氣，你也沒說要我送水給你呀，這裡應該還有……」

摸了半天，林兮遲卻連個瓶蓋都沒碰到。她突然有種不好的預感，垂頭一看。

果然，箱子裡空蕩蕩的，連一瓶水都沒剩。

「……」林兮遲偷偷看了他一眼。

許放的表情沒有半點變化。站在原地休息了一陣子，他呼吸頻率緩了不少，聽不到像剛才那樣粗重的喘氣聲。

感覺再待下去的話，絕對會被許放罵死，林兮遲站了起來，隨便指了個方向：「我去拿瓶水給你！」

說著她就想跑了。

但許放的反應極快，立刻單手扣住她的腦袋，使了力，把她扯了回來。

林兮遲覺得自己的腦袋就像一顆籃球一樣，被他隨意擺弄。

許放淡聲問：「去哪拿？」

「我問問學生會的人有沒有。」見他不說話，腦袋在他手上的林兮遲小心翼翼地補充，「沒有的話我就去動物醫學系那裡拿——」

她的話還沒說完，許放便扯了扯嘴角，用空著的那隻手把她手裡的水拿了過來，隨後才放開她的腦袋。

許放眉眼微揚，因為剛運動過，臉頰微紅，連帶著耳根一大片都是紅的。他擰開瓶蓋，語氣十分不友好，「等妳回來我都要渴死了。」

然後，林兮遲就看著他隔著瓶口，把水灌進嘴裡，喉結迅速滾動，一瓶水在頃刻間便被喝光。

他的神情沒有半點不自然。

林兮遲呼吸一滯，感覺不太對勁，又覺得他的反應這麼理所當然，自己也不應該覺得不正常。她站在原地，看著許放把瓶子隨手扔進一旁的箱子裡。

「那我回去了。」林兮遲摸了摸腦袋，自言自語道：「下一場快開始了。」

她不等許放回應，說完轉頭就走。

許放用舌尖舔了舔嘴角，以及唇上殘餘的水漬，視線放在林兮遲的背影上，看著她平靜並且與平時無二的腳步。

半晌，他坐回椅子上，用力揉搓了下頭髮。

這傢伙的心真是大。

不遠處，有個男生回頭喊他：「許放！還有沒有水？」

許放正想回答，餘光注意到林兮遲似乎回了頭，他又收回了口中的話，懶洋洋地回：「沒了。」

瞥見林兮遲收回了視線。

與此同時，許放傾身，往第一排的座椅後面掃了一眼，看到剩餘的半箱水，手臂一撈，沉默著扔了兩瓶給那個男生。

接下來還有三場比賽，所以兩場比賽之間間隔時間很短，幾乎是無縫銜接。多數人看完自己院系的比賽便走了，時間一過，體育館內越來越空。

林兮遲坐回何儒梁旁邊。

這個位置處於看臺中央，是觀賽最好的位置。可她現在沒什麼心思看比賽，還在回想剛剛許放的模樣和舉動。

那瓶水她喝過的，他怎麼能直接喝了。這好像不合乎情理吧。

林兮遲撓了撓頭，開始為許放找臺階下。

但他們的關係那麼好，同喝一瓶水怎麼了，小時候同睡一張床也不是沒試過。而且許放那挑剔成癮的人還肯紆尊降貴喝她的水，好像是她的榮幸。

不對，不是紆尊降貴，是不嫌棄。

不過他憑什麼嫌棄？她能把水給他喝，他就該感恩戴德一萬年了好嗎？

可他們性別不同，好像不能親密到這個份上。

林兮遲吐了口氣，覺得自己再想，腦子就要爆掉了。她往剛才的位置望去，無意識想找許放。但此時那邊已經看不到穿著紅球服的人了，似乎早就走光了。

林兮遲納悶地垂下頭，想找人傾訴一下，想看看別人是怎麼想的，但又不知道該找誰。

通常情況下，林兮遲有事情想不通，第一個就是找許放。但這次這件事情跟他有關，而且想來想去找他探討好像很奇怪。

說不定還會被他說自己小家子氣，一瓶水計較那麼多。

裁判吹哨，上半場結束。

葉紹文閒著沒事，跑去看物理系的比賽，此刻心情大好地跑了回來，大口喘著氣，笑道：「嘿嘿！我們系要贏了！」

林兮遲見他滿頭是汗，想著天氣確實熱，走幾步路就出一身汗。

葉紹文的體力很差，他叉腰喘了一下的氣，一副剛跑了十公里的模樣，很快便蹲在地上，伸出一隻手，精疲力盡地說：「唉累死我了，有沒有水啊，我要渴死了。」

聞言，林兮遲往周圍看了看。

只能看到旁邊一個空座位上放著半瓶水，不知道是誰的。

林兮遲猶豫著：「我去部長那邊拿一瓶給你吧？」

葉紹文抬頭，瞅了瞅何儒梁。

何儒梁單手拿著手機，另一隻手把懷裡的水瓶抱得緊緊的，面無表情地說：「潔癖。」

葉紹文忍不住翻了個白眼，他側頭，恰好看到林兮遲旁邊的水瓶，直接探身拿了過來。

「妳不是有嗎？」葉紹文擰開，隔空倒入口裡。

林兮遲想阻止他都來不及了：「這不知道是——」

「行了，我隔著呢，沒碰瓶口。」葉紹文平復了呼吸，嫌棄地看著他們兩個，「考慮那麼多幹嘛，我就是渴，平時我也不願意喝別人的呢。」

「……」

林兮遲忽然懂了。

葉紹文跟許放性別年齡一樣，所以想法應該差不多。

他們當時的處境一樣，就是渴，渴可以戰勝一切。

許放剛剛都說了，要是等她拿水回來，他都要渴死了，他只是不想死。

葉紹文這個做法，總算將一直為許放的行為不斷煩惱著的林兮遲解救出來了。

林兮遲越想，越發覺得這個解釋很可信，稍稍將之拋諸腦後。可事後再想起來，她不知怎的，仍隱隱覺得有些許怪異。

工學院是賽事比到最晚的一個學院，其他院系比完，看臺處僅剩的人寥寥無幾，體育部的其他幹事便都聚集到這裡。

恰好是週五，部長提議一起去聚餐。好幾個人有事，林兮遲也沒什麼心情，找了個藉口推辭。

回了宿舍，她才覺得後悔。

除了社團，陳涵和聶悅還競選了班幹部，今晚兩人去開會，此時都不在宿舍。林兮遲一直想著許放的事情，把這事忘了。

宿舍裡只有辛梓丹一個人在，氣氛安靜悶沉。

林兮遲頭皮發麻。她沉默著回到位子上，把背包裡的東西整理了一下。大概過了兩三分鐘，辛梓丹沒像前兩天那樣找她說話。

林兮遲正想放鬆警戒線，去陽臺把衣服收進來時，辛梓丹轉過身，冷不防開了口：「欸，遲遲，妳吃晚飯了嗎？」

伸手不打笑臉人，林兮遲不想理她，但還是含糊不清地應了一聲，「嗯。」

「妳別生氣了好嗎？」辛梓丹嘆了口氣，「我們還要一起住四年，一直這樣不說話真的好尷尬啊。」

「……」

「我承認之前是我不對，摔妳杯子這事，是我太衝動了。」辛梓丹表情真誠，雙眸直視著她，「對不起。」

這樣的狀況讓林兮遲完全不知道該怎麼回應。

如果辛梓丹還是像之前那樣假惺惺的，林兮遲不會給她什麼好臉色，可她現在這種態度，讓林兮遲實在不好繼續冷臉。

林兮遲想了想，問：「所以妳為什麼摔？」

「妳應該猜得到吧……」辛梓丹的表情變得有些不自然，說話吞吐，「我很喜歡許放，第一次見到就很喜歡。」

「……」

「然後我看你們兩個關係那麼好，我看著挺難受的。但我問過妳了，妳好像對他沒有那個意思。」辛梓丹抿了抿唇，「所以挺想讓妳幫幫我……」

「如果妳只是想說這個。」林兮遲的表情冷了下來，「不可能。」

辛梓丹沒太在意，從旁邊拿出一個盒子，起身走到她面前：「我就說一下，妳不願意的話也沒什麼啦。總之對不起了，摔妳杯子確實是我不對，我今天出去外面買了一個新的。」

她把盒子遞給林兮遲：「給妳。」

林兮遲看著那個盒子，沒有接。

「唉妳別生氣了好嗎？妳知不知道小涵和悅悅她們因為我們也很尷尬。」辛梓丹隨手把盒子放到林兮遲桌上，「真的，別氣了。」

「我覺得妳很奇怪。」林兮遲有些不耐煩，「妳覺得這是一個杯子的事情？妳怎麼一副只要妳還了我一個新杯子，我們就能像以前那樣毫無芥蒂。」

辛梓丹的表情掛不住了：「我只是不想讓宿舍太尷尬。」

「行。」林兮遲退了一步，指著桌上那個盒子，耐性十分差，「杯子妳拿回去，因為我也摔了妳的，妳沒必要還我一個。妳的道歉我收下了，行吧？妳能不能不要老是因為這個一直煩我，妳就不膩嗎？」

沉默片刻，林兮遲覺得自己實在失態，她閉了閉眼，往陽臺走。

「妳為什麼能一直那麼理直氣壯。」辛梓丹的好臉色沒了，聲音變得尖銳可怕，「我說了摔杯子是我不對，可我不是道歉了嗎？」

「……」

「妳以為妳什麼都對？妳不覺得自己噁心嗎？」辛梓丹也控制不住情緒了，指著她的鼻子罵，「妳說許放只是妳朋友，妳對他的態度哪裡像朋友？」

林兮遲的腳步一頓。

「妳看看妳周圍有多少男的。」辛梓丹冷笑著，語氣滿是嘲諷，「我是沒妳有本事，能把自己從小一起長大的朋友當備胎。」

許林兩家是世交，在林兮遲的記憶裡，追溯到最前端，任何一個角落都有許放的存在。

兩人從小一起長大，對彼此做過的所有糗事一清二楚，醜態也都被看過。太過熟悉，對對方瞭解的太透澈，性別上的差異其實不會有太多的差別。

林兮遲跟別人說許放是她的朋友，其實只是隨口那麼一說。對於她來說，更標準的答案，應該是——許放等同於家人。

許放比她大兩個月，從小父母就教育她在哥哥面前要有禮貌，要長幼有序。所以在小學二年級之前，林兮遲喊許放的時候，名字後面還會下意識地帶個哥哥。

許放哥哥。

就像是現在林兮耿喊許放那般。

但隨著年齡增長，漸漸地，從某天起，林兮遲突然喊不出口了。變成連名帶姓地喊他，就算父母再怎麼教訓她也不改口。

林兮遲還記得，高三那年，隔壁桌問過她，如果許放喜歡她怎麼辦。

當時林兮遲唯一的想法是覺得荒謬，這句話在她來看，跟問她「如果妳親哥哥喜歡妳妳要怎麼辦」沒有任何差別。

這不是亂倫嗎？

林兮遲根本不想回答，但那個隔壁桌一直纏著她不放，就像是看熱鬧一樣。她便草草地回了句話，現在也記不起來說了什麼了。

總之肯定不是什麼高興的話。

她很確定，在前一段時間，她對許放的想法還是，如果他有女裝的愛好，她還能幫他買內衣挑裙子，甚至能把自己的給他穿。

這個想法在林兮遲喝醉酒的那天被顛覆。

想到內衣是許放幫忙買的，她還差點拿著內衣去跟許放理論尺寸的事情。之後再跟許放待在一起，林兮遲總覺得跟他相處時，好像哪裡有了變化。

但她說不上來。

林兮遲這才發現，以前那些想法都僅僅只是她的想法。她好像不是像她想的那樣，完全不把許放當成異性看待。

從回憶裡回過神。

此時，因為林兮遲的不留情面而覺得難堪的辛梓丹，憤怒之下同樣選擇用尖銳傷人的方式回敬她。

林兮遲思考著要怎麼回答。

其實這件事情，林兮遲也覺得自己確實太小題大做了。

畢竟還要在同個屋簷下相處四年，就算不想跟她交好，維持表面的關係也比像之前那樣抬頭不見低頭見好。

可她真的很不高興，太不高興了。

林兮遲很不喜歡辛梓丹以她的名義去找許放，並以此接近他。

想像到辛梓丹可能會成功，想像到以後許放身邊可能會多了她，想像到這個可能性，林兮遲就一輩子都不想再跟她說話。

辛梓丹說喜歡許放，所以林兮遲聽到她提許放就很煩躁，也很生氣。

但為什麼生氣呢？

──「妳說許放只是妳朋友，妳對他的態度哪裡像朋友？」

聽到這句話時，林兮遲覺得自己好像找到答案了。

以前從未想過，但一旦這個念頭冒了起來，就像是汽水裡不斷向上升騰的氣泡，像是單曲循環的歌曲，像是突然下了一場大雨，雨點砸到水坑裡，不斷濺出的水花。

一旦冒出頭來，就源源不斷，無法停止。

見她一直站在原地，不回答自己的話，辛梓丹的火氣翻了倍，正想用更刻薄的話讓她下不了臺時，林兮遲終於有了回應。

「我不知道妳是怎麼看出我周圍有很多男生。」林兮遲感覺自己的心跳比剛剛快了不少，不想把太多精力放在她身上，「我覺得我沒有跟妳解釋的必要，並且請妳不要用備胎那麼難聽的詞來形容他。」

辛梓丹一噎：「妳做了還不讓……」

「妳現在是以什麼立場來指責我。」林兮遲抿了抿唇，「我跟他以什麼方式相處跟妳有什麼關係，我對他抱有怎樣的感情又跟妳有什麼關係。」

「……」

「這到底跟妳有什麼關係，能讓妳這麼理直氣壯的像是他女朋友一樣。」

「我沒說跟我有關係。」辛梓丹確實沒立場，這時有些心虛，聲音弱了下來，「看不順眼而已。」

比厚臉皮和伶牙俐齒，林兮遲覺得自己絕對不會輸給她，也刺了回去：「我跟他男未婚女未嫁，別說現在了，我就算是當著妳的面跟他親嘴妳都管不著。」

結局自然是不歡而散。

到陽臺把今早剛曬的衣服收了下來，林兮遲拿著換洗衣物和毛巾進了洗手間。

進了這個小隔間，林兮遲才覺得自己與外面隔絕開來。剛剛的氣焰瞬間消散，她蹲在地上，咬著唇抓著頭髮，表情帶著崩潰。

林兮遲捂著心臟，覺得自己整個心都要跳出來了。

她居然喜歡許放。

她真的喜歡許放。

天啊，她喜歡許放，這不是大逆不道嗎？

想起剛剛跟辛梓丹說的話，林兮遲無聲地哀嚎，難自控地用毛巾捂住臉，羞恥的連氣都不敢喘了。

什麼親嘴，什麼親嘴啊……

她真的就隨口一說。

林兮遲蹲在地上，整個人縮得像顆紅雞蛋。直到腿部發麻了，她才深呼了口氣，起身開始脫衣服洗澡。

從浴室出來後，林兮遲不知所措的心情稍微平復了些。她把換下的衣服丟進洗衣機裡，在洗手檯前洗著貼身衣物。

各種心情都有。

終於明白過來的豁然開朗，以及因此而引起的一點小小的不可思議，想起許放的緊張，對兩人日後相處的期待與害怕，第一次有這種情緒的手忙腳亂。

是高興，但也怕求而不得。

林兮遲開始茫然，之後在許放面前要怎麼做。

她認識的一個女性朋友，也有一個關係很好的異性朋友。可男方有一天突然告白，女方完全沒有這種心思，兩人的關係無法進一步，也無法回到從前。

也見過曾經甜甜蜜蜜，認為與對方是一生一世一雙人的情侶，在分手之後老死不相往來。

林兮遲的心情頓時低落了不少。

她不想這樣。

她想一直跟許放在一起。

回到宿舍裡，聶悅和陳涵依舊還沒回來。

辛梓丹坐在位子上，狹小的空間裡只能聽到她敲打鍵盤的聲音。

林兮遲用毛巾揉搓著還在滴水的頭髮，回到位子，看著桌上裝著杯子的盒子。她想了想，還是決定拿過去放在辛梓丹桌上。

辛梓丹的動作停了下來，但沒說話。

「杯子妳真的不用還我。」林兮遲很認真地說：「我也摔了妳的，妳還了我我反倒還欠妳一個杯子。」

「……」

覺得她說的也對，還要一起度過同寢四年，林兮遲乾脆攤開來說：「我覺得妳利用我，說要跟許放一起回家那件事情，而且妳從來沒在這個事情上給我解釋。」

「可我提前問過妳呀。」辛梓丹終於抬頭，可能是覺得林兮遲的語氣變好了，她的聲音也軟了下來，「我問過妳，許放是不是真的只是妳的朋友，妳說是的。我不好意思找妳幫忙，但我只能透過妳來接近他。」

「……」林兮遲有點不懂她的邏輯，「可回家這件事情妳沒跟我說過。」

「既然妳不喜歡他，我做的事情也不會損害到妳的利益。」辛梓丹說：「我是覺得這件事情沒什麼說的必要。」

林兮遲無法跟她溝通，只能含糊道：「反正妳以後不要再做這種事情了。」

談了一番之後，雖然和辛梓丹關係無法回到從前，但至少沒之前那麼尷尬。

林兮遲不想再計較那些事情了，現在她不想把精力分給不相干的人。她回到位子，用吹風機吹乾了頭髮，猶豫著傳訊息找林兮耿。

林兮遲：『妳覺得許放怎麼樣？』

恰是林兮耿第一節晚自習下課的時間，所以她回覆得很快：『這什麼問題。』

林兮遲：『妳就回答一下。』

林兮耿很聽話：『挺高，挺帥，也挺有錢，人也挺大方的？』

林兮耿這麼一說，林兮遲突然覺得許放有很多優點，她彎了彎唇，小心翼翼地輸入：『那。』

林兮遲：『我喜歡他怎麼樣……』

「……」

隔了好幾分鐘，林兮遲等的有些著急的時候，林兮耿才回：『妳為什麼想不開。』

林兮耿：『不行！絕對不行！一點都不好！』

林兮耿：『許放哥的脾氣太差了！耐性也差！動不動就發火！就沒見過比他脾氣更差的人！妳絕對不能跟他在一起！！！』

林兮耿：『妳難道覺得自己條件很差嗎？』

林兮耿：『妳等一下！！！打鐘了，妳等我回宿舍跟妳說。』

林兮耿：『反正，妳千萬不要衝動。』

看著林兮耿這副強烈反對的模樣，林兮遲的內心居然沒有半點波動。

像是踏出了一步，就無法，也不想再後退。

她翻出一個新本子，慢騰騰地在第一頁紙上寫著：攻略許放計畫。

想了想，少女心事不能讓人發現。

林兮遲撕掉剛剛那張紙，幫許放取了個代號，改成——攻略PP計畫。

林兮遲又翻了一頁，看著空白的紙張，突然無從下手了。她拿著筆，撓了撓頭，有些苦惱，隨後拿起一旁的手機上網搜尋方法。

網路上有很多種答案，看起來很全面，但有些答案又是矛盾的。

比如這個——妳要長得好看。

看到這個，林兮遲連鏡子都不用照，心情大好地繼續翻閱其他人的答案，很快又看到另外一篇：如果他不喜歡妳，妳長得再好看都沒用。

「……」

林兮遲又看了一下，越看越覺得不可靠，她關上手機，茫然地盯著那米色的橫線紙，眼神放空。

很快林兮遲便想通了，她覺得她可以把這個當成讀書一樣，每天制定任務，然後完成。每天進一步，時間長了肯定有效果。

畢竟讀書嘛，她最會了。

放長線釣大魚，這種事情不能著急，急不來，急了反而會有反效果。

林兮遲暗暗告誡自己，在這頁紙的右上角上標注了時間。

DAY ONE：2011年9月17日，週六。

那計畫什麼好？

林兮遲從來沒做過這種事情，也不知道怎麼做才是對的，只能按照自己的第一個想法。

明天工學院還有三場籃球賽，所以明天她肯定會見到許放。由此，林兮遲聯想到今天把他的水喝了的事情，頓時又記起來了——許放好像還在生她的氣。

下午建築系和機械系比賽，比完後大概三點出頭。想到這，林兮遲瞥了電腦右下方一眼，現在快九點了。

差不多六個小時。

因為一瓶水，許放六個小時沒跟她說話。

林兮遲抿抿唇，慢悠悠地寫了第一個計畫：明天籃球賽結束送一瓶水給他，並要嫓誇讚他幾句，不能太過刻意。

可回憶起今天同樣也有很多女生送水，送完之後帶著崇拜的神情，激動地讚美那些比賽的男生。林兮遲又覺得自己這個計畫太過爛大街了。

而且今天許放沒收其他女生的水，也沒見他跟哪個女生說話。大概是不吃這一套？

但明天只有籃球賽這事情，好像也沒別的事情可以做了。而且送水這件事，林兮遲覺得還是有必要的。

只不過好像要換一種方式……

她原本就要還他一瓶水，現在多了一重目的，是不是要多送幾瓶。林兮遲思考了下，猶豫著把剛剛寫的「一瓶」劃掉，改成「一箱」，在誇讚許放後面補充了「待定」。

決定好後，林兮遲不再糾結，她伸了個懶腰，滿意地合上本子，隨後從架子上拿出書來看。

十點左右時，聶悅和陳涵同時回來，還從食堂帶了份醬香餅給她們兩個。林兮遲沒去吃晚飯，只吃了點零食墊墊肚子，此時聞到氣味頓時飢餓難耐。

她笑咪咪地道了聲謝，剛咬了兩口，林兮耿便來了電話。

林兮遲眨眨眼，有預感她肯定是要跟自己說許放的事情，便拿著手中的醬香餅出了宿舍，在走廊上接起電話。

她趴在欄杆上，看著遠處：「喂？」

晚風輕輕吹，散去一天的倦意和熱氣，天上閃著幾顆黯淡的星星，還有幾塊濃雲緩緩移動著。

這裡視野廣，除了幾棟教學大樓，林兮遲還能看到露出一塊小角的操場，但她近視，只能看到塑膠跑道上有幾個正在移動的點。

從另一個方向望去，還能看到亮錚錚的露天籃球場。

是令人覺得很愜意的一個晚上。

林兮耿的聲音順著電流傳來，儘管過去了兩小時，她的語氣仍舊很激動：『林兮遲，我讓妳別衝動，妳應該沒衝動吧？』

林兮遲有些疑惑：「怎樣算衝動？」

林兮耿炸了：『就是，妳有沒有跟許放哥告白！』

聞言，林兮遲嘴裡咀嚼著的東西差點噴了出來，語氣也激動起來，「怎麼可能！我才沒這麼蠢！」

『哦。』林兮耿鬆了口氣，『那就好。』

「……妳對許放哪來那麼多意見。」林兮遲回想了下，想不到許放哪裡惹她了，「妳剛剛還說他又高又帥呢。」

『我以為他在妳旁邊，就隨口那麼一說。』林兮耿冷哼一聲，『許放哥的脾氣真的太差了，妳要找個脾氣好的，不要被這種假像蒙蔽了雙眼。』

「什麼假像？」

『妳想想，妳都認識許放哥多少年了，以前沒喜歡上，現在怎麼可能突然喜歡了。妳肯定是因為恰好到了春心蕩漾的年齡，隨意把對許放哥的感情當成愛情。』

「……」林兮耿這麼一說，林兮遲也開始懷疑自己了：「那怎麼才算喜歡？」

林兮耿沒談過戀愛，此時也茫然，但她看過的言情小說不說成千也上百了，很快便鎮定下來，提點她：『看到他就心跳加速？』

林兮遲點頭：「他湊近我的時候會。」

『看到他就很開心。』

「嗯。」

『他跟別的女生靠太近的時候心情就很差。』

「嗯，也會。」

『……』才說了三個都全中，林兮耿沒興致再提，『妳對別的男生會不會這樣，妳在大學沒認識別的男生嗎？聽說S大不是有很多帥哥嗎？』

「有認識幾個。」林兮遲想了想，皺眉，「但他們怎麼能跟許放相提並論。」

林兮遲的想法很簡單。就算她對許放沒有那個意思，她在大學裡認識的這幾個男生，也沒有一個能撼動許放在她心中的地位。

所以更別說會不會對她的心情造成絲毫影響了。

林兮耿也懂她的意思，沉默了幾秒後，繼續問：『那妳覺得許放哥喜歡妳嗎？』

聽到這話，林兮遲突然想起她喝醉酒那天，頭昏腦脹脫口而出的那句話——「屁屁喜歡我。」

當時的想法真的只是朋友之間的喜歡。

但許放的反應好像有點大，震驚又難以置信，似乎還反駁了句話。林兮遲冥思苦想了一下，卻記不太起來，只能記起他說了「傻子」兩個字。

組合起來有兩種表達方式。

喜歡傻子都不會喜歡妳，或者是，喜歡妳？我是傻子嗎？

許放肯定不覺得自己是傻子，那就只有——

林兮遲猶豫著問：「妳覺得我是傻子嗎？」

林兮耿現在完全聽不得她貶低自己，唯恐她對自己有了錯誤的認知，認為自己高攀了許放：『肯定不是啊——』

「哦。」林兮遲肯定下來，打斷了她的話，「那許放應該不喜歡我吧。」

『……』

不知道為什麼，林兮耿突然有點同情許放。

隔天是週六。

農學院因為系少，昨天已經比出季軍了。今天的比賽是最後一場，其中一個院系是動物醫學系。

宿舍其餘三人都沒有活動，她們便決定跟林兮遲到體育館看籃球賽。

動物醫學系的球隊有好幾個都是她們班的，但院裡的體育部有幫忙準備水，所以她們不用帶水過去。

林兮遲想著要送水給許放，路過超市時便進去看了一眼。

到十月份之前，林兮遲的生活費全部都是跟許放要的。

上次因為中秋節，許放一口氣給了她一千塊錢，但因為回家的車費和各種零零散散的費用，她現在身上也沒多少錢了。

林兮遲到飲品區掃了一圈，發現一箱水要三十二塊錢。雖然不是買不起，但她突然發現旁邊還有一罐五公升一瓶的水。

正常來說，其他人帶的都是五百毫升的，她帶這樣一罐過去，比別人多了十倍。

重點是，這瓶水才十二塊錢，省了二十塊錢。

不過林兮遲的目的不是為了省錢。

只是很少人送水會送這種這麼大罐吧？如果她送這這麼大一罐水，許放的面上也有光。說不定不用她哄，直接就不生氣了。

想通後，林兮遲美滋滋地抱起水，去收銀檯付款。

宿舍其餘三人在門外等她，見她抱著這麼大一桶水出來，聶悅的眼神都直了：「妳拿這麼大一桶水幹嘛？」

林兮遲眨眨眼：「等等要送水呀。」

「……」

跟她們看的是不同學院的比賽，林兮遲一進體育館便跟其餘三人道了別，在老地方找到了何儒梁和葉紹文。

從一見到面，葉紹文就一直吐槽她的水。

就連何儒梁也沒玩遊戲了，神情詭異地看著她。

被說多了，林兮遲有些鬱悶，熱情驟然減半。

難道很奇怪嗎？林兮遲在位子上發呆，沒底氣去送水給許放了。

等到許放上場了，林兮遲掙扎了一番之後，還是偷偷摸摸地抱著水從看臺的最後一排走到建築系的位子。

她在第二排的位子看到辛梓丹。

林兮遲一愣，看到她手裡的水，正常的五百毫升水。她收回視線，抿著唇繼續往前走，在其中一個位子看到許放的背包，便拿開他的背包，坐了上去。

這一瞬間，林兮遲總算反應過來，她這個突如其來的想法不太正常，好像有點蠢。

許放等等會不會不願意喝啊。

林兮遲用水瓶撐著下巴，看著許放在球場上奔跑穿梭，黑髮紅唇，少年氣息濃郁，格外矚目。但他今天進球的次數很少，看起來像是提不起勁來。

很快，中場休息的哨聲響起。

許放跟隊友擊了掌，掀起衣服，用下擺擦了擦臉上的汗水，他正想回到位子拿水喝的時候，眼睛一瞇，突然注意到抱著一桶水坐在他位子上的林兮遲。

「……」許放走了過去，一時摸不著頭腦：「妳幹嘛。」

林兮遲嘆了口氣：「送水給你。」

許放：「……」

他覺得他可能扛不起來。

許放覺得林兮遲真是個很奇特的生物，從她的表情裡看來，她完全不是因為開玩笑才送這樣一桶水給他。

他遲遲沒有動靜。不過也在林兮遲的意料之中，她垂下腦袋，隨口問：「你不喝嗎？」

遠處傳來朋友的笑聲，許放不用想也能猜到他們是在嘲笑他。

他的額角一抽，正想直接扯過旁邊的箱子拿出一瓶正常大小的水，突然注意到林兮遲略顯低落的情緒。

許放的眉眼挑起，彎腰蹲在她面前，盯著她的眼，脫口的話瞬間變成了另外一句，「那妳倒是給我啊。」

得到了預料之外的回答。林兮遲頓了下，有些反應不過來。沒多久，她「哦」了一聲，嘴角不由自主地彎了彎，費力地把水遞給他。

許放伸手接過，拿了一下就放到地上，腦袋低著，表情像是在思考。一時答應得快，拿到手後他不知道該怎麼喝。

林兮遲揉捏著痠疼的手臂，突然覺得自己這一路的疲憊沒有白費，她用指尖戳著瓶子，笑嘻嘻地說：「你要是喜歡我明天還能帶。」

「……」也不知道這傢伙今天是哪根筋抽了。

許放頭皮發麻，想把她罵醒，想到她剛剛的表情，不知怎的又罵不出口。只能壓低了聲音，用商量般的語氣跟她說：「我喝不下那麼多。」

「啊──」林兮遲意識到這個問題，看著那桶水，很快就找到了解決方法，「沒關係呀，你可以帶回去喝。」

「……」有點道理。

他剛運動完，確實渴。而且他也搞不懂林兮遲在想什麼，不再計較這些。

想著想著，許放忽地笑出了聲，搖了搖頭，不知道在笑什麼，隨後便起身坐到她旁邊的位子上，把水提了起來。

林兮遲期待地盯著他。

直到他擰開瓶蓋，準備把水舉起來，要開始喝了，她表情一愣，終於反應過來──如果許放要喝她帶來的這桶水，是要把這一大桶扛到頭頂喝的。

那個畫面有點可怕。

如果他一個不小心沒拿穩，整桶水就直接澆到他腦袋上了，又或者是水沒灑出來，這罐五公斤的水就像塊石頭一樣「哐噹」砸在他身上。

所以是，要麼當場洗個澡，要麼進醫院，這兩個後果沒有一個是她能承受的。

「等一下。」林兮遲猛地叫住他。

見許放的動作確實停下來了，她才放下心來，開始翻著背包，從側邊的袋子裡翻出一根吸管，是之前買優酪乳時不小心多拿的。

細管，大概十五公分長。

林兮遲眨眨眼，把吸管遞給他：「拿這個喝吧。」

「……」

許放一臉黑線。

讓他在這這樣喝？周圍全是認識的朋友，觀眾也大多是認識的同學，然後讓他在這抱著一桶水，用一根吸管喝水？

這他媽不就等同於當眾承認自己是個弱雞嗎。

許放輕飄飄地瞥了她一眼，沒再理她，輕鬆地把水扛了起來，一口氣喝了十分之一。他的喉結迅速滾動著，隨後用手背抹了抹唇，唇上一片水色。

黑髮冷眼，膚白紅唇。

她以前怎麼沒覺得他這麼好看。

林兮遲盯著他的舉動，莫名覺得有點渴。她別過了眼，深深吐了口氣，用手幫自己搧了搧風。

許放擰上瓶蓋，把瓶子放到腳邊。

「熱？」注意到她的舉動，許放挑挑眉，又掀起衣擺擦臉上的汗，露出線條緊繃的腹肌，心情看起來倒是挺好，「我都沒喊熱。」

「哦，是啊。」林兮遲看了他一眼，這下倒是把手放了下來，面不改色地撒謊，「那水有點重，搬著挺辛苦。」

「林兮遲。」許放突然喊她。

「啊？」

「明天帶正常的水。」

「……」林兮遲一頓，「哦。」

中場休息結束，下半場開始後，許放上去跑了一小段時間。這次上場，他明顯比先前精力好了不少，不斷進球又進球。

林兮遲看著他在賽場上來回奔跑的模樣，偷偷往後看了一眼。

辛梓丹坐在第二排，注意到她的目光，還很友好地跟她彎了下嘴角。

林兮遲收回了視線。

想到剛剛許放說的話，她突然覺得自己這個追求真的是贏在了起跑點。關係一熟悉，連送水給許放這事，送成一桶都能成功。

但這要怎麼辦啊，這樣反倒顯得他們之間沒有半分能成為戀人的可能。

總感覺她如果直接跟許放表白，許放的反應大概是：認識多年的兄弟突然跟我表白了，我該怎麼辦。

林兮遲看著場上的許放，悶悶地思考著應該如何做才能讓他對自己有一點性別差異的認知。

送水這事情，針對許放的性格，林兮遲覺得做法必須跟其他人的做法不一樣，要特別一些。但現在這個走向，很顯然她這個想法是錯誤的。

那等等誇他的計畫，是不是參考一下其他人的做法，不要有太大差別。

想到這，林兮遲望向別處。

遠遠的，能看到另一個方向有個男生下了場，有個女生過去送水給他，不知道在說什麼，雙手握拳併攏放在胸前，臉上帶著崇拜而驕傲的表情。

臉頰紅撲撲的，雙眼亮如繁星。有點可愛。

而站在她對面的男生，高高大大的，此刻十分靦腆的樣子。

林兮遲歪著頭，表情若有所思，隨後她舉起手，笨拙地學習著那個女生的舉動和神態。

把力氣花光之後，許放才下了場。他坐回林兮遲旁邊，喘著氣，什麼都沒說，只是拿起地上那桶水就往嘴裡灌。

林兮遲深吸口氣，生硬地捏拳，學著那個姿勢，聲音微揚：「哇！屁屁你太厲害了吧！真的太棒——」

聞聲，許放側頭看向她，頓時注意到她的那副忸怩作態的模樣。他嘴裡的一口水差點噴出來，立刻把水瓶放到腿上，歇斯底里地咳嗽著。

把氣順了，許放才低聲罵了句，「我真服了。」

林兮遲：「……」她絕對不會再做這種事情了。

許放咳得臉都發紅了，嗓子又癢又躁，十分難受。他按捺著脾氣問她：「妳今天發什麼瘋。」

「沒發瘋。」林兮遲鬱悶道。

是你太難搞了好嗎？怎麼做都不對勁，真的太難了。

林兮遲的滿腔熱忱一下子跌進了谷底，眼皮懨懨地垂著，疑惑地低喃著：「送你一桶水，別人覺得奇怪，你卻沒有罵我。」

「……」

「別人受到誇讚，高興。誇你，反倒被你罵了。」

「……」

「你讓我思考一下。」

許放：「……」

這傢伙到底想做什麼？

比賽結束後，林兮遲沒在他這裡多待。受到沉重的打擊，此刻她只想找個沒有許放的地方思考新的對策。

看許放的幾個朋友都在收拾東西打算走了，林兮遲便跟他道了別，回到原來的地方。位子上，何儒梁不知道去哪了，只剩葉紹文一人玩著手機。

林兮遲走過去，隨口問：「何學長呢？」

葉紹文眼也沒抬：「去廁所了吧。」

林兮遲沒太在意，坐回自己的位子，開始回憶過去對待許放的種種行為，越想越發覺得追到許放這件事情的可能性為零。

餘光瞥到葉紹文，林兮遲猶豫了下，還是決定找他幫幫忙：「葉紹文，我問你個問題。」

「什麼。」

「你會喜歡一個總是罵你的女生嗎？」

「罵了什麼呢？」

林兮遲想了想以往對許放說的話，掰著手指慢慢說：「罵你醜，說你摳門、娘炮——」

她還沒說完，葉紹文立刻大呼小叫：「我有病才喜歡。」

「……」

本來她還覺得贏在起跑線上的。

林兮遲回宿舍反省了一番，感覺自己現在努力的方向不太對。糾結了一晚後，她決定先暫停，不再做這些刻意的事情，看情況行動。

她相信，總會出現機會，讓她能好好刷好感度的。

週日，工學院剩最後一場比賽，建築系和海洋系的奪冠之戰。

對於這場比賽，兩個球隊的成員明顯認真了不少，來觀戰的觀眾也比前兩天多了一倍。看臺處密密麻麻的，男女比例差不多五五開。

在比賽開始前，林兮遲拿著水到許放那邊，坐到昨天的位子上。

許放本來在跟隊友說話，見她過來便走了過來，站在她面前，漫不經心地瞥了她手裡的水一眼，似是鬆了口氣。

他坐到林兮遲旁邊。

林兮遲想了想，問他：「你緊張嗎？」

「緊張什麼？」

「冠軍和亞軍的獎品差好多，冠軍是一輛自行車，亞軍就只有一瓶洗衣精。」

「那不是妳該緊張的事嗎？」

「……」也對。

雖然這場比賽重在參與，勝負並不重要，但是聽到裁判宣布建築系勝利的時候，林兮遲還是非常非常高興的。她看著一湧而上的人群，以及在場內忍不住露出笑容的許放，拿著水瓶慢吞吞地擠了進去。

想到有很多人都想送水給許放，林兮遲的動作加快了不少。

許放周圍確實圍了不少女生，多是跟他同個班的，但他也記不起名字，只是禮貌地道了聲謝，沒接過她們的水。

往林兮遲坐的方向看了一眼，許放沒看到她的人影。

他又往前方掃了一圈，在不遠處看到她笨拙的被幾個人擋著，過不來。

很快，林兮遲認了命，繞了一圈，走到他附近。卻又被他周圍的女生擋著，連個縫隙都插不進來。

林兮遲心想這傢伙真的是這裡最招蜂引蝶的一個，她往四周看了看，發現只有許放身後的位置能跟他有點肢體接觸。

她正想繞到那邊去的時候，許放的眉梢揚起，微微傾身，伸手扣住她的腦袋，往他的方向拖，「看不到我在這？」

第七章 連青梅竹馬的主意都打

旁邊的女生很自覺地挪了位給他，眾人面面相覷，瞬間明白什麼，各自散去，蜂擁到其他球員面前。

林兮遲被許放這麼一帶，重心不穩，不受控制撲到他身前。

她還是能站得穩，可不知怎麼的，林兮遲莫名有股衝動，無法阻攔的衝動。她咽了咽口水，裝作剎不住車的模樣，整個人撲進他的懷裡。

沒想過有這樣的結果，許放毫無防備的被她撞得後退了兩步。

剛運動完，他的衣服大半都是濕的，散發些許汗味，但不難聞。他的雙手空著，因為意外，此時不知道該放在哪。

……好像還是沒有任何反應。

林兮遲定了兩秒，慢吞吞地鬆開，然後站好，決定在許放罵她之前惡人先告狀：「你不要總把我的腦袋當籃球，我站不穩的──」

許放又猛地向後退了兩步。

「你。」被他這副像是被非禮的模樣刺激到，林兮遲瞪大了眼，不高興了，「你這反應也太過分了，我是站不穩，又不是故意的。」

許放別開眼，沒看她。他抓了抓臉頰，對她這話沒做出回應，伸手放在她面前，扯開了話題：「水拿來。」

「哦。」林兮遲有種自己在唱獨角戲的感覺，納悶地收掉氣焰，向前走了一步，把水放進他手裡。

許放下意識退了一步，接過她手裡的水，側身，擰開瓶蓋，仰頭一口氣喝完整瓶水。

林兮遲注意到他的動靜，歪著頭問：「你怎麼我過來一步你就退一步。」

「什麼。」許放把瓶蓋擰好，表情有點呆，很快就變了臉色，眼裡閃過幾絲不自然，聲音隨之變得不善，「熱，妳別湊那麼近。」

聞言，林兮遲乖乖地向後退，沒退幾步，許放又道：「太遠了。」

她定住，抬頭。

許放剛運動完，臉頰染著紅，額前汗涔涔的，看起來確實熱得不行。此刻，連耳朵和頸部那一塊都微微泛紅。

林兮遲愣了幾秒，盯著他，開始思考剛剛他的臉有沒有這麼紅，但她想不起來了。

餘光注意到林兮遲一直盯著他，許放莫名心虛，唯恐被她察覺出什麼端倪，語氣越發惡劣：「看屁啊。」

林兮遲「啊」了一聲，倏忽間有些不好意思，緩緩挪開了視線，「好，我不看。」

「……」

幾個學院都是決賽，幾乎是同一時間比完。因為比賽的勝負出來了，體育館內騷動了一陣子，隨著人群散去平靜下來。

建築系和海洋系兩個球隊的隊長商量了一番，決定一同到校外聚餐。

見狀，林兮遲正想回去找其他幹事，問問接下來的安排是什麼的時候，突然被其中一個男生喊住：「同學。」

林兮遲回頭，一頭霧水，遲疑地指著自己：「叫我嗎？」

「是啊。」男生穿著海洋系的深藍色球衣，靦腆地問，「這幾天妳負責我們這個學院也挺辛苦的，為表達我們系的謝意，妳一起來聚餐吧？」

恰好葉紹文和何儒梁過來了，林兮遲說了句「等一下」，便小跑到他們面前，說了大致情況：「他們兩個球隊現在要去聚餐，問我們要不要一起去。」

聽到這話，葉紹文突然湊到她耳邊，神神祕祕地問：「他們請客嗎？」

「……」林兮遲退了一步，表情有些無語，「你自己去問。」

何儒梁沒理他們兩個，繼續往前走，拿著資料夾去跟兩個隊的隊長說了下獎品的分發時間和其他事情。

林兮遲往別處望了圈，問道：「我們要不要問問部長他們接下來有什麼安排，怎都不見人影了……」

提起這個，葉紹文嘆了口氣：「他們也跟各自負責的學院聚餐了。」

「哦。」想到許放也在，林兮遲小聲建議，「那我們也去吧。」

葉紹文又嘆息了聲。

林兮遲莫名其妙地看了他一眼：「你嘆什麼氣。」

他瞥了她一眼，愁眉苦臉道：「妳不懂。」

「……」

何儒梁過去了之後被幾個男生熱情地拉著說話，再也沒回來過。林兮遲本想過去找許放一起走，卻被葉紹文死死扯著手肘不放。

林兮遲真的覺得他今天格外反常：「你幹嘛？」

葉紹文理直氣壯道：「這裡我們兩個都沒有認識的人，一起走啊。」

林兮遲搖頭，把他的手掰開：「我有。」

葉紹文連忙揪住她：「不行，這裡我一個人都不認識，我害怕。」

「……」你一個交際花不要裝了好嗎。

林兮遲實在不知道他想做什麼，又把他的手掰開，邊尋找許放的人影，邊催促：「你有什麼事情就直說呀。」

籃球隊男生的海拔都很高，個個高大又壯實，林兮遲一時找不到許放。

葉紹文舔了舔唇，有些忸怩：「妳幫我問問溫部長在哪。」

林兮遲想問他怎麼不自己問，但又怕被他繼續纏著，只好妥協地拿出手機，傳訊息找溫靜部長，問她在哪裡。

溫靜靜回得很快，林兮遲直接把手機放在他面前。

葉紹文點點頭，隨後又很滄桑地嘆了口氣：「行吧，我知道肯定瞞不住妳。」
莫名聽到這樣一句話，林兮遲愣了一下。瞞不住什麼？
葉紹文也不賣關子，繼續說：「我喜歡溫部長。」
「……」
林兮遲震驚了。她是真的完全不知道啊，一點苗頭都沒發現啊。
葉紹文到底為什麼會覺得，他肯定瞞不住的？
林兮遲不敢信，壓低聲音說：「你居然敢把主意打到部長身上。」
「愛情是沒有年齡和職位之分的。」葉紹文對她這樣的反應很不滿，生硬道：「妳不應該這樣打擊我。」
「啊，對不起。」林兮遲抱歉地對他比了個加油的手勢，「那你……加油？」
一旦說出來，葉紹文的話癆本性也出來了，不斷跟林兮遲傾訴他這幾天內心的酸澀和難熬。
林兮遲像個樹洞一樣，對這些沒發表什麼意見。只覺得自己雖然也是暗戀，但目前好像還沒這種感覺。
半晌後，葉紹文終於安靜了。
林兮遲想了想，小聲問他：「假如你被一個女生抱了會怎樣，就意外的，不小心的那種。」
葉紹文懨懨地問：「什麼關係？什麼樣？」

「朋友。」林兮遲頓了幾秒，舔了舔唇，「就長我這樣的。」

葉紹文一頓，猛然道了聲歉：「對不起。」

「……」

「我可能會打人。」

「……」林兮遲的眉眼一跳，補充了句，「但我看到他臉紅了啊。」

葉紹文繼續打擊她：「可能臉皮薄吧。」

聽到這話，林兮遲不說話了。

怕自己說的話太重，葉紹文有些心虛，沒過多久又忍不住出聲：「喂，妳怎麼不說話了。」

「我覺得你的話很不可靠。」林兮遲完全不像是被打擊到的模樣，「他才不是臉皮薄的人，你說的答案沒有一個是對的。」

「……」

林兮遲也開始打擊他：「你這麼低的情商是絕對追不到部長的。」

「……」

說完後，林兮遲哼了一聲，沒再跟他說話，加速往前面走了一小段路，在一群人中央找到了許放。

他的周圍全是男生，不知道在說什麼，興奮熱烈又愉快。

林兮遲頓時不敢過去了。

倒是許放注意到她的身影，停下步伐，隨後把一個男生搭在他肩上的手拍開，徐徐朝她走來。

然後又是一片起鬨聲。

這次林兮遲莫名有點臉熱，垂下了頭。

許放沒注意到她的異樣，往後看了一眼，似是漫不經心地問：「妳剛剛跟葉紹文在說什麼？」

「沒什麼。」林兮遲很誠實地說了，「就他跟我說他喜歡——」

想了想，她覺得這是別人的私事，把話咽了回去：「反正就說他喜歡一個女生，問我要怎麼追比較好。」

許放皺眉，很不爽：「他問妳幹嘛？」

又覺得自己的語氣太不客氣了，冷著臉補充道：「妳哪有那經驗和腦子。」

「怎麼……」沒有。

林兮遲弱弱地閉了嘴，還是沒把話說完。

畢竟她現在還沒追到。如果說了這話，要麼現在直接跟他表白，要麼被他誤會自己喜歡其他人。

都不好。

林兮遲決定先憋下這口氣。

暗自想著，等她日後成功了，一定要回來翻舊帳，狠狠反駁他的話。

出到校外，大多是男生，一行人沒太糾結，直接到一家常去的熱炒店吃晚飯。

三十多個人被分成兩桌。

都互相認識，大家沒有按系分桌坐。兩桌上各有建築系和海洋系的人，紅藍的統一球衣，十分吸引人的目光。

林兮遲坐在許放旁邊。

何儒梁和葉紹文坐在另外一桌，她望了過去，發現葉紹文果然已經跟其他人打好了關係，開始稱兄道弟了。

「……」

她低頭用茶水洗著餐具。見許放沒動靜，林兮遲便順手把他的也洗了，然後有一搭沒一搭地跟他聊著天。

許放不怎麼理她，林兮遲也沒在意。

等菜上齊後，林兮遲後知後覺地發現，許放的情緒好像不太好。

重點是這種不好的情緒好像是針對她的。

比如，以往他們像這樣跟其他朋友一起出去吃飯，由於人太多，都會是大桌，還會有轉盤。因為覺得她手短的緣故，許放都會幫她夾菜。

或者是幫她把她喜歡吃的菜轉到她面前。

但今天許放不僅沒有這麼做，反倒看到她要夾什麼就搶先夾到自己碗裡。

一開始林兮遲還覺得是巧合，次數一多就覺得不對勁了。她夾什麼許放就夾什麼，這就算了，他還次次都夾她想夾的那一塊，完全是在針對她好嗎。

在次數高達十次之後，一口肉都沒吃到的林兮遲忍不下去了，在桌下用腳踢了他一下：「你幹嘛啊。」

許放淡淡瞥她一眼，完全不理虧：「我在吃飯。」

「……」反倒是她小肚雞腸了。

飯後，有好幾人因為還有事便先走了。其餘人商量一番，決定到附近一家撞球店玩遊戲。進了店裡，林兮遲在其中一個區域發現了另外兩個系的球隊。沙發上坐著一群人，裡面有兩個林兮遲認識的人，溫靜靜和體育部的另一個幹事。

距離有些遠，也不好打招呼，林兮遲便沒有過去。

大約十個男生上去打桌球，剩下的人坐在一旁的沙發上玩狼人殺。林兮遲本以為許放也會過來玩，坐下之後才發現他被一個男生扯去一旁玩撲克牌了。

她瞇著眼看了看。三個人，分別是許放、葉紹文還有一個海洋系的男生。

林兮遲收回視線，她有些鬱悶，不知道許放到底為什麼生她的氣。本想在這個遊戲上放水討好他，但現在他跑去跟別人玩了。

玩了幾局之後，有幾個人要去上廁所。

林兮遲便趁這個機會起身，走過去看許放他們的戰況。遠遠的，她能聽到葉紹文得意的笑聲：「哈哈哈我要贏了，又要贏了，這牌我閉著眼都能贏……」

她走到葉紹文背後，看清了他手裡的牌。

最大的和一個順子三四五六七。

坐在他隔壁的許放臭著一張臉，似乎十分不爽，見到她過來只是懶洋洋地掀了掀眼皮，半句話都沒說。

許放和另一個男生手裡都還剩很多牌。

隔壁的沙發上就是溫靜靜那一群人，此時那邊也剛好結束一局。溫靜靜站在中間倒著可樂，一不小心杯子倒了，灑了一桌。

葉紹文的餘光總是放在那邊，注意到之後，立刻站了起來，把牌塞給林兮遲：「快贏了，幫我打一下。」

林兮遲只是來看戲的，此刻有點傻眼。

其餘兩個人都把視線放在她身上，林兮遲愣愣地坐下，問道：「現在該誰出？」

另一個男生說：「該妳了，我剛出了二。」

林兮遲看著手裡的牌，偷偷看了許放一眼：「葉紹文是莊家嗎？你們賭注是什麼？」

許放眉心一跳，看她這個表情就有不好的預感。

「嗯，葉紹文是。」男生表情有些無奈，「最後一局了，他們說這局賭大的，哪家輸了就光著上半身去操場跑一圈。」

「許放裸奔……」林兮遲喃喃低語，然後出了兩張牌，「哈。」

這牌她只需要把接下來的順子出了就贏了。

「……」

看到她這副氣勢洶洶的模樣，許放幾乎已經猜到了結局，眉心一跳，把牌蓋在桌上，一副視死如歸的模樣。

頓了幾秒後，林兮遲轉頭看向葉紹文的方向，愧疚心頓起。但依然無法阻止她的做法，遲疑了兩秒後，在心裡跟葉紹文道了歉。

對不起了，許放當著別人的面裸奔，不可以的，絕對不可以！

隨後她猶豫著，慎之又慎地抽了一張牌，「三。」

這牌一出，許放的表情定格住，疑惑地看了她幾眼。片刻後，他才重新把桌上的牌拿起來，長睫一垂，隨意地丟了張牌出去。

旁邊的男生有些猶豫，磨磨蹭蹭地接了一張K：「怎麼出三啊，許放，你說她手上剩四張，是不是剩最大的。」

許放撓了撓臉頰，肯定道：「已經沒了。」

與此同時，葉紹文幫溫靜靜收拾好桌面回來，心情大好地吹著口哨，站在林兮遲後面問：「贏了沒？欸——怎麼還在打，你們新開了一局嗎？」

「還沒。」林兮遲把牌放在桌上，心虛地站了起來，含糊不清答，「你自己打吧，我不怎麼會玩。」

「行。」葉紹文爽朗地笑了聲，坐回了位子，順口道了聲謝，「謝了啊——」他的尾音拉長，看到牌的那一刻，音調瞬間提高了一度：「我靠，我怎麼少了張牌。」

不等林兮遲回答，電光石火間，葉紹文就猜到了答案，腦袋一寸寸地向後轉，不敢置信地問：「妳出了什麼？」

海洋系男生很好心地出來回答：「她出了最大的，然後出了三，我接了個K，之後你就回來了。」

怕葉紹文當場把她打死，林兮遲舔了舔唇，又重複一遍剛剛的話，像此地無銀三百兩一樣，「我真的真的不怎麼會玩。」

聞言，許放看向她，眼裡閃過幾絲不解。他整個人靠在椅背上，指尖摩挲著牌的邊緣，嘴唇微抿著，神情若有所思。

葉紹文皮笑肉不笑：「那妳倒是知道有這東西。」

「……我。」林兮遲一噎，不知道該怎麼辯解了，抬腳往原來的位子走，「哦，他們回來了，我要回去玩遊戲了。」

葉紹文這口氣完全咽不下去，雙手撐在扶手上，想起身追過去把她臭罵一頓。

還沒站起來，身旁的許放忽地伸腿勾住他的椅子，稍微使了點力，他的椅子腳隨之在地上移動，發出「吱啦」聲。

突如其來的移動轉移了葉紹文的注意力，回頭看著始作俑者，「你發什麼神經？」

許放又靠回到椅背上，漫不經心地扯著嘴角，指了指桌面，「出牌。」

回到位子上，林兮遲看了手機一眼，快十點了。剛剛去廁所的人早都回來了，不過到現在還沒開新的一局，大概是在等她回來。

坐下沒多久，一個男生起身發身分牌。

不遠處有個正在打撞球的男生放下球桿，看著手機，不知道在說什麼，沒過多久便回了頭，高喊了聲：「許放！」

林兮遲和其餘人下意識地往那邊看。

四五個男生集合站在一起，收拾著東西，看起來似乎要離開了。

「他們應該要走了，十點半要點名。」正在發牌的男生收回視線，解釋了下狀況，「學校查國防生查得很嚴格。」

很快，幾個男生往他們的方向走來，打了聲招呼便從旁邊的門離開了。

林兮遲雖然不認識他們，但還是禮貌性地抬手，跟他們比了個「拜拜」的手勢。

許放走在最後面，看到她坐在一群男生堆裡，傻愣愣地抬著手跟他說再見，面色一冷，頓時氣不打一處來。

他的腳步停了下來，眼神淡淡的，對著她抬了抬下巴。

林兮遲瞬間懂了他的意思，唇角忍不住翹了起來。她低頭掩飾，慢吞吞地把自己放在桌上的手機和衛生紙收好，把牌放回桌上。

有個男生注意到她的動靜：「啊，林兮遲，妳不玩了嗎？」

林兮遲點點頭：「不玩了，我要回宿舍了。」

此時許放還在旁邊杵著，沒有任何動彈。他的身材高大又結實，容貌俊朗立體，站在這就像一堵牆，格外吸引人的目光。

其他人瞥見許放和林兮遲的互動，猜測兩人的關係不普通，也沒再說什麼。

見她走到自己身後了，許放瞥了她一眼，表情稍稍由陰轉晴，抬腳往外走。

這家撞球店的地理位置很偏僻，房子老舊。

走道狹窄，只能容納一個人通過，樓梯間裡甚至連窗戶都沒有，空氣悶沉。頭頂的燈還壞了，兩人只能借助撞球店透出來的光線往下走。

怕許放看不清路，林兮遲打開手機的手電筒，從他旁邊硬擠了過去，幫他照明前方的路，喃喃低語：「你小心點，別摔了。」

許放跟在她後面，看著她的背影和舉動，一晚的悶氣全消，微微斂了下巴，嘴角淺淺地勾了起來。

樓梯間裡安靜又暗，只能聽到兩人的腳步聲和呼吸聲。

許放盯著她的腦袋，她的頭髮剛過肩，髮質天生細軟蓬鬆，短髮襯得她整個人越發小巧。

他忽然有種想揉她頭的衝動，沒克制住自己的欲望，許放抬手，用力揉了揉她的頭。

林兮遲的腳步沒停，也沒拍開他的手，鬱悶道：「你幹嘛？」

許放面不改色地停下動作，改成把她的腦袋推到一邊：「妳的頭擋到我的光了。」

「哦。」林兮遲沒懷疑，下意識把手抬高了些，「這樣能看到嗎？」

「看不到。」

林兮遲又舉高了些：「這樣呢？」

許放：「還是看不到。」

林兮遲暗暗吐槽著這人真是個瞎子，手上卻妥協著把手機舉到頭頂，手臂稍稍向後挪了些，斜著往前照，整個樓梯間被照亮：「這樣還看——」

「看到了。」

林兮遲的話被他打斷，同時，有清淺的氣息觸到她的手背，帶著一些癢意。不太真實，她也不知道是不是自己的錯覺。

下一刻，手背上又傳來溫熱柔軟的觸感。比上一次真切得多。

林兮遲猛地收回手，心臟一跳，還沒來得及問，許放便不耐地開了口，語氣很惡劣：「舉太高了，撞到我了。」

「啊——」林兮遲愣愣地，聲音乖巧又呆，「哦。」

恰好到一樓了，林兮遲便關上了手電筒，心臟怦怦怦直跳，若有似無地摸了摸手背的位置，腦袋裡瞬間只有一個想法——「撞到他哪了？」

臉？不太像，許放的臉沒肉，可硬了。眼睛嗎？也不像啊。鼻子也不對。那就只有——

林兮遲不敢再想，單手捂著臉，試圖讓臉上的溫度降下來。

想到許放十點半要查寢，加上還要洗澡和其他事情，林兮遲的腳步自覺加快。

但她加快的速度跟許放正常的速度沒什麼差別。

許放閒適地跟在她後面。走了一段路後，他想起剛剛的事情，隨口問：「妳不會玩牌？」

這話她可以用來騙葉紹文，但在許放身上一點用都沒有，畢竟之前她還透過這個贏了許放一大筆錢。

林兮遲騙不了他，乾脆實話實說：「我想幫你贏呀。」

聽到這話，從未在林兮遲這裡得到這種待遇的許放眉梢揚起，一副完全不相信的模樣：「哦，妳跟那個葉紹文有仇？」

「……」真沒有你信嗎。

林兮遲憂鬱地看了他一眼，但也沒再解釋什麼。

兩人的宿舍離得不遠，快到樓下時，林兮遲不想再浪費他的時間，直接跟他說了句再見，便快速地蹦躂著回了宿舍。

許放在原地站了一下，回想著剛剛的畫面。莫名地，他又想起了今天下午的場景。

林兮遲和葉紹文並肩站在一起，有說有笑的，而且還同穿著學生會的會服，看起來就像是穿了情侶裝一樣。

這個畫面真是礙眼。

而且林兮遲還說葉紹文讓她教他怎麼追女生，這不就是暗示嗎？真是低級又沒新意的套路。

但當後來葉紹文崩潰地指責著林兮遲，和甩出剩下的四張牌時……

許放用手背抵著唇，輕輕笑了下。

算她有良心。

回到宿舍，林兮遲翻出她的計畫本，在上面迅速地記錄著自己今天和許放發生的事情，寫出來的文字流暢又愉快。

筆尖停在了某一處。

想起在樓梯間裡的那個溫熱的而不明確的觸感，林兮遲猶豫了一陣。良久後，她還是在本子上寫了一句話——下樓梯的時候，許放偷偷親了我的手。

一定，肯定，絕對不是我的錯覺。

林兮遲合上本子。

心想，如果她想要不動聲色地將暗戀對象拿下。

一定要有盲目的自信心，一定要相信對方會喜歡上自己。

這才有繼續暗戀和追求的動力。

真的不是她不要臉，真的不是。

這是她的動力。

九月底，城市的初秋如期而至。

天空高而清澈，淺藍色的底，沒有任何雲層暈染。教學大樓下的桂花樹開得正好，教室的窗戶大開著，幽香隨風嫋嫋而來。

老舊的風扇發出輕微的聲響，耳邊還有粉筆撞擊黑板和水性筆在紙張上發出的唰唰聲。閆志斌的聲音高揚，滔滔不絕地在講臺上講課。

林兮遲有點走神，低頭在筆記本上來來回回地寫著四個數字——１０２４。

餘光注意到身旁的人似乎把腦袋湊了過來，林兮遲立刻回過神，合上本子，鎮定地看向黑板，把上面的筆記抄到課本上。

過了一下，林兮遲側頭偷瞄許放。

好像是她的錯覺。

此時許放正好好地坐在位子上，嘴唇微抿著，低頭寫著筆記。他把頭髮剪短了一些，露出光潔的額頭，看起來有精神不少。

見狀，林兮遲拍了拍臉，集中精神好好聽課。

明天便是連假，學校不用特地安排補課和調整時間，按國家規定放足了七天長假。

宿舍裡除了陳涵，其餘三人家裡都在R省，回家都算方便，所以能回家的都會回去。

陳涵的家離學校很遠，坐飛機還需要三個小時的時間，來回奔波很麻煩。但這次因為有一週的假期，她糾結再三，還是選擇回家。

宿舍便僅剩林兮遲一人。

不過這七天假期她早有安排。

經部長推薦，校外有家飲料店臨時招聘，只招假期的兼職。林兮遲加了店長的好友，看了大致的要求，便報了名。

兼職這事，主要是因為假期閒置時間太多，林兮遲想以此來打發時間，但和缺錢也有點關係。

林兮遲和許放做的那個賭約已經結束，她之前給他那三千塊錢的生活費全部花完，甚至還倒花了他幾百塊錢。

雖然林兮遲沒打算還，但是這給了她警示。

如果她還這麼隨心所欲地花錢，一個月三千塊錢是絕對不夠的。

更重要的一點是，再過一個月，許放的生日就到了，林兮遲要存錢買禮物給他。

往年兩人都不把生日這種事情放在心上，林兮遲更是隨意。想起來了就隨便送他一樣東西，比如一支缺了筆蓋的筆，比如一瓶喝剩一半的可樂，再比如她用了半年的手錶。

但今年肯定不能這樣。

她再這樣下去，簡直就是直接把許放往別人懷裡送。

在林兮遲的胡思亂想中，下課鐘響了。閆志斌拖了時間，但注意到學生們一臉騷動，沒多久就放他們走了。

林兮遲把東西收拾好，跟辛梓丹和葉紹文道別。許放坐在旁邊等她，長腿搭在桌子前面的鐵桿上。

許放隨口問：「妳這七天要幹嘛。」

「我打算去做個兼職。」林兮遲站了起來，如實告訴他，「就在學校外面，只做連假這七天。」

許放皺眉：「妳沒事做什麼兼職。」

兩人邊說邊往外走。

「我沒事才做兼職啊。」林兮遲往背包裡翻著單車鑰匙，邊問，「你要不要一起來，反正你也沒事幹，天天閒閒沒事。」

許放瞥了她一眼，沒說話。

「你等一下，我跟你說說要求。」林兮遲翻出手機看了看之前跟店長的聊天記錄，「首先是性格活潑開朗，有耐心好相處……呃，你好像不太符合。」

「……」

「每天工作時間不少於四個小時，一個小時十五塊錢，感覺你應該會嫌少。」

「……」

林兮遲接著往下念：「有職業素養……」

沒等她念完，許放突然打斷她的話，語氣柔而多情：「遲遲。」

很少聽他這樣喊自己，林兮遲的心臟漏了半拍，側頭看他，表情愣愣的，「啊？怎麼了……」

「別去了，妳不符合要求。」許放扯過她手裡的單車鑰匙，一副全心全意為她好的模樣，繼續道：「妳沒有素養。」

林兮遲：「……」

林兮遲額角一抽，悶著氣，看著許放走到教學大樓旁的單車棚裡開了單車的鎖，磨磨蹭蹭地站在他旁邊等著。

這車是新生籃球賽的獎品，車子大輪有後座，車架輕便普通，款式有點復古，林兮遲很喜歡。

賽前許放雖然那麼說，但拿到之後便送去給她了。

學校很大，多了輛自行車方便不少。

平時和室友一起上課，林兮遲還是像之前一樣步行去上課。這次是因為她等等要去飲料店面試，才把車騎了出來。

許放把車子從單車棚裡推出來。

林兮遲握住車把，坐上鞍座後，回頭問他：「我現在去面試，你呢？是回宿舍還是去吃飯？」

許放手插口袋站在原地，不置可否。

她猶豫了幾秒：「那我走了？」

「嗯。」

想著早點面試完早點回宿舍，林兮遲不想拖太久，低下頭把手機放進背包裡，踩住腳踏，想往前蹬。

突然間，身後一沉。林兮遲下意識回頭看，就見許放穩穩地側坐在後座上，神情自然又清高，像是攔了輛計程車，下一刻就要跟她這個司機說自己的目的地。

「……」林兮遲的嘴角抽搐了下，問道：「您知道自己多少公斤嗎？」

全身都是肌肉，結實又重。

「知道。」

「……」知道你還不下來。

林兮遲頓了頓：「你也要跟我一起去面試？」

「嗯。」許放腿長，他隨意地踩在地上，很記仇地回，「我閒閒沒事。」

「……那我跟你換個位，你載我。」

「不要。」許放很直接，「載不動。」

林兮遲：「……」

您的體重將近我的兩倍好嗎。

林兮遲咬牙踩動了單車，心想著自己喜歡的絕對不是男人，而是一個公主，一定要讓人捧在手心的那種。

這麼一想，林兮遲很肯定，許放是絕對不會看上別的女生的。

哪有人會像她這樣毫無底線地寵著他。

到飲料店時，林兮遲累得僅剩半條命。從鎖單車開始，她就一直勸許放趕緊回宿舍，外面這麼熱別中暑了，快去吃飯，不要餓著了。

總之不用等她了，免得等等她還要載他回去，剩下半條命也沒了。

許放皺眉，很不可思議地問：「妳難道要讓我自己走回去嗎？」

「……」他能這麼理直氣壯地說出這種話，林兮遲覺得很不可思議。

兩人一前一後地走進飲料店裡。

這家飲料店空間很大，分上下兩層樓，裝潢精緻溫馨，所以客流量不少。除了飲品，店裡還賣一些甜點，樣式華麗，口感又好。

林兮遲跟部門聚會時也來過這裡。

面試還算順利，林兮遲當場就通過了。店長告訴她今晚會把排班表傳給她，明天就可以過來上班了。

出了店，兩人又回到停單車的位置。

「我今天就把話放在這了。」林兮遲把單車鑰匙塞給她，小跑過去，半坐在後座上，神情小心又警惕，「如果你今天不載我——」

許放瞥她一眼，淡淡道：「怎樣？」

「那我就。」

「怎樣？」

「那我就……」

許放輕哼一聲。

他的這副模樣讓林兮遲立刻怕了，乖乖地從後座上跳下來，苦著臉，「那我就載你吧。」

「……」

許放默默地坐上單車的鞍座，背對著她。在她看不見的地方，嘴角翹了翹，很快他清了清嗓子，收回了唇角的弧度。

見狀，林兮遲眨眨眼，樂滋滋地坐回後座，她用雙手捏住後座下方，以免自己被甩出去。

過了半晌。林兮遲坐在許放後面，盯著他的背部，神情若有所思。幾秒後，她垂下眼，慢騰騰地抬手，揪住他的衣角。

感覺到她的動靜，許放回頭看了她一眼，沒說什麼。

隔天下午，林兮遲收拾了一番，動身出門去飲料店。昨晚店長傳了排班表給她，時間都固定在下午兩點到六點，每天四個小時。

到店後，林兮遲忙碌了一段時間。

下午三點半左右，林兮遲把一杯飲料打包好，遞給面前的顧客。恰好，她放在口袋裡的手機響了，她瞅了一眼，是林兮耿。

林兮遲下意識接了起來。

那頭有些吵，是人群的喧鬧聲，林兮遲還隱隱能聽到地鐵的報站聲，『林兮遲，出來接我。』

「……」林兮遲一愣，「什麼？」

『我剛下地鐵，等等應該能到你們學校門口。』林兮耿的聲線嬌而清脆，『妳不用來地鐵站找我，妳不想出來的話我直接去妳宿舍就好。』

林兮遲傻了：「妳來S大了？」

聽她這語氣，林兮耿聽不出她是不是因為自己先斬後奏生氣了，聲音立刻低了下來：『對啊……我就來玩兩天……』

「……」

反正都來了，林兮耿拉長了聲音，開始耍賴：『反正我以後也要考這學校的啊，就當先來參觀一下了。』

頓了幾秒。

「我現在沒時間。」林兮遲看著還在等單的幾個客人，思考了下，「妳在原地待著別動，別亂跑，我讓許放去接妳。」

掛了電話，林兮耿撓撓頭，傳訊息給許放，讓他不要過來了。而後看向四周，隨著人流的方向出了地鐵站。

她背著背包，用手機導航，很順利地走到S大門口。

S大建立多年，已有近百年歷史。

經過時間的洗禮，看起來磅礴壯闊。校門在前些年修葺過，仍因承受著日日夜夜的風吹雨打，帶著時間的痕跡，多了幾分歷史感。

此時雖是假期，但學校也不顯冷清，來來往往全是洋溢著青春氣息的學生。

林兮耿關掉手機螢幕，正想走進學校裡的時候，看到從裡頭往外走的許放。她下意識縮回步伐，往後一轉，躲到旁邊的柱子後面。

許放眼尖，而且林兮耿的動靜又大，一瞬間就他被察覺到。他懶懶散散地走過去，站在她旁邊。

還沒張口說話，林兮耿便立刻趕人，「哥，你快回去吧。」

許放沒理她這話，自顧自地往前走：「走了。」

林兮耿在原地停了片刻，見許放完全不回頭，便沒有原則地跟上：「你跟我說我姐在哪，我自己去找她就行了，不用你帶——」

許放沒任何耐心：「趕緊給我過來。」

「……」怕他發火，林兮耿連罵他的聲音小了些，「你就是想借著我去見我姐，禽獸不如，連青梅竹馬的主意都打。」

聞言，許放扯了扯嘴角，淡淡道：「有意見？」

林兮耿閉嘴了。

「而且。」許放的表情帶著幾絲疑惑，像是對她這句話很無法理解，「什麼時候我見林兮遲還要找藉口了。」

「……」

把最後一杯飲料打包好，林兮遲遞給面前的女生，這才放鬆下來。

前檯處已經沒有顧客了，大多都是拿好打包的飲料便走，剩餘的便在店裡找了位子坐下。

現在天氣雖然已經轉涼，但店裡仍然開著空調，還放著舒緩的音樂，十分舒適宜人，所以店裡的顧客不少。

趁著閒置時間，林兮遲想問問許放接到林兮耿了沒。

還沒等她拿出手機，眼一抬，她便看到林兮耿推開飲料店的玻璃門，後面跟著許放。

見到林兮遲，林兮耿眨眨眼，走到她面前：「妳在這幹嘛，打工嗎？」

「嗯。」林兮遲把提前讓同事做好的一杯飲料遞給她，「我還有兩個小時才下班，妳先找個位子打發時間，餓了跟我說。」

林兮耿接過，悶悶道：「妳幹嘛打工，錢不夠用嗎？」

聽到這話，林兮遲偷偷瞅了許放一眼，隨口說：「沒有，我就沒事幹。」

林兮耿盯著她看了一下，沒再說什麼，聽話地拿著飲料找了個角落坐下。

同時，許放低頭看了手機一眼，沒過多久便抬起眼瞼，走到她面前，散漫道：「兩杯烏龍奶蓋、兩杯珍珠奶茶。」

沒想到他會點餐，林兮遲猶疑了下，才遲緩地在收銀機上打出單據，「總共五十二。」

許放遞給她一張一百，林兮遲接過，慢吞吞地從櫃子裡拿出幾張紙鈔和三個硬幣，遞給他。

隨後，她往空杯子杯壁貼上製作的飲品名，回想起剛剛叫他去接林兮耿還被臭罵了一頓的事情，有些無語：「你本來就要來買飲料，順路把林兮耿帶過來怎麼了。」

許放垂眸玩著手機：「我不是帶過來了？」

林兮遲想要從他的神情裡找到一絲歉意，提醒道：「那你還把我罵了一頓。」

「啊。」許放思考了下，氣定神閒道：「那是因為想罵。」

「……」

林兮遲剛想嗆回去，就被同事喊過去幫忙。她瞪了他一眼，沒再說什麼，立刻過去了。她今天是第一天上班，還有很多東西不會做，此時只能幫忙打打下手。

許放站在原地看她，直到她看過來，才裝模作樣地看回手機螢幕。

室友還在催他：『大佬，你不是就出去接個人嗎？這都快一小時了，四缺一啊啊啊啊你能不能快點！』

許放：『快了。』

許放：『再等一下，買了飲料給你們。』

室友：『啊？沒人要喝啊。』

室友：『誰讓你買的？』

「……」

林兮耿選了個不好的位子，正對著空調，一開始還不覺得，但坐久了便冷到不行。她想換個位子也難，周圍要麼是情侶要麼就是成群結隊過來的學生。

她瞅了瞅，幾乎看不到一張空桌。

又仔細觀察了一圈，林兮耿終於在隔壁的隔壁找到僅坐著一個男生的位子。是店裡除了她以外，唯一一個獨自一人坐在這裡的人。

她突然有一種惺惺相惜的感覺，但主要只是想過去蹭個位子，現在這裡實在太冷了。

男生似乎在打遊戲，修長的手指在螢幕上飛快滑動著。他的膚色很白，鼻梁上架著一副金絲眼鏡，側臉的五官曲線硬朗分明。

長得有點好看。

林兮耿覺得比許放長得好看多了。搞不懂為什麼待在這個帥哥遍地的學校，林兮遲最後依然看上了朝夕相對的臭脾氣許放。

「同學。」林兮耿站在他旁邊喊了一聲。

男生的耳朵上戴著純黑色的耳機，不知是音量放得太大還是別的原因，他像是沒聽到一樣，沒有理她。

林兮耿乾脆拍了拍他的肩膀，再喊了一次：「同學。」

男生摘下半邊耳機，視線依然放在手機上，低聲問：「什麼事。」

林兮耿指了指他對面的位子：「我能坐你對面嗎？」

聞言，男生抬起眼，桃花眼微微一瞇，但目光沒在她身上停留太久，很快便垂下了眼，「可以。」

桌子是玻璃圓桌，空間並不大，上面擺放著甜點和飲料，位置放得有點散，林兮耿沒地方放飲料了，便小心翼翼地把最旁邊的一盤往男生的方向推。

但不知為什麼，盤底像是黏了東西一樣，林兮耿用了點力都挪不動。她不敢太大力，怕用力過猛把盤子裡的點心弄出來。

過了半分鐘，林兮耿有些鬱悶，乾脆往自己的方向挪了挪，這次倒是挪動了。

餘光看到似乎有人在看著她，林兮耿抬了頭，就見男生的視線已經不再放在手機上，單手撐著下巴看著她，眉眼略帶春意。

「妳不介意的嗎？那個。」男生指了指她面前的那個盤子，輕輕笑了下，「我吃過的。」

時間到了，林兮遲解開圍裙，往店裡掃了一圈，這下讓她發現一件很詭異的事情。

林兮耿並沒有待在原來的地方，而是換到了店裡靠牆那一排位子，對面坐著一個男生。

重點是，這個男生還是她認識的人——何儒梁。

雖然林兮遲早就知道何儒梁在這裡，但她沒注意到兩人坐在一起。

不知道在聊什麼，兩人相處的氣氛看起來還算不錯。

林兮遲第一次見到何儒梁在空暇時間沒有看手機。

從林兮遲這個方向看去，林兮耿背對著她。只能看到何儒梁用勺子挖著面前的蛋糕，沒怎麼出聲。林兮耿的手上比劃著什麼，看起來心情頗好。

林兮遲走了過去，她先是瞥了林兮耿一眼，後才望向何儒梁，友好地打了聲招呼：「何學長。」

何儒梁頷首。

「你們認識啊？」見狀，林兮耿有點茫然，但她沒太在意，抬頭看向林兮遲，「我們要走了嗎？」

「嗯。」林兮遲低頭看了看手機，「去吃晚飯。」

林兮耿立刻站了起來，跟何儒梁道了別，便推著林兮遲往外走。

出了飲料店，林兮遲才問：「妳怎麼跟他坐一桌了。」

「妳認識他啊？」林兮耿表情有點神祕，「妳不覺得這男的條件很好嗎？長得好看，還是升學考狀元，氣質斯文，重點是脾氣很好啊。」

「……」

「我剛剛旁敲側擊地問了下，好像還挺有錢的。」林兮耿握了握拳，頂著一副「我決定了就這個吧」的模樣，「林兮遲，妳選這個吧。」

林兮遲手裡拿著她喝剩的飲料，剛喝了一口，聽到這話差點全部噴出來，被嗆了半晌才道：「你瘋了嗎？」

她這副嫌棄的模樣讓林兮耿瞪大了眼，很不敢置信，「這個條件妳還看不上，那妳為什麼會看上許放哥？」

除了上次新生籃球賽，林兮遲基本沒跟何儒梁有過什麼交集，私下也不怎麼說話，但想到之前他說自己最好騙，她便對他沒什麼好感。

感覺林兮耿對他的印象好像很不錯，林兮遲便開始貶低他，「這個學長留級了。」

「我知道啊。」林兮耿滿不在乎，認真地分析，「但他現在只是誤入歧途，他的基礎功都還在的。只要他放棄遊戲，努力讀書，依然是個輕易就能拿獎學金賺大錢的潛力股。」

「……」林兮遲居然覺得她說的有點道理，但還是很快就找到反駁的話，「他為了遊戲曠考，一點自制力都沒有。」

林兮耿一噎，這次不知道該怎麼回了。

為了讓林兮遲逃出許放的魔爪，她沒底氣決定用嗓門取勝，要著賴皮：「不管怎樣，他還是甩許放哥一條街好嗎！」

林兮遲剛想反駁，腮幫子突然被人從身後掐住。堅硬的觸感，指尖帶著點涼意。力道不算輕，卻也不會讓她覺得疼。手的主人將她的頭向右後側一擰，令她隨著力道轉了頭，對上他的視線。

許放額前滲出一層薄薄的汗，將他的瀏海打濕，底下是一雙烏黑深邃的眼。他穿著藏藍色短袖，圓領，露出鎖骨和一截白皙硬朗的脖頸。他鬆開手，神情有些莫名，「誰甩我？」

林兮遲：「……」

林兮耿：「……」

許放突然冒出來，把林兮耿嚇得倒吸了一口氣，唯恐他把她剛剛說的話都聽進去了，結結巴巴地反問：「許、許放哥，你怎麼在這？」

林兮遲的反應與她截然不同，沒被嚇到，揉了揉腮幫子，自然地回話：「我讓他過來的。」

「……」

林兮耿不敢相信，看向她，眼裡混雜著各種情緒，像是在無聲地說：妳叫他來了怎麼不告訴我妳為什麼要叫他過來我一點都不喜歡他就我們兩個人過二人世界不好嗎？

許放掃了林兮耿一眼，又直直地盯著林兮遲，不經意般地問：「妳們剛剛在說什麼？」

兩個人同時這樣盯著她，林兮遲莫名有些心虛。她思考了下，剛剛她和林兮耿好像只聊了關於何儒梁的事。

她貶低他，林兮耿抬高他。應該沒有扯到許放……

再三確認剛剛的話沒什麼不可告人的地方，林兮遲便誠實道：「哦，就耿耿她說何儒梁能甩——」

聽到這話，怕許放知情後會當場把自己攆回家，林兮耿著急地跺跺腳，猛地打斷她的話：「能被許放哥甩一條街。」

「……」突然被她改了話，林兮遲有點茫然，神情呆愣地看向她。

話題一時扯到了不相關的人身上，許放沒反應過來，疑惑地問：「何儒梁？」

見他確實不太記得了，林兮遲便跟他提了提：「就是開學的時候老師經常提的那個曠考留級的學長啊，我之前跟你提過。還有負責工學院新生籃球賽也有他，就是戴眼鏡的那個。」

「哦。」許放神色懶散，回憶了下，「不記得了。」全部用來記那個葉紹文了。

危機解除。林兮耿鬆了口氣，適時地扯開話題：「我們現在去哪？」

「去吃飯，我請客。」林兮遲笑嘻嘻地翻了翻口袋，拿出兩張鈔票給他們看，「我第一天的薪水！這家店薪水是日結的，老闆人超好！」

聞言，林兮耿也來了興致，指了指某個方向：「那我們去吃路口的那家烤肉店吧，我剛剛聞到味道就超級想吃！」

「……」林兮遲沉默了半晌，又拿著那兩張錢在她面前甩了甩，認真地提醒她，「我的日薪只有六十塊錢。」

意思就是，她的預算只有這點。

林兮耿：「……」

結果三人還是去了那家烤肉店。

進店後，服務生遞來菜單，林兮耿接過，和林兮遲坐在一排，兩個腦袋湊在一起點菜。許放在位子上坐了一下，沒多久便去了洗手間。

等他一走，林兮遲立刻壓低聲音，開始誇讚許放，試圖扭轉他在林兮耿心中的不良印象，「妳看許放多大方，對妳多好，妳想吃烤肉他就來這家店了。」

林兮耿沒理她這話，回頭確認許放不在旁邊了，才遲疑地問：「我們剛剛在街上說的話許放哥應該沒聽到吧？」

林兮遲頓了頓，安撫道：「讓他聽到也沒事啊。」說完後，她閉眼昧著良心繼續誇：「許放這人很大方的，絕對不會計較妳在背後說他壞話這種小事。」

「我也不知道。」不懂她為什麼要一直問這個，林兮遲撓了撓頭，茫然道：「我一直在聽妳說話呀。」

「不是，他什麼時候來的啊……」

林兮耿抿了抿唇，視線飄忽了起來：「我剛剛好像說了妳看上許放哥了，不知道他有沒有聽到——不是，我真的不知道他會突然來的。」

她的語速變得很快，音量又輕，林兮遲一時有些不明白她話裡的含義。

場面停頓了幾秒。林兮遲疑惑的表情漸漸變得清明，猛地想起剛剛跟林兮耿的對話。

——「林兮遲，妳選這個吧。」

——「這個條件妳還看不上，那妳為什麼會看上許放哥？」

然後不到一分鐘，許放突然從身後出現，掐住她的腮幫子。

「……」

聯想到這個，轟的一下，林兮遲原本平靜的情緒蕩然無存。一股熱氣倏地湧上腦門，像是發燒一樣的熱度，令她整張臉都紅了起來，完全無法控制。

林兮遲甚至想當場遁地，狼狽不堪地捂住了臉：「不是吧……」

但冷靜下來後，林兮耿又覺得，如果許放真的聽到了她的話，反應不可能像現在這麼平靜。不過他坐沒多久就去上廁所，這點也有點奇怪。

有可能是太激動了，怕暴露自己覬覦林兮遲多年的事情，然後去廁所平復心情。

反正她也不懂……

林兮耿想提醒一下林兮遲，不管許放有沒有聽到，在他面前都要鎮定從容，泰然處之，不然這副手忙腳亂的模樣，就算他真的沒聽到，也能猜到吧。

不就是此地無銀三百兩嗎？

她在腦海裡準備了一大堆話，正想苦口婆心地開導林兮遲時，就見許放從轉角處回來了。見狀，林兮耿不敢再多話，匆匆地吐出了「冷靜」，便繼續低頭看菜單。

林兮遲的臉還是紅的，餘光注意到許放回來了，便裝作渴了的樣子，低頭喝水。

許放坐回位子上，跟林兮遲面對面。

林兮耿還沒點好菜，所以短時間內不會上菜。此時桌上三人各做各的事情，氣氛安靜得發散出莫名的尷尬。

許放把手機放進口袋裡，掀起眼眸看了看林兮遲。注意到她的舉動，他的眉梢一揚，神情帶著幾許奇怪，喊她：「林兮遲。」

他突然這麼嚴肅地喊她，不論是不是想跟她提剛剛的事情，全身帶著戒備狀態的林兮遲非常手足無措，腦袋裡那根弦像是斷了。她憋著氣，一口氣把腦海裡反反覆覆想著的話說了出來：「不關我的事，別問我不要問我千萬不要問我！都叫你別說了！快閉嘴！」

許放：「……」他還什麼都沒說。

見狀，許放眉間的皺褶更深了，漆黑的眸子盯著她。他沒因她這麼大的反應說出別的話，只是指指她手裡的杯子，喉結隨著每個字的吐出滑動著，輕聲說：「別喝了，裡面沒水了。」

「哦。」林兮遲立刻放開水杯，覺得自己現在真的太不冷靜了。她捂了捂臉頰，站了起來，「我去個廁所。」

過了幾秒，她突然意識到林兮耿這個豬隊友的存在，瞬間又坐了回去，「算了，我還是不去了。」

「……」

林兮耿審時度勢地舉了手，打破這個僵局，叫服務生過來拿菜單。趁此機會，她悄悄地用手機傳訊息給林兮遲：『太明顯了大哥。』

林兮耿：『妳不要說話了，就安安靜靜待著吧，求妳……』

不然被發現的話，妳之後一定會把一切責任都怪到我頭上來啊。

林兮遲的手機放在包裡，此刻完全沒注意到林兮耿的內心活動和不斷震動著的包，她咽了咽口水，豁出去般地問：「屁屁，你剛剛有聽到我和耿耿的對話嗎？」

許放側了側頭，漫不經心地重複了遍剛剛聽到的話。吐字字句清晰，聲音平淡無情緒：「不管怎樣，他還是甩許放哥一條街好嗎。」

林兮遲緊張地捏著拳頭，追問：「就這個？」

「嗯。」

「沒別的了？」

她這副緊張異常的模樣，讓許放內心那股怪異的情緒越發明顯，頓了幾秒後，他別有深意地問：「那還能有什麼？」

話音落下，林兮遲屏著氣盯著許放的表情。過了半晌，確認他說的話確實是真的之後，才鬆了一大口氣：「沒有。」

許放閒散地背靠椅，聽她說話。

「就耿耿說你被何儒梁甩了一條街。」自己剛剛的反應這麼大，林兮遲覺得她有必要為自己解釋一下。但這話脫口後，她又覺得自己好像出賣了林兮耿，良心發現般改了口，「哦，是何儒梁甩你一條街。」

她也不再這上面糾結，眼角彎彎：「反正都差不多。」

許放：「……」所以他們兩個為什麼要甩來甩去。

恰好服務生上了幾盤肉，順帶過來把烤盤熱起來。

林兮耿抿著唇，沒再把注意力放在他們兩個身上。想著，她只是過來看看林兮遲的校園生活過的好不好，後天，不，明天她就回去了。

她快升學考了，還有很多作業沒做，訂正也沒改，她還有很多事情……

總之她不管了！跟她一點關係都沒有！

邊用夾子把肉放到烤盤上，林兮耿邊轉頭看。就見林兮遲垂著頭，想掩藏著的表情十分愉悅，隱隱帶著點得意的情緒，尾巴幾乎要翹上天。

隨後她又轉頭，看向許放。

此時他也盯著林兮遲。

表情完全不像是平時那般冷淡又欠揍，眼神幽幽的，帶著幾分意味深長。

吃完晚飯後，許放把兩人送到宿舍樓下，便回了宿舍。

宿舍其餘人不知道去哪了，此時裡面空蕩蕩的，一塵不染，各種物品按規矩擺放的整整齊齊。

許放分到的宿舍並不好，是上下鋪，熱水器和空調也老舊，剛來的時候裡面還有一股霉味。他睡在下鋪，此時燈也沒開，脫了鞋便躺上了床。

許放懶洋洋地靠在疊成豆腐的被子上，雙腿搭在扶梯上，進入十分舒適的狀態。黑暗裡，只有他的手機發著光，將他的臉照亮。

能看到他的表情似乎略帶緊張，影影綽綽，不太真切。

許放舔了舔唇角，找了蔣正旭，慢騰騰地在螢幕上打著字。

許放：『兄弟。』

停頓一秒，他繼續打字。

許放：『那傢伙好像看上我了。』

第八章　妳是不是暗戀我

許放幫林兮遲設定的鈴聲和別人的不一樣，雖然都是系統自帶鈴聲，但只要是這個鈴聲響起，他再不想接都會接起來。

聽到鈴聲響時，許放正準備跟室友打遊戲。

因為昨天的事情，許放很清楚林兮遲今天要打工，所以此時接到她的電話有些疑惑，不知道她是為了什麼事情。

叫他出去玩還是什麼的，那當然好。她要是早點提，他還在這裡打個屁的遊戲。

想到這，許放便放開握著滑鼠的手，眉頭一揚，側頭對幾個室友說了句「等一下」，隨後便接起電話。

林兮遲的聲音從那頭傳來，軟而諂媚：『屁屁，你有空嗎？』

聽到這個開頭，許放爽快地關上電腦，低聲應：「嗯。」

結果下一句——

『耿耿來我們學校了，我現在沒時間，你去幫我接她吧？她現在就在地鐵站，你直接跟她聯絡好了……』

許放嘴邊的弧度慢慢收起，面無表情地聽她把話說完，另一隻手重新開了電腦，站了起來，語氣沉而不耐煩：「我他媽一天到晚哪來那麼多時間。」

『……』

「林兮耿沒事過來幹嘛？現在高三生都這麼閒？」

『……』

其他幾人就看著許放邊冷臉跟電話裡的人說著話，邊迅速起身套上鞋子，拿起鑰匙和錢包，往門口走。

伸手拉開門，許放轉頭看他們，冷冰冰地拋下了句「我出去接個人，馬上回來」便出了門。

林兮耿比林兮遲小兩歲，但心思卻比林兮遲多了幾百倍。

許放也不記得是從什麼時候開始，只要這小屁孩看到他和林兮遲待在一起，就會想方設法把他們兩個拆散開來。

還總頂著一副「你最好收回你那齷齪的想法我絕對會保護好我姐的，我絕對不會讓她掉入你的魔爪之中的，絕對不會」的表情，令他煩不勝煩。

難得的假期，這個明年六月就要升學考的高中生還特地跑過來S大。此時別說讓他去接她，許放都想直接把她送回去了。

想是這麼想，但做不做又是另一回事了。

把林兮耿送到飲料店，看著室友像催命一般傳訊息給他，許放抬眼看向林兮遲，不像來時那般雷厲風行，動作磨蹭了不少。

原本許放過去是想跟她說一聲便走，但不知不覺就演變成了別的話，點了四杯飲料。

然後又在她面前多站了一下。

許放怕影響她工作，不再跟她閒聊，提著四杯飲料回了宿舍。想著今天林兮遲有伴陪她吃晚飯了，等等肯定不會叫他出來。

所以花個五十塊錢多看她幾眼也不吃虧。

結果剛打了兩局遊戲，許放就收到了林兮遲的訊息。

林兮遲：『屁屁，六點出來呀！一起吃晚飯！』

因為這則訊息，許放接下來打遊戲的時候心情都好上了幾倍，結束了這局他便完全沒了繼續下去的心思，在室友們唾棄的目光下進浴室洗了個澡。

之後便出了門。

說實話，許放確實沒有聽到林兮遲和林兮耿的聊天內容。他沒有偷聽牆角的習慣，況且這兩人湊得近，說話又小聲，他想聽也聽不清。

當時剛走到她們兩個身後，就聽到林兮耿的聲音突然揚了起來，說：「不管怎樣，他還是甩許放哥一條街好嗎！」

突然提到他，許放很猝不及防，沒來得及思考這句話的含義，瞬間就抓住裡面最重點的三個字：甩許放。

然後他就下意識伸手掐住林兮遲的腮幫子，像是已經上位了那般質問她：「誰甩我？」

完完全全忘記了他根本還沒追到人。

聽到林兮遲的解釋後，他忽地明白了——她們只是拿他跟另外一個男人做對比。

許放根本沒懷疑到別的事情上，也忘了想她們為什麼無緣無故要對比他和何儒梁的條件。

當時唯一的想法是，覺得自己的反應太過激，怕露出什麼馬腳。

隨即他就去廁所調整一下情緒。

等許放再回來時，整張桌的氣氛都變了。

原本的場景是，這兩人有說有笑地點著菜，林兮遲還假惺惺地說著不要點太多許放也沒那麼有錢，下一刻便點了好幾盤牛肉。

可現在，林兮耿仍然在點菜。一旁的林兮遲卻臉頰泛紅，眼神飄忽，嘴唇貼在杯口上，像是在喝水，可杯裡卻是空的——她在緊張。

許放懷疑是林兮耿跟她說了什麼，所以他也變得有些不自在。

坐以待斃沒有用，許放乾脆主動喊了她一聲，想看看現在是什麼狀況。結果林兮遲反應比他還大，並且還提心吊膽地問他有沒有聽到什麼。

這個反應，肯定是不知道他喜歡她。

但許放從來沒見過林兮遲有這麼無措的時候，臉紅得像是上了腮紅，杏眼亮晶晶的，神情似緊張又似期待。

許放覺得有些莫名其妙和古怪，但又有什麼無法言喻的心情升騰了起來，幾乎要充盈他整個心臟。

聽到他否定的回答之後，林兮遲很明顯鬆了口氣，眉眼彎彎，心情頓時愉悅了起來，又變回那副沒心沒肺的樣子。

變化那麼快，難道是剛剛跟林兮耿說了什麼不能讓他知道的事情嗎？

許放開始回想剛剛聽到的話。

但有用的資訊太少，因為他只聽到了一句，而且那還是林兮耿說的。

此刻他的精神已經放鬆下來，陷入沉思，想到某處時，他忽然撿起了那個被他忘了的問題——林兮耿為什麼要拿他跟何儒梁對比。

再聯想起林兮遲發紅的臉和緊張的情緒……

許放的目光一滯，漸漸浮起了令他不敢相信的答案。

然後，他無所適從到，又想去廁所調整一下情緒了。

思緒從回憶裡回到現實。

等了一陣子，許放依然沒等到蔣正旭的回覆。

因這事情，許放的情緒高漲了一個晚上，全部精神都放在這上面。連飯都沒吃好，話也沒跟林兮遲多說幾句。

此時他毫無耐性，煩躁地坐了起來，想都不想就打了個電話給蔣正旭。

然而對方沒接。

恰在此時，有人拿著鑰匙開了門，走廊的燈照射了進來，大半寢室一下子就亮了起來。

余同走了進來，一片漆黑。他本以為裡面一個人都沒有，哪知空氣裡突然響起了了幽幽的聲音，「喂。」

余同被嚇得往後退了幾步，立刻開了燈，見到是許放才鬆了口氣問：「哥們，你想嚇死誰。」

順了口氣，余同關上宿舍門。

許放現在逮到個人就當對方是情感專家，完全沒顧慮其他的，直接問：「大同，女生會因為什麼原因對比兩個男人的條件。」

「哦，這我知道。」余同站在櫃子前，大大咧咧地脫掉上衣，「我女朋友拿我跟吳彥祖對比過，然後差點跟我提分手。」

「……」許放抿了抿唇，內心的答案越發肯定，喃喃低語著，語氣像是在做夢一樣，「那她真喜歡我。」

「誰啊。」余同只穿著件內褲在宿舍裡走來走去，把換洗的衣服扔進洗衣機裡，「大哥，你不是有女朋友嗎？你想劈腿？」

許放靠回被子上，懶散地答：「就林兮遲。」

「林兮遲……」余同漫不經心地重複著，感覺這個名字有點耳熟，但又想不太起來，他把脫下來的襪子也扔進洗衣機，「這哪位。」

許放瞥他一眼，沒有要作答的傾向。

但余同瞬間記起來了，聲音猛地響起來，「你還沒追到？不是吧？」

被他這大嗓門吼到，許放掏了掏耳朵，嘖了一聲，不耐道：「這是我想就能的？你小聲點。」

「不是。」余同皺著眉，「你怎麼不上啊，那女生很明顯對你有意思啊。」

聞言，許放坐了起來，認真地看他：「你確定？」

他這反應讓余同不敢亂說了：「我猜的。」

「……」

余同撓撓後腦勺，貼心地過去跟室友一起思考：「不過我一直以為你們是一對啊，你問問大張老黃他們，沒有一個人懷疑過你們的關係。」

許放沒說話。

「你就追唄，平時接送她上課，約她吃飯看電影。」余同絞盡腦汁想著自己之前怎麼做的，告訴他，「要麼直接告白啊，怕個屁。」

沉默了幾秒，許放垂著眼，淡淡承認：「是。」

怕猜錯，怕只是自己多心。

怕只是因為這是自己渴求多年的事情，所以她有點奇怪的舉動，就產生了那個苗頭。

怕自己真的說了之後，她會尷尬，然後躲著他。

他賭不起，一絲一毫都不敢賭。

況且現在她家裡還是那種狀況。

再發生不好的事情，因為這一層尷尬的隔閡，難過的時候，她又該找誰。

余同不知道他在顧慮什麼，糾結了半天才說：「要不然你給點暗示，對，給暗示吧。還有，收收你的垃圾脾氣，就這脾氣還想追人。」

「……」

「如果你一直這個狀態，」余同認真說：「就算對方對你有意思都會被你磨沒。」

回宿舍之後，林兮遲把林兮耿教訓了一頓，讓她以後在外面說話注意一點，訓得她連連點頭才逼著她把帶過來的試卷寫了。

林兮耿只放三天假，老師們安排的試卷足夠讓她們度過這個假期了，實在沒有時間陪她在這邊玩。

林兮遲的高三才過去半年，很清楚她目前是什麼狀況，準備第二天就把她送回去。提前跟店長招呼了聲，隔天中午吃完飯後，林兮遲把林兮耿送上了高鐵。

返程到學校附近的地鐵站時才三點。

林兮遲想了想，選擇回到店裡工作。

很巧，她一進店就看到角落處分別坐著兩個認識的人——許放和何儒梁。

接下來兩天，他們兩個每天都定時來，像是較勁一樣。直到第三天，假期的第五天，何儒梁沒來了。

當天晚上，林兮遲收到了何儒梁的訊息。

這還是他們兩個加好友之後，第一次聊私事。

何儒梁：『那天那個女生是妳妹？』

林兮遲：『對呀。』

何儒梁：『也在S大嗎？』

林兮遲：『不是，就過來找我玩，她現在已經回家了。學長找她有什麼事嗎？』

頓了片刻，何儒梁又問：『她多大。』

林兮遲皺了皺眉，不知道他為什麼要問這個，但還是默默在心裡算。林兮耿早讀書，所以雖然比她小兩歲，卻只比她小一年級。

她今天十八，林兮還沒過生日，所以……

林兮遲：『十六。』

這次隔了很久，何儒梁都沒再回覆。

林兮遲也沒想太多，進浴室洗了個澡便睡了。

林兮耿回溪城之後，許放每天都過來飲料店找林兮遲。

跟她吃午飯，吃完後還沒到上班的時間，許放便陪她在周圍逛一下。時間到就送她去上班，等她下班後，兩人一起吃晚飯，然後許放又把她送回宿舍。

每日都如此。

而且，對待她的態度比平時溫和了不少。

比如，林兮遲跟他一起逛街，見到一條流浪狗時，她習慣性地蹲下身，盯著狗，無比認真地喊著：「屁屁。」

正常來說，許放不會理她，並對她這種行為嗤之以鼻，甩臉就走。但這次，他站在她身後，居然破天荒地搭了腔，「這呢。」

再比如，林兮遲跟許放出去吃烤肉。

這次只有他們兩個，林兮遲對烤肉一竅不通，這任務自然就放在了許放的身上。但她挑三揀四，指使他加各種調味料，讓他記得時時翻動肉片，不然會焦……各種難伺候的毛病。

吃的時候，林兮遲又擺出一副嫌棄的模樣，說：「不好吃。」

她本以為這次許放一定會生氣，但他只是幽幽地看著她，過了半分鐘才輕聲說：「好。」

感覺終於把許放打回原形，林兮遲正想像往常一樣，作勢下跪道歉的時候，就見許放拿起筷子，也吃了一口，咀嚼了兩下後，面無表情地說：「確實難吃。」

林兮遲狐疑地看他。

「我感覺像在吃屎。」

「……」

「委屈妳了。」

林兮遲：「……」

許放這種狀態，在過去十八年裡，出現的次數寥寥無幾。一時間讓林兮遲想，她也想不到許放什麼時候對她有過這麼明目張膽的示弱。

勉強來算的話，高三寒假的時候好像有一次。

那時候距離升學考不到半年，學校放高三生回去過年，假期只有一個星期。這個假期林兮遲完全沒把時間浪費在其他事情上，每天吃完早飯之後便騎著單車去許放家拉著他一起讀書。許放的國數英三科成績都不錯，唯有理科成績一直提不上來。林兮遲急得半死，但當事人倒是每天悠悠哉哉的，完全不把這事放在心上。

後來覺得從外公家到許放家的半個小時路程實在太浪費時間了，猶豫再三，她便跟父母提出這個假期想回家住的要求。

二〇〇六年之前，許家和林家還沒搬到嵐北別墅區，住在同一個社區的同一棟。

後來，許父看上了嵐北別墅區的房子，花了大半積蓄買下一棟。時隔三個月，許家對面的房主想到海外定居，決定將這間房子賣掉。

林父聽說了之後，糾結了一番，最後還是決定賣掉原本的房子，用這筆錢和家裡的積蓄，買下了許家對面的那間房子。

林兮遲和許放又成為了鄰居。

林家的房子有兩層樓，父母住在一樓。二樓有四個房間，兩間是林兮遲和林兮耿的房間，還有一間是書房。

剩下那個空房間，林母特地跟她們提過，是留給姐姐林玎的。

買了這間房子後，剛過一年，林玎被找回來了。

林父找人重新把那個房間裝潢了一遍。裝潢的那段時間，林玎跟林兮遲住同個房間，到後來連林兮耿都湊過來了。

三個女孩擠在一張床上，縮在被窩裡，嘰嘰喳喳地談天說地。

林玎的話少，因為之前的經歷，性格沉默又孤僻，但跟她們待在一起的時候很開心，彎著眉眼聽她們吵鬧。

怕林玎覺得自己融入不了這個家庭，家裡的另外四個人都在努力，盡可能對她好。但結果完全不如想像中的那樣。他們越刻意，反倒越讓林玎更覺得自己是個客人。

隨著時間一天天過去，林玎在家裡的姿態甚至沒有剛來時那般自然，越發戰戰兢兢。只要誰跟她說話大聲了一點，她便會立刻哭著請求不要把她送回去。

她說她做錯了，她會聽話，不要把她送回人販子手裡。

林兮遲覺得她是因為過去的經歷留下了心理陰影，跟父母建議帶她去看心理醫生。希望她能慢慢忘記過去，擺脫過去，希望她能清楚認知到，她的人生已經回歸正軌。只要她努力，她的未來也會是令人期待而美好向上的。

林父和林母都同意了。經朋友推薦，在著手準備聯絡心理醫生的時候，奶奶透過姑姑的嘴聽說了這件事情，親自來了林家。

雖然林兮遲對很多事情不太在意，神經大條，但對於她重視的人，她十分敏感。所以從小她就很清楚，奶奶並不喜歡她。

林兮遲也清楚，奶奶並不是重男輕女，因為她很喜歡林兮耿。

就算林兮耿不小心摔壞了她珍愛的手鐲，她也只會樂呵呵地安慰著林兮耿，說沒有關係。可林兮遲只是不小心碰到她的身體，都會被她冷嘲熱諷一番。

林兮遲不知道自己做了什麼，她努力想挽回自己在奶奶心中的形象，多次之後發現根本沒有作用便放棄了。

後來奶奶一來家裡，林兮遲跟她打了招呼後，便會識相地回到房間裡讀書。因為不喜歡她，奶奶倒也滿意她少出現在自己面前的舉動。

但這次，奶奶一到家裡就指著林玎和林兮遲，叫她們留在客廳，讓林兮耿回到房間去。寬敞的客廳一時間只剩她們三個人。

那一天，林兮遲終於明白了一直以來奶奶討厭她的原因。

林玎七個月大的時候，林母帶她出去買菜。因為一時不注意，把她弄丟了。之後報警，或是貼尋人啟事，一點用處都沒有。

林母每日以淚洗面，精神狀態越來越差，每天待在家裡哪裡都不去。

林父傷心卻不知如何是好，萬般無奈之下，他做出了很不好的決定。

他到孤兒院領養了那時候才一歲的林兮遲。

林父想將林母的愧疚感降到最低，想假裝把林玎找回來了。

所以今天林兮遲才會站在這裡。

啊，多好理解。她是被抱養回來的，是用來代替林玎的。

奶奶其實是個好奶奶，她對待所有孩子都是一視同仁的。不過她只認同血濃於水的感情，別的不在她的考慮範圍之內。

那一刻的孤立無助，那一刻的無法思考，那一刻僵到冰點的氣氛。

林兮遲看著奶奶抱著林玎，另一隻手指著她，輕輕緩緩地說：「孩子，所以妳千萬別覺得自己是多餘的。不然多不公平啊，妳要知道——」

「真正多餘的人已經理直氣壯地活了多少年了。」

這句話，林兮遲覺得自己一輩子都忘不掉。

接下來的日子，林玎對待林兮遲的態度發生了巨大的轉變。

她完全沒有因為奶奶的話而對自己在這個家裡的地位多了信心，反倒有了更多的猜疑。

林玎的精神狀態變得更差了，見到其他人依然是一副膽怯而自卑的模樣，可只要看到林兮遲，就會尖叫著讓她滾。

林父和林母在幾個星期之後才知道，林兮遲已經知道自己是被領養的事情。他們因此特別嚴肅地找她談了一次，再三跟她強調，她絕對不是林玎的替代品。

林家有三個女兒，他們對誰都是這樣說的。

林兮遲很清楚，他們一定是愛她的。

在林玎回來前，他們對她和林兮耿的關心和愛的確都是相同而平等的，從不會因為自己不是他們親生的而有一絲一毫差別對待。

可因為他們的失職，讓林玎遭受了她原本不應該承受的事情。他們想要彌補自己過錯，也因此，無法再同從前那般，做什麼都一碗水端平。

他們只能把全部的心思，逐漸從林兮遲身上抽出，重新投到林玎身上。

林玎不希望林兮遲出現在家裡，不希望她活得那麼快樂又自在，不希望她再出現在自己面前。她希望林兮遲活得像自己一樣，那麼煎熬而難以忍受。

所有人都只能讓步。

林兮遲不斷地對自己說沒關係，嘴裡不斷重複著父母對她強調的話，最後卻只聽進了奶奶跟她說的那句話，選擇了讓步。

在外公家住的這一年間，林兮遲很少回家。就算她經常去許放家玩，路過家的時候，進去的次數也屈指可數。

那時候林兮遲正值高三，難得提了這麼一個要求，林父和林母完全無法拒絕。

林兮遲也不想跟林玎見面，主動提出住在一樓的客房。她每天早出晚歸，大部分時間都待在許放家裡，倒也相安無事。

但在假期的最後一天，林兮遲在許放家時生理期突然來了。她不太好意思跟許放說這事情，用手機傳訊息給母親，隨後才回了家。

從廁所出來，林兮遲正想回去找許放時，出乎她的預料，林玎從樓梯上走了下來，身後跟著紅著眼不斷阻攔她的母親。

林玎的腿腳有問題，走路一跛一跛的，走樓梯更是困難，半天都沒走到林兮遲面前。她的眼睛瞪大著，在樓梯上哭喊著：「我就知道！我就知道——妳一定還在這！」

林兮遲的呼吸一滯，不想聽她說話，加快腳步往外走。

「林兮遲！」林玎尖叫著，聲音又沙又啞，「妳給我記住了，妳是多餘的，妳是被領養的！要不是我爸媽妳現在還不知道在哪——」

之後的話她沒再聽下去，林兮遲關上房子大門。

這種話她聽過林玎說了無數次，所以此時心情沒有太大的波動，在原地站了半分鐘後，她便重新進了許放家。

林兮遲回到許放的房間，卻沒見到他的人影。

她沒想太多，坐回書桌前，拿起筆繼續寫題目。

沒過多久，許放回來了。他的臉色不太好看，下巴滴著水，額前的髮絲也濕漉漉的，像是剛洗了臉。

林兮遲眨眨眼，問道：「你睏了？」

許放沒說話，坐回她旁邊，抽了幾張衛生紙開始擦臉上的水，然後便沉默著抓起筆，繼續寫著試卷。

林兮遲側頭瞅了瞅他的表情，低聲說：「欸，你睏了就睡一下吧，我又不是狠到連讓你睡個午覺都不肯……」

她的話還沒說完，許放就打斷了她的話，輕聲說：「我們來打賭吧。」

「——啊？」

「賭下個學期，整個學期的生活費。」

「嗯。」

林兮遲傻眼：「賭這麼大？」

「賭什麼？」

「隨便，掰手腕吧。」

林兮遲沉默了幾秒：「你當我是傻子嗎？」

最後林兮遲還是在他的堅持下妥協了，然後很意外的，她很輕鬆地用單手秒殺了他。她對許放的脆弱震驚無比，盯著自己的手，半天都回不過神。

她已經想不起來自己多久沒贏過許放了。

林兮遲脫口而出：「哇，你是不是太廢物了啊。」

「嗯。」

那時候，她本以為許放會回罵她，結果他只是輕聲「嗯」了一下，之後便拿起筆繼續寫題目。林兮遲覺得很古怪，便偷偷摸摸地湊過去看他的表情。

林兮遲這才注意到，許放的嘴唇抿著，雙眸紅的像是要滴血。她被他嚇了一大跳，猛地扯住他的手，說：「我們重來一次？我感覺你剛剛只是沒發揮好。」

他別過頭，低聲說：「不用。」

聲音低啞又輕，聽起來十分難過。

林兮遲不知道怎麼辦了，小心翼翼地問：「你怎麼了……」

許放那時候說的話她還清晰記得。

「沒什麼。」許放的尾音微顫，一字一頓地說：「妳說的對，我確實很廢物。」

那時候林兮遲沒想通許放為什麼會有那樣的反應，這時再聯想起，大概能懂他那時的情緒從何而來。

他大概是聽到了林玎的話，又想起之前因為她搬家跟她冷戰的事情。那次是因為愧疚，那這次是因為什麼。

從林兮耿來S大找她那天後，許放這樣的狀態已經持續了整整一個月了。

林兮遲覺得他太奇怪了，就算她再怎麼刻意惹他生氣，他都只是沉默一陣之後，又開始向她示弱，像是對她做了什麼虧心事一樣。

這種感覺雖然有點舒爽，但是又像是山雨欲來的前兆，很可怕。

時間不知不覺就到了十月二十四號。

大概是林兮耿回去後跟父母提了自己生活費不夠用的事情，林母又給她兩千塊錢。

林兮遲拿著這筆錢買了一雙運動鞋給許放，在他生日當天晚上，她提著蛋糕和禮物，打算親自送到他的宿舍。

提前看過許放的課表，林兮遲確定他這個時間沒有課，她還旁敲側擊地問過，確定了他這段時間會待在宿舍裡。

S大並不限制學生進異性的宿舍，只要在樓下跟舍監阿姨說一聲並簽個名字就好。林兮遲去找許放的次數不少，此時連簽名都不需要，跟阿姨說了一聲後便直接進了宿舍。

林兮遲上了三樓，走到許放的寢室門前，敲了三下，沒人開門。

她又敲了三下，還是沒人。

林兮遲這才發現門沒有關好，門虛掩著，她便小心翼翼地向裡推。裡面黑漆漆一片，沒有開燈。她鬱悶地皺了皺眉，小聲喊：「許放。」

沒人說話，不像是有人在的樣子。

「我開燈了啊……」

林兮遲猶豫著，按下了門旁邊的開關，宿舍裡一下子亮了起來。她往裡看，就見宿舍四張床上，只有許放的床上有人。

此時許放正閉著眼睡覺，躺著，髮絲柔順垂下，可能是因為突然亮了燈，他的眉頭緊皺，看起來不太高興。

林兮遲仔細看了看，確實除了許放沒其他人了。她輕手輕腳地關上了門，把手上的東西放在許放的桌子上，湊過去蹲在許放旁邊看他。

林兮遲開燈的那一刻，許放的意識漸漸清醒過來。他聽到她放東西的聲音，也聽到她走過來蹲在自己面前的動靜。

許放正想睜眼時，突然感覺到又涼又軟的觸感。

像是她的手指，在摸他的臉。

確定這個答案，許放突然就不想睜開眼了。他有點好奇林兮遲接下來會做什麼，便懶洋洋地繼續閉著眼，等待她接下來的動作。

過了半分鐘，許放聽到林兮遲站了起來。

不知道她要做什麼，許放偷偷睜了眼，就見她回到他桌子的位置。注意到她要轉身，他立刻合上了眼。

過了一下，她走過來，和剛剛一模一樣，蹲在他身前。

然後，許放聞到了奇異筆的味道。

「……」

接著便是林兮遲在他臉上塗塗抹抹的過程。

臉上這冰涼又癢的觸感，讓許放的心情從失望慢慢演變成憤怒。他按捺著脾氣，不斷在內心跟自己說：你喜歡她，她是你喜歡的人。你要對她好一點，記得要溫柔，溫柔。忍忍就過去了。

因為這句話，他沒有當場睜開眼發火。

「我靠，我怎麼畫成這樣了。」林兮遲盯著他的臉，喃喃低語，「等下他醒來肯定會把我打死吧……」

接著，如許放所料，他聽到林兮遲落荒而逃的聲音。

聽到門關上的聲音後，許放慢騰騰地睜開臉，起身照了照鏡子，隨後面無表情地到洗手檯前開始洗臉。

洗了一分鐘。顏色一點都沒掉。

兩分鐘，沒掉。

三分鐘後，許放看著臉頰兩側還很明顯的三根貓鬍鬚，扔掉手裡的毛巾，深吸口氣，在內心調節了三秒的情緒後，怒氣達到頂端。

許放拉開陽臺的門，滿臉戾氣地往外走。

媽的，他今天再忍他就是傻子。

十月見底，隨著幾場大雨紛至遝來，氣溫下降到十幾度，夜裡的氣溫甚至已經低於十度了。

空氣又濕又冷，呵出來的白霧在路燈的照耀下飄散開來。

連下了兩天的雨已經停了，但地面上大多還是濕漉漉的。放眼望去，水泥地上全是坑坑窪窪的水坑，冷意像是無處不在，從任何一個角落輕易的鑽入骨髓裡。

還要幫許放過生日，所以林兮遲沒有跑遠。出了宿舍，她往四周望了一圈，走到旁邊超市前的帳篷坐下。

不知道許放什麼時候醒來，林兮遲不敢主動去吵他。

林兮遲吸了吸鼻子，把外套的帽子戴到腦袋上，雙手放進口袋裡，整個人縮成一團，試圖驅去全身寒意。

開始思考等一下許放發火的話，她應該怎麼解釋比較好。

說她只是想試試那支筆還有沒有水，但找不到紙，剛好在這個時候看到他的臉，一時順手就直接當紙用了；或者是，說她最近看了個影片，只要在性情暴躁的人臉上畫貓鬍子，就能讓這個人變得跟貓一樣溫順可愛……感覺不管說哪個都會被他打死。

她當時是怎麼想的？

好像沒有太特別的緣由。

許放安靜躺在她面前，濃眉似劍，睫毛又黑又密，像是鴉羽一樣，立體挺直的鼻梁，還有弧度恰到好處的唇瓣。

看起來毫無防備和攻擊力。

林兮遲看了半晌也不覺得膩，覺得許放長得太好看了。

她覺得如果自己一直這麼看著，肯定會控制不住親上去的。為了制止這麼齷齪無恥的想法，林兮遲只能用筆來醜化他的形象。

她完完全全是為了保護他的貞潔才做出這樣的事情。

但她也不能就這麼直白的把這話說給許放聽，還不把他嚇個半死。

壽星日變成壽寢日。

坐久了之後，林兮遲就算縮成一團也不覺得暖和。她有點後悔出門前沒有戴圍巾，裸露在外的臉僵硬無比。

她乾脆站起來跳了幾下，透過運動來取暖。

林兮遲從小就怕冷，每次一到冷天，她穿的衣服永遠比別人多。

這樣的天氣別人穿個三件就夠了，她會不斷往身上套保暖內衣和羊毛衫，至少塞個五件才甘休。

不過今天是來見許放的，為了不讓自己顯得過於臃腫，林兮遲再三思考後，還是忍痛脫下一件衣服，只穿了四件便出了門。

晚上的風比白天猛烈許多，結合著低溫，冷風像是刀片一樣割在林兮遲臉上。

她可憐兮兮地把外套的拉鍊拉高了些，正想進超市裡取取暖的時候，突然注意到自己身前五公尺遠的地方多了一個人——許放。

無聲無息的。他站在路燈旁，背著光，五官看不太真切，影影綽綽。只穿著一件薄外套，寬鬆長褲，腳上套著雙黑色拖鞋，像是匆匆忙忙出來，什麼都來不及準備。

林兮遲的呼吸一滯，往後退了一步之後，又把拉鍊拉高了些。她穿的這件外套連帽子上都有拉鍊，可以直接拉到頂，整個腦袋都能被封閉在裡面。

要不是因為看不到路，林兮遲想直接把自己整個藏進去了。

她把拉鍊拉到鼻尖處，低下腦袋，視線垂至地上，畏畏縮縮的，裝作路過的模樣，屏著氣從許放旁邊走過。

還未與他擦肩。

許放扯了扯嘴角，單手抵著她的腦袋，另一隻手把她的拉鍊拉到頂，他輕笑了聲，眼裡卻毫無笑意。

林兮遲聽到他嘖了一聲，聲音慢條斯理，一字一頓的，帶著滿滿的嘲諷：「就算妳拉到這——」

「妳看看我認不認得出來。」

「……」

眼前陷入黑暗，林兮遲掙扎著把拉鍊拉了下來。重見光明之後，她注意到許放臉上的奇異筆痕跡，襯著他那副嚴肅的表情，看起來滑稽又可愛。

她有點想笑，但怕被他看到之後，更是火上澆油。

林兮遲又低下腦袋，盡自己的努力斂住嘴角的弧度，彎著眉眼，將話題扯到別的事情上，討好般地說：「屁屁！生日快樂！」

許放沒說話，拽著她的帽子往宿舍的方向扯。

這個姿勢有點不舒服，林兮遲使了力，揪了一下才把自己的帽子搶了回來，小跑著跟在他旁邊，無辜道：「屁屁你怎麼不說話。」

聞言，許放側頭睨著她：「妳不是說生日快樂。」

林兮遲打開手機看了看日期，確定自己沒看錯時間才說：「是呀，今天就是你生日啊，你忘了嗎？」

許放顯然是在計較「生日快樂」裡的另外兩個字，他收回了視線，淡淡問：「我看起來像是快樂的樣子？」

「……」

林兮遲偷偷瞅了他幾眼，看到他臉上那幾根用奇異筆畫的貓鬍鬚，蹙著的眉頭以及緊抿著的唇，不敢說話了。

大概是察覺到林兮遲心虛的模樣，許放用眼尾掃了她一眼，沒出聲。

兩人並肩上了三樓。

這一層住的基本都是國防生，一路走過去全是許放認識的人，他就頂著這樣一張臉，被見到的幾個朋友嘲笑了幾句。

許放沒說什麼，倒讓旁邊跟著的林兮遲徒生了愧意。

快走到許放宿舍門前時，兩人路過一間寢室，裡邊走出一個光著膀子的男生，大大咧咧地喊著：「喂！胖子！你們寢室的——」

話還沒說完，他便看到了許放，改口道：「我靠，你這臉怎麼回事——對了，你們那還有洗衣精嗎？」

男生的身材很好，寬肩窄臀，膚色偏黑，更顯陽剛之氣。他看起來剛洗了澡，髮絲滴水，身上沒穿衣服，下身只著了一件及膝的休閒褲。

濃郁的男性荷爾蒙氣息撲面而來。

幾乎是同時，許放轉頭，再次將林兮遲衣服的拉鍊拉到頂，動作迅速又俐落，隨後才回答了那個男生的話：「沒有。」

下一刻，許放扯住林兮遲的手腕繼續往前走，走進寢室裡。

林兮遲鬱悶地拉下拉鍊：「你老弄我的拉鍊做什麼。」

「那妳看個屁。」

「啊？」

許放沒再回答，只是哼了一聲，走到床邊脫下外套。他裡面只穿了一件純色短袖，看起來像是一點都不怕冷。

而後，他到陽臺繼續洗臉。

林兮遲糾結了一下，也跟了過去。看著他用洗面乳洗了一次後，只掉了一點點顏色的奇異筆痕跡，她咽了咽口水，弱弱地說：「用酒精應該能洗掉……」

許放沉默著看了她一眼，臉上的水珠順勢向下流，匯聚在下顎處，掉落到地上。剛剛大概是因為在外面，想給她點面子才沒發火，此時像是憋了一路的火氣在這一刻爆發，他的表情十分難看。

林兮遲立刻閉了嘴。

他又走回寢室，從其中一個櫃子裡翻出半瓶酒精，又回到洗手檯前，倒在毛巾上開始用力擦臉，倒把火氣發洩在自己的臉上了。

「我幫你洗。」林兮遲搶過他的毛巾，贖罪般地說，「我幫你洗……」

許放還是沒說話，但沒搶回毛巾，低下眼定定地看她。

林兮遲踮起腳尖，慢吞吞地擦著他的臉，她不敢對上他的視線，就盯著他臉上的痕跡，小聲說：「我哪知道你會直接這樣出來了啊。」

許放單手撐著陽臺的欄杆，微微弓下身子，將臉湊近她。

他的臉因為剛剛自己的力道已經開始發紅，林兮遲不敢再用力，就一點點地，輕柔地擦掉，然後說：「屁屁今年十九歲了。」

聽到這話，許放眉眼一挑，而後就見她眨了眨眼，意有所指道：「應該要懂點事了，要好好克制自己的脾氣，不要總是對善良可愛的人發火。」

許放額角一抽，冷聲道：「妳能閉嘴嗎。」

兩人的距離靠的極近，說話的時候能感受對方的氣息，就在咫尺之間。

林兮遲把他臉上的痕跡擦得乾乾淨淨，滿意地點點頭，眼珠子一轉，忽地跟他的視線對上了。

從以前，林兮遲就覺得許放的眼睛生得極為好看，眼形偏細長凌厲，內勾外翹。他的眼睛不算大，單眼皮，瞳孔烏黑深邃，像是一塊磁石一般，盯著看的時候，會不自覺地將人吸引進去。

她對他沒有別的想法時，偶爾都會因他這雙眼恍神，更別說是現在了。

等林兮遲回過神的時候，已經不知道自己盯著他看了多久了。

他的神情依然像剛剛那般清冷桀驁，眼神卻多了幾分別的含義，林兮遲看不懂。只覺得他們之間的距離好像離得更近了，她只要輕輕踮個腳，就能親到他的下巴。

林兮遲瞬間屏住呼吸，將毛巾往他手裡一塞，不自然地別過臉，悶悶地說：「你把臉洗一下。」

隨後便轉身走回了寢室裡。

許放站在原地，看著她的背影。很快便站直了起來，擰開水龍頭，將毛巾清洗乾淨，慢條斯理地將臉上的酒精擦乾淨。

他看著鏡子裡的自己，氣息悠長地淡笑了聲。

想著剛剛的事情，林兮遲心緒不定地往周圍看著，在宿舍的角落裡找出一張折疊小桌子，攤開放在許放床前。

她走到許放的書桌前，把蛋糕拿了過來，動作緩慢地打開蛋糕盒。

恰好許放洗完臉從陽臺出來了，見到桌上的蛋糕時，他皺了下眉，掃了周圍一圈，才不太確定地問：「妳買的？」

林兮遲在蛋糕上插著蠟燭：「不然？」

許放狐疑地看著她，走過來坐在她面前。

國防生的宿舍每週要檢查三到四次衛生，都是不定時檢查，所以宿舍裡時時刻刻都保持乾淨。

兩人席地而坐。

察覺到許放似乎一直盯著她看，林兮遲裝作沒發現，一直垂頭點蠟燭，還故作隨意地扯著話題：「你室友什麼時候回來。」

「不知道。」許放也湊過來，幫她一起把蠟燭點了。

點滿十九根後，林兮遲站了起來，往門口的方向走：「你先別吹蠟燭，我去關燈，這樣才有氣氛。」

關上燈，林兮遲把書桌上的袋子拖了過去，笑咪咪地坐在他面前，「你要不要先許個願。」

「哦。」許放背靠著床沿，懶洋洋道：「希望妳今年能變聰明一點。」

「……」林兮遲懶得跟他計較，手上的袋子很明顯地在他眼前晃了一下，「你能不能許點正常的，比較實際的願望。」

看到袋子上的標識，許放又皺了眉：「妳哪來的？」

林兮遲愣了：「我買的啊！」

他完全不相信她的話，繼續思考：「林叔叔穿這個牌子的鞋？」

林兮遲：「……」

這話頓時讓她想起了以前總送他一些自己用過的東西。

這樣的事情對於現今的林兮遲來說，完完全全是不想再被提及的黑歷史。

林兮遲的臉猛地紅了大半，硬著頭皮想為自己挽回面子：「這是我買的，全新的，沒有人穿過的，我挑了很久的！」

說到最後，因為激動，她的音調都揚了起來。

沉默一瞬。

此時，房間裡僅剩火燭的光，照射在兩人的臉上，明明滅滅。

許放斂著下顎，眼尾微微上揚，視線從林兮遲手裡的袋子一寸寸向上挪，與她的目光平視。

眼裡的情緒像是漩渦般暗湧，一點一點感染著她。

是氣氛的推動，還是因為長久以來的渴望，令他無法再克制下去。

許放啞著聲音，始料未及地說：「我感覺我永遠猜不對妳的想法。」

林兮遲的情緒平靜下來，悶聲說：「什麼？」

許放伸手，第三次將她的拉鍊拉到頂。林兮遲的視野瞬間又陷入一片黑暗，只有微弱的光線從拉鍊的縫隙裡透了進來。

她皺眉，不明白是什麼情況，正想掙開，就聽到許放繼續說。

「但這次我感覺我猜的應該沒錯。」

一時間，林兮遲的呼吸遲緩了下來。她掐著手指，莫名有種預感。

預感他接下來說的話，一定是能讓她的心臟跳到嗓子眼的話。

果然，下一刻，許放的聲音再度響起。

聲音清潤低啞，在這個昏暗的房間裡迴盪著。

「妳是不是暗戀我。」

氣氛變得曖昧又沉寂。

狹小的室內，昏暗的光線，忽明忽暗的火燭。坐在她對面的少年說出的那句話，在這樣的氣氛下，顯得繾綣而溫和，卻又充滿了深深的壓迫感，讓林兮遲幾乎要喘不過氣來。

腦袋空白了半晌，林兮遲甚至開始感謝許放把她外套上的拉鍊拉到頭頂的舉動。有了這一道屏障，即使是與外界的空氣隔絕開來了，她都覺得呼吸順暢了不少。

林兮遲不知道該怎麼回答這句話。

她覺得自己可以蒙混過去的，她隨隨便便都能說出好多話來反駁他這句話，讓他再也不會產生這樣的念頭。

然後她就能逃過這一次了，她就能化解掉這樣尷尬而不知所措的狀況。

只要她笑著打哈哈過去，用開玩笑的態度說你在想什麼啊，他們的關係就會恢復到從前那樣。

可能會有一點變化吧，但時間久了，肯定能變回從前那樣。

就這樣做吧。必須確定他也喜歡自己，才能告白。

必須這樣，不然連朋友都當不了了。

林兮遲咬了咬牙，伸手把拉鍊往下拉，表情像是上戰場那般，英勇而不退縮。她把拉鍊拉到鼻尖處，露出一雙烏黑亮晶晶的眸子。

恰好撞上他的視線。像是在她沉默的這段時間裡，他一直盯著她，從未挪開過視線。彷彿要隔著那一層布料，將她的內心分析的透透澈澈，想知道她的想法究竟是如何。

他的雙眼很深沉平靜，倒映著眼前的燭光。那光線很微弱，像是被她輕輕一揮，或者隨意地說幾句，就要熄滅，變回一片漆黑。

林兮遲原本準備好的話頓時一句都說不出來了，她垂下腦袋，避開他的視線。恰好看到蛋糕上的蠟燭，已經要燒到底部了，她才弱弱地張了口，很刻意地轉了話題，「你快許願啊……」

她的反應已經給了他答案。

許放垂下眼睫，微微發顫。他自嘲般地笑了一聲，聲音慢條斯理又帶了幾分啞意：「願望啊——」

他頓了幾秒，清了清嗓子，像是把情緒調整回來了，語氣變回之前那般吊兒郎當而漫不經心：「妳把剛剛的話忘掉吧。」

「……」

這句話似乎是在給林兮遲一個臺階下。

她明明應該要鬆一口氣才對，明明應該慶幸逃過了這一劫才對。可她只覺得這樣的發展好像不太對勁，完全沒有讓她覺得心情好一些。

眼前的許放臉上雖然沒帶什麼表情，但他好像很不開心。

林兮遲不知道他的難過從何而來，可許放有這樣的情緒，也會讓她很難過，也會讓她覺得眼前一澀，鼻尖泛酸。

說完之後，許放坐端正了起來，臉上沒什麼表情，隨口道：「嘖，幾百年沒吹過蠟燭了……」他低下頭，做出了要把蠟燭吹熄的姿勢。

與此同時，林兮遲抿了抿唇，覺得自己緊張的手都僵了。她深吸口氣，將拉鍊扯下來，搶先一步把蠟燭吹熄。

隨著她的舉動，宿舍裡瞬間陷入一片漆黑。

沒想過她會有這樣的舉動，許放有點怔愣，整個人還僵在原處，過了幾秒才問：「妳做什麼？」

「哦。」林兮遲也發愣，緩緩地縮回位子上，小聲地說：「就是，你剛剛的那個願望……那什麼，我還沒想好能不能幫你實現……」

幽暗的房間裡，氣氛隨著她這句話凝固下來。

林兮遲的耳邊一片靜謐，她能很清晰地聽到自己心跳的聲音。心臟在狂跳，不知所措的，毫無章法的，像是要從她的身體裡跳出來。

撲通，撲通撲通。

她看不到許放的表情，也不知道他能不能聽懂自己話裡的含義。林兮遲只能等待著他的答覆，在這樣一片漆黑裡，希望他能主動亮起一道光。

不知道過了多久。

林兮遲完全沒有任何思考能力，她覺得好像只過了幾秒，但又好像已經過去了一夜那麼漫長。

耳邊響起尖銳的「吱啦」一聲，隔絕在兩人之間的那張桌子被人拉開。

下一刻，許放猛地伸手把她扯進懷裡，力道極重，完全沒有絲毫克制，還帶著略顯急促的呼吸，死命將她往懷裡塞。

林兮遲又聽到了另外一陣聲音。

與她相似，卻有細微差別。

是從他胸前傳來的，打雷般的心跳聲。

她聽到他用氣音低罵了句髒話，然後像是鬆了口氣，腦袋低下來，俯在她耳側，說話時帶著溫熱的氣息，將她的耳根一點點染紅，「想的倒是夠久。」

林兮遲的臉貼在他的胸膛上，因為他這個舉動，她連手都不知道往哪裡放，聲音悶悶的，帶了點不知所措，還有些結巴：「也、也沒多久吧……」

說完之後，她頓了下，又小聲地補充：「我有一點點緊張。」

「緊張嗎。」許放的喉結上下滑動著，修長的指尖勾住她的帽檐，向下一扯，「想好怎麼回答沒？」

林兮遲的腦袋瞬間裸露在空氣之中，頭髮變得亂糟糟的，被他單手抵著。她裝死般窩在他懷裡，像是沒聽到話一樣，一聲不吭。

「不用想了。」許放沒耐心了，手微微使勁，抬起她的頭。門外有人經過，走廊的聲控燈隨之響起，他用透進來的光盯著她的眼睛，輕聲說：「我換個願望。」

林兮遲遲鈍地回：「……什麼？」

「蠟燭被妳吹掉了，我很不開心。」許放抬手撫著她的臉，一寸寸向她逼近，神情一本正經又理直氣壯，「那就還我一個女朋友吧。」

林兮遲渾身發軟，呆呆地看著他，整張臉燒得快冒煙。

「啊。」許放的目光在她臉上打量著，心情看起來非常愉快。一時間，兩人的距離變得極近，「像妳這樣的，我就很喜歡。」

「……」

「妳說行不行。」許放的嘴唇幾乎要貼到她的唇瓣上，喃喃低語著，語氣帶著點誘哄，像是受了蠱惑，又像是遵從內心的想法，林兮遲捏著拳頭，抬睫盯著他的眼睛：「你喜歡我這樣的嗎——」

「妳看不出來嗎？我很喜歡妳——」

她聲音弱了下來：「那這個願望我好像能幫你實現。」

話音剛落。她感覺許放的呼吸似乎停住了，良久後他才低笑出聲，然後繼續向她逼近。林兮遲覺得自己所有的感官都被許放控制住，全被他的一言一行影響著。

周圍全是他的氣息，比起先前的任何一次都要濃郁而令人著迷。這個距離，只要她輕輕抬頭，只要他再低下頭。

只要再多一秒……

然而並沒有這一秒。

寢室門被猛地推開，幾個男生的聲音著急又粗獷，像是剛跑回來那般，還喘著氣：「我真無語了，昨天才檢查過衛生，今天又來。」

「就是啊，許放醒了沒啊，找他半天沒回——」

宿舍的燈管隨之亮起。

林兮遲的呼吸一滯，猛地推開許放，裝作什麼都沒發生那樣，立刻側身，鎮定自若地拔著蛋糕上的蠟燭。她背對著那三個男生，抿著唇，能聽到許放非常不爽地暗罵了聲。

「我靠。」

「……」

在燈亮起的同一瞬，三個男生便注意到兩人之間旖旎的氣氛，以及許放冰到了零點的眼神。他們立刻噤了聲，非常自覺地掉了頭，往外走，還非常貼心地關上了門。

寢室裡回歸安靜。

下一秒，寢室門再次被打開，余同探頭進來，小聲地提醒：「同志你快點啊，教官馬上來檢查衛生了——」

「滾。」

「砰」的一聲，門再度被關上。

許放沒磨蹭，過去一起幫她把蛋糕上的蠟燭拔了，裝進蛋糕盒裡。他站起身，扯著林兮遲的手腕把她拉了起來，「走了。」

林兮遲剛站好，懷裡便被他塞了蛋糕盒。她仰頭看著他，就見他安靜地抬手整理著她的頭髮，隨後才拿過她手裡的蛋糕盒，扯著她的手腕往外走。

推開門，他的三個室友並排靠在走廊的欄杆上。聽到門的動靜，三人齊刷刷地看了過來，眼神十分曖昧。

「晚點回來。」丟下這句話之後，許放面不改色地拉著林兮遲下了樓。

兩人一前一後走著，林兮遲眨眨眼，主動扯了話：「不是檢查衛生嗎？你要不要先回去收拾東西。」

「沒事，他們會弄的。」

出了宿舍，兩人沒再說話，之後一路沉默。

兩人的關係毫無預兆地進了一步，林兮遲有些不敢相信也不太適應，但更多的是滿心歡喜與溢上心頭的甜蜜。

許放把她扯進校內一家咖啡廳裡，找了個空位坐下。

一路上的自我調節，讓林兮遲完全沒了剛剛的尷尬與不自然，她很快就進入了身分，笑咪咪地跟許放說話：「屁屁，我跟你說，這個蛋糕我花了兩百塊錢呢！還有那雙鞋花了一千八百多……」

話還是跟平時一樣多，態度也跟平時一點差別都沒有。

彷若剛剛沒有發什麼任何事情。

許放看了她幾眼，神色不定，心裡覺得她這樣的反應好像不太對。但他沒再說什麼，之後像平時那樣，聽她說一句，然後再回她一句。

吃完蛋糕後，許放把林兮遲送到宿舍樓下，他看著林兮遲這副嬉皮笑臉的模樣，眉頭忽然皺了起來，像是憋不住那般的，生硬地說：「別忘了。」

聽到這話，正準備跟他道別的林兮遲一愣，沒太反應過來：「啊？」

許放別過腦袋，板著一張臉，眼裡閃過幾絲不自然。

「妳有男朋友了。」

第九章 還怎麼多喜歡一點

因他這句話，林兮遲一愣，神情變得正經了起來。她在原地站了一下，像是在想什麼，歪頭喊他：「屁屁。」

她這副模樣表現出來的意思，在許放眼裡就像是後悔了一樣。他眉頭皺起，沒來由覺得火大。

下一刻，許放抿著唇，伸手捂住她的嘴，語氣無比惡劣，「我管妳記不記得。」

林兮遲才不怕他，吃力地扯開他的手，用雙手拽著。她的表情納悶，隱隱又帶著些得意：「屁屁，你現在是不是又感動又害怕。」

許放莫名其妙，只抓住了被戳中的那個詞，冷著臉說：「我怕個屁。」

「那就是感動了。」林兮遲的眼睛瞪大了些，笑咪咪地看著他，「我也覺得自己很偉大。你看，你脾氣這麼差，我都願意當你女朋友。」

「……」

「你是應該感動。」

許放的額角一抽，把她的腦袋推遠了些，見她的神態確實不像是受剛剛的氣氛所惑才答應下來的，心情好轉了不少。

確認下這事，他勉強決定咽下這口氣，「記得就行。」

「屁屁。」林兮遲眨著杏眼，沒再開玩笑，騰出一隻手戳了戳他的下巴，「明明是你生日，怎麼反倒我還收到禮物了。」

許放的神情一愣。

林兮遲擺出一副你完全可以把你的終身託付於我的模樣，繼續說：「別擔心，我會對你很好的。」

許放的手被她抓著，耳根升騰起點點熱度，漆瞳裡閃過幾絲狼狽，表情略帶不自然。

還沒等他回話，林兮遲又道：「畢竟是我把你寵成這樣的。」

「……」

「我的責任我來承擔。」

「……」

許放垂頭，面無表情地看她。

儘管他現在確實心情極佳，儘管他現在仍有一種在夢裡的感覺。但這些，完全無法阻擋他想告知她以往所做的成百上千件破事的念頭。

他希望她能想清楚。

寵著，不是把對方當狗的意思。

兩人在外待了兩個小時。

站在宿舍門前，林兮遲用力地對他擺了擺手，之後蹦躂著進了宿舍。

許放看了下手機，注意到時間差不多十點了。他仰頭看著這棟宿舍，很迅速地就找到林兮遲住的那間，轉身折返。

說起喜歡林兮遲這件事情，其實許放不太清楚自己是從什麼時候開始的。

是因為自己生病住院的那次，她來到自己的面前，毫無預兆地開始哭；還是知道會考成績之後，她喜滋滋地跑到他家，不顧還在床上睡覺的他，直接掀起他的被子，湊到他面前說：「屁屁！你開心嗎？我們能上同一個高中了！」

許放最討厭別人在他睡覺的時候吵他，但林兮遲被他罵了成百上千次，沒有一次能記住他的話，並且還越發倡狂。

當時他才剛睡著，被林兮遲吵醒後，頭皮一炸，只想發火。他滿臉戾氣，睜開眼，看到她的模樣。

林兮遲趴在他的床邊，臉湊得極近。眼睛又圓又大，帶著點俏皮的棕色；皮膚細膩白皙，被陽光照射出淺淺的絨毛；小巧挺立的鼻梁下方，紅豔的唇扯出愉快的弧度。

她笑起來尤為好看，眼睛微彎，有點像個月牙，唇邊還有一個很深的笑窩，長得漂亮又平易近人。

「……」許放忽地閉了閉眼，本來想讓她滾的話瞬間咽回口裡，少年音因為剛睡醒有些沙啞，低低地應了一聲，「嗯，開心。」

那是他第一次，莫名其妙地對林兮遲克制了自己的脾氣。

她好像有點開心。

那好吧，這次就不發脾氣了。

許放很難找到一個準確的時間點。

因為在過去六七千個的朝朝暮暮裡，每一分每一秒，林兮遲都有值得令他讓更加深愛的記憶。

但不管是什麼時候喜歡上的，

所幸，這傢伙難得善待他一次，沒有讓他等太久。

跟許放道別後，林兮遲歡樂地哼著歌回了宿舍。她到現在還有種特別不真實的感覺，渾身輕飄飄的，腦袋恍惚得像是喝了酒，卻又像是有用不完的力氣。

這是脫單的魔力嗎。

林兮遲真想找個地方打個滾。

因為想幫許放慶生，林兮遲今天連作業都沒寫就出來了。此時宿舍另外三人都坐在位子前，安靜地寫著實驗報告。

林兮遲沒吵她們，收斂了嘴角的弧度，安安靜靜地回到位子上。收拾一番後，她進浴室裡洗了個澡，這才出來開始做作業。

磨磨蹭蹭，再加上各種瑣事，林兮遲坐到桌前差不多十一點了。宿舍熄燈時間是十二點，但辛梓丹睡得早，通常她們十點半左右就會關燈。

林兮遲開了桌上的檯燈，昏黃色的光，顯得溫暖寧和。周圍安安靜靜的，偶爾能聽到陳涵和聶悅用氣音說話，還有敲鍵盤的聲音。

她點亮手機，看了一眼。

許放傳訊息給她，恰好是十點半，國防生宿舍熄燈的時候。

許放：『睡了。』

想表達的大概是「我這邊熄燈了，不要找我了，妳找我我也回不了了」的意思。

往常許放不會特地跟她說一聲。

他們通常都是，如果在聊天的話，時間到了許放會跟她說一聲，但沒有聊天的話，林兮遲也懶得管他是不是熄燈睡覺了。

這個好像是女朋友的待遇，連睡覺都要跟她說一聲。

林兮遲愉快地回了個晚安，隨後才打開電腦開始寫實驗報告。

完成時，林兮遲才注意到，其他兩個室友早已回了床。沒有被燈光覆蓋到的位置黑漆漆的，唯有她所在的位置冒著光。

林兮遲絲毫沒有睏意，也沒急著睡，打開之前為了攻略許放準備的那個小本子。

從九月十六日開始，到現在，每天寫一頁。現在只差一頁，加起來就有四十頁了。

林兮遲翻到最新的一頁，是她昨晚剛寫的計畫。

DAY 39：2011年10月24日，週一。

訂了個水果蛋糕給許放，還準備了一雙他喜歡的牌子的運動鞋。要親自把東西送到他宿舍，幫他慶祝生日。另，如果足夠幸運，有這麼一點可能性，他的室友都不在宿舍的話：

點蠟燭的時候要關燈，昏暗的光線裡，異性單獨相處，最容易滋生出曖昧，說不定僥倖還能讓許放動了心。

吹蠟燭之前，讓他先許願，並說要幫他實現願望，用柔情攻勢一步步將他的心拿下，讓他無法抵擋，潰不成軍。

這太準了吧。

林兮遲瞪大了眼，心想她真的是情商爆表，制定了正確的計畫之後，輕而易舉就拿下了許放。只花了三十九天的時間，她居然追到了這麼難搞的許放。

她真是太厲害了！

那之後還要做什麼好。

先制定個小目標。

一步一步來的話，第一步應該是牽手吧。

唉許放那傢伙也沒談過戀愛，他肯定什麼都不懂。沒關係，她比他聰明，她能讓他坐享其成，讓他明白跟自己談戀愛是一件多麼美好又輕鬆的事情。

牽手這事容易，她隨時隨地都能做，那就今年之前牽手吧。然後是……

想到這個，林兮遲一頓，抬手摸著唇，回想起今天在那狹小的室內，咫尺間的氣息交融，幾乎要碰觸到的溫熱柔軟。她的手向上挪了些，捂住發燙的臉。

接吻這事情，必須天時地利人和，要找到正確的時機。

但這個時機可能不太好找。

林兮遲懊惱地撓撓頭，想著只是制定一個小計畫，便猶猶豫豫地寫了個「三年內接吻」，想了想，她很快劃掉，改成「五年」。

看著這行字，林兮遲抿了抿唇，放下筆，用雙手捂著臉。平復了下呼吸之後，她再度低頭，看著那暖黃色的紙張。

唔，既然是小計畫，那就……

林兮遲很慫地捏了捏拳頭，慢吞吞地把「五年」劃掉，改成了——「十年」。

因為精神上的振奮激動，林兮遲翻來覆去了一個晚上都沒睡好，第二天天一亮她就醒了，忍著寒冷爬起來洗漱。

早上第一節課從八點開始，時間還早，宿舍其餘三人都還在睡夢之中。林兮遲不敢弄出太大動靜，輕手輕腳地換好衣服便出了門。

到食堂買了早餐，林兮遲決定繼續自己的溫柔攻勢，讓許放完全無法離開她，長期下來就會對她癡迷無比，無法自拔。

先送個早餐。

買十個肉包，等等給他九個。

這應該能讓許放明白，自己是個闊氣又對他好的人吧？

林兮遲樂滋滋地抱著早餐到許放的宿舍前，站在其中一棵樹下，正想打電話給許放的時候，手機突然響了。

她眨眨眼，定眼一看，來電顯示：屁屁。

林兮遲心想這就是戀愛的力量，默契也變得十足，她彎著眼接起了電話，還沒等她開口，那頭的許放便道：『下來。』

他猛地來這麼一句，林兮遲沒反應過來，「啊？」

可能是覺得她還在睡覺，許放頓了一下，語氣沒先前那麼生硬，透過電流過來多了幾分磁性，說的話讓她非常猝不及防，『我在妳宿舍樓下。』

「……」

『幫妳買了早餐。』

「……」

林兮遲吸了吸鼻子，呆滯地低頭看了看手裡的十個包子，思考著應該怎麼應付現在這個狀況。

如果是她先打電話說這兩句話，感覺就能理直氣壯一些。

但現在是許放先打過來了，讓她莫名有了種，她過於積極爭搶了他想做的事情的感覺。

那她要不要裝一下自己還在睡覺的樣子。

畢竟這是作為情侶後，他第一次對她獻殷勤。如果這次拂了他的面子，他肯定再也不會做這種事情了。

不過裝睡是容易，可她現在手裡還有十個肉包，這要怎麼處置。不能浪費糧食啊。

林兮遲磨磨蹭蹭地思考著，遲遲沒回話。

以為她又睡過去了，許放聲音揚高了些，催促道：『快點。』

林兮遲還是沒回話，思緒還放在「十個肉包」和「裝睡」之中，在她這裡，這兩個的概念等同於「珍惜糧食」以及「給許放面子」。

下一刻，許放的音量又恢復成正常分貝，語氣很沉，無甚波瀾地，用平靜的態度來對她施壓：『林兮遲。』

聽到這個語氣，林兮遲瞬間打了個激靈，沒再考慮。她舔了舔嘴角，轉身往自己宿舍的方向走，邊小心翼翼地喊他：「屁屁。」

『嗯？』

「你吃肉包嗎？」

『……』

林兮遲邊啃著包子邊走到宿舍樓下。

還沒過十分鐘便看到站在她宿舍樓下的許放。他的手裡提著一個牛皮紙袋，穿著黑色毛呢大衣和白色中領毛衣，視線放在宿舍門口，沒往這邊看。

從這個角度只能看到他的側臉，五官曲線立體而俐落。背脊挺直，氣質精神，高挺而俊朗。

林兮遲沒喊他，沉默著走到他身後，用鞋尖碰了碰他的鞋尾。

許放下意識回頭。

就見林兮遲睜著雙大眼看著他，看起來不像是剛醒的模樣，嘴巴咀嚼著，吃著手裡的肉包子。

今天的天氣不太好，氣溫比過去幾天都低。天空濃雲重重，雖然沒有下雨，但空氣裡全是濕氣，稍稍吹來一陣清風，都會帶來刺骨的寒意。

所以林兮遲穿得不少。

她六點就醒了，那時的溫度極低。而且剛醒來還是最怕冷的時候，她在一片昏暗裡找衣服，摸到什麼厚的就往身上套。

林兮遲也記不得自己穿了幾件了，總之她現在雖然暖和，但是行動很不便，僵硬又遲緩，像個上了年紀的老人。

許放默不作聲地看著她。

注意到他的眼神，林兮遲低下頭看著自己身上的衣服，然後看了看許放此時的穿著。

兩人對比鮮明，一個臃腫矮小，一個高大清瘦。

她張嘴把最後一口包子吃下去，費力地從口袋裡拿出衛生紙擦嘴。

把衛生紙丟入塑膠袋裡，林兮遲用空著的手把圍巾下扯了些，調整著腦袋上毛線帽的位置。

察覺到他還看著，林兮遲忍不住說了句：「今天有點冷。」

所以無法為了你注意風度，少穿一件衣服。她在心裡補充。

聞言，許放點亮手機看了一眼，輕聲說：「今天九度。」

林兮遲連忙點頭，想找到他的認同感：「嗯嗯，很——」冷吧。

「看到妳這樣。」許放的眉頭舒展開來，懶洋洋道：「我以為是零下九度。」

「……」糾結著要不要奪回點風度，林兮遲猶豫著又把圍巾向下扯了些，還沒等她有更進一步的動作，許放忽地把手裡的牛皮紙袋往她懷裡一塞。

林兮遲很自然地接住。

許放抬手，安靜地把她的圍巾半解，然後重新纏繞，打了個小結，讓她的小半張臉被埋在圍巾裡，漆眸深邃而溫和。

被他這樣看著，林兮遲眨了眨眼，脖子一縮，像是有點不好意思。

許放沒怎麼戴過圍巾，所以此時繫圍巾的方法隨意又生疏，就是胡亂往上纏，遠遠看起來像是在捆綁木乃伊一樣。

林兮遲呼吸有點困難，但他一片好意，也難得這麼溫柔，她不想當著他的面把他的成果直接破壞掉。

而且纏好圍巾，確實比先前鬆鬆垮垮地戴著暖和了不少。

因為這兩點，林兮遲覺得這點難受還是能忍受的。

戴好後，許放重新拿回她手裡的東西，長腿一邁，直接往前走。

林兮遲頓了幾秒，連忙小跑著跟上。

過了半分鐘，許放的腳步慢了下來，並肩走在她旁邊。

走了一小段路，林兮遲實在覺得不太舒服，連說話都要隔著好幾層布料。她悶悶地低著頭，開始扯圍巾，想把它扯鬆一些。

下一刻，注意到她的動靜，許放望了過來，「戴著。」

聽到這話，林兮遲立刻放下手。

許放的眉眼低垂，睫毛像鴉羽一樣又密又長，語氣漫不經心，一副為她著想的模樣，繼續道：「把妳臉遮好，別人就不會認出這麼腫的人是妳了。」

「……」

宿舍附近有家校內超市，超市外放著幾排桌椅，供學生使用。林兮遲本想去那，但因為天氣寒冷的緣故，還是被許放扯到最近的食堂。

此時七點出頭，食堂已經陸陸續續有學生進出。並不是高峰期，大部分座椅都是空著的，幾個學生零零散散的占了幾桌。

找了個空位，林兮遲先一步坐下。

許放把手上的東西全部放在桌子上，這才慢條斯理地坐到她對面，伸手把裝著肉包子的塑膠袋上的結打開。

透明的塑膠袋，裡面用白色紙袋裝著熱騰騰的肉包。

許放對林兮遲這麼早起的行為沒多想，只覺得她想吃肉包，便早起來買了，然後順便買了一份給他。

雖然提著的時候覺得這個重量不太對勁，但許放依然沒有想太多。

此時拆開了袋子，看到裡面的層層疊疊的肉包子，許放的表情才有了些變化。肉包的個頭雖不大，但這個量讓他的表情僵硬了幾秒。

許放的眉頭微擰：「妳買那麼多幹嘛。」

林兮遲彎著眼，獻寶似地說：「給你吃。」

「……」

「妳買了多少個。」

「十個。」

「……妳吃了幾個。」

「兩個。」說完後，林兮遲強調，表情狗腿而驕傲，「別的都是你的！我不跟你搶，都是買給你的。」

「……」他可能會撐死。

許放閉了閉眼，放開手裡的東西，把那個牛皮紙袋扯了過來。

這個距離，林兮遲才注意到牛皮紙袋上有個標識，是學校外面的麵包店的。她去過幾次，記得一個麵包的價格並不便宜，大概等同於她二十個肉包的錢。

下一秒，許放從裡面拿出兩個麵包和一個巧克力蛋糕，還有兩瓶牛奶，放在她面前，說：

「妳看看要不要吃。」

麵包細而長，撒上抹茶粉，用紙包著，泛著濃郁的香氣。旁邊的三角形蛋糕，層層疊疊，包裹著夾心，巧克力醬向下流，最上面點綴著兩顆草莓。

就連牛奶都是用寬胖可愛的玻璃瓶裝著的。

林兮遲原本的得意洋洋瞬間蕩然無存：「……」

他一個大男人怎麼活的這麼精緻。

對比桌上兩種食物，林兮遲覺得自己帶來的那八個包子像是拿去餵狗的一樣，完全不像是應該出現在同個桌上的食物。

她鬱悶地垂頭，覺得自己吃許放帶的早餐，許放吃她帶的早餐這件事情，實在太不公平了。但她又受不了蛋糕的誘惑，在心底天人交戰了一番便慢吞吞地拿起了勺子。

許放注意到她的表情，彎了彎唇，這才拿起那幾個肉包開始吃。

把蛋糕吃完之後，林兮遲看著許放面前還剩下五個包子，瞅了旁邊的兩個麵包一眼，偷偷地拿起一個來啃。

她留一個麵包給他吃。

一定會留一個的。

她對他這麼好，怎麼可能不把好的東西留給他。

幾分鐘後，林兮遲又看著最後一個麵包。注意到許放面前還有兩個包子，她磨蹭了一下，還是拿起那塊麵包。

了。

許放吃了那麼多肉包，一定吃不下麵包了。林兮遲想。

她是在為許放排憂解難，為他著想才把這個麵包吃下去的，不然她不會吃的，她其實很撐了。

雖是這麼想，但之後每咬一口麵包，林兮遲的愧意和緊張就上來一分。

這種行為真的太渣了，有三個吃的，她一個都沒分給許放。

這和她所想的溫柔攻勢差了十萬八千里。

許放沒察覺到她的心理活動，只想著怎麼把面前的早餐都解決掉，他很少試過早飯吃這麼多，但勉強還算能吃的下。

他還想著幸好他買的早餐沒多少，林兮遲應該也吃的下。如果她吃不下的話，他還是能勉強硬塞下去。

完全沒想過要跟她搶。

等他總算把最後一個包子咽下去後，許放抬眼，突然注意到林兮遲盯著他的目光，神情幽幽的，帶著點下定決心的意味。

許放疑惑地看了她一眼，問：「妳幹嘛，還餓？」

林兮遲不答反問：「屁屁，你知道嗎？」

「什麼。」

「我聽別人說，許家從你這一代開始，有了詛咒。」

許放皺眉，完全沒聽過這個傳說：「什……」

他的話被林兮遲打斷。

「如果許家長子隨隨便便就甩了初戀對象。」林兮遲覺得自己這話不太好，但卻有足夠的威懾力，只好咬著牙說完，「從此以後，他放的屁會變得又響又臭。」

「……」

話音落下，不遠處有個學生不小心把餐盤掉到地上，「哐噹」一聲，在略顯靜謐的食堂裡顯得格外刺耳。

林兮遲的注意力偏向那側，但很快就回過神來，注意到眼前的許放默不作聲地盯著她，黑眸裡波瀾不驚。

原本冒起的那股威脅他的想法瞬間消失，林兮遲的心虛感又增加了幾分，不動聲色地避開他的視線，低頭把桌上的包裝紙和塑膠袋收拾好。

許放面無表情地思考著她剛剛說的話，完全不搞不懂她為什麼會在他們在一起的第一天，就開始想他會甩了她的事情。

這個詛咒粗俗又幼稚，明顯就是她隨口扯的，漏洞百出，還頂著一副想讓他聽到之後變得恐懼緊張的模樣。

怎麼老是傻乎乎的。

許放沒因為這個生氣，但也懶得理她這句話。他把所有東西塞進那個牛皮紙袋，起身往垃圾桶的方向走。

林兮遲連忙跟上，捧著瓶牛奶繼續喝著，懊惱著這個詛咒是不是說的太狠了。她走到許放身後便放慢腳步，乖乖跟在他後頭。

兩人走出食堂。

此時七點半左右，現在從食堂出發到教學大樓，到那應該差不多到上課時間。

許放第一節沒有課，林兮遲的則是動物解剖學的實驗課。

因為昨天想著今天送早餐給他，所以她昨晚就收拾好了東西，書包裡早已裝好今早上課要用到的書，也不用再回宿舍一趟。

一路沉默。

許放走在前面，林兮遲走在後面。

不知要怎麼打破這個處境，林兮遲思考著要不要直接告知他自己說的這個詛咒是假的。

不過她感覺許放也沒相信她的話。至於為什麼不理她了，她不太懂。

半晌，許放停下腳步，轉身看向她。

林兮遲沒反應過來，沒來得及剎住腳，因為低著頭，腦袋直接撞上他的胸膛。

她撞的力道不算小，許放的眉頭一皺，但沒推開她。幾秒後，他伸手幫她揉了揉腦袋，妥協般地喊了聲：「林兮遲。」

「啊？」

「妳那個詛咒我聽過。」

「……」

他突然來了這麼一句，林兮遲驚了。

還真有？

見她手裡的牛奶瓶空了，許放扯了扯嘴角，神情散漫地接過，學著她信手拈來地扯，「許家長子找到初戀後，詛咒開始發揮作用。」

「嗯？」

「不過為了公平起見，也為了保持世界的平衡，」許放一本正經地說：「這個詛咒也會對許家長子的初戀對象生效。」

「……」林兮遲被他說的一愣一愣的，遲疑地問，「就是我甩了你也會那樣？」

「不是。」許放扯住她的手腕往前走，隨手把垃圾扔到一旁的垃圾桶裡，「是妳說話一粗俗就會那樣。」

許放覺得自己要管管她了。在他頭上拉屎，放屁又響又臭，都誰教的。

「哦，這個好辦。」林兮遲鬆了口氣，沒過多久又苦惱了起來，開始指責他，「那我以後怎麼喊你，你怎麼取了這樣的名字啊。」

「……」誰取的？

許放嘴角抽搐了下，不想對她發火，便看著她糾結了一路。

直到走到教學大樓前，她的眉頭舒展開來，像是想通了，終於開了口。

「好。」林兮遲晃了晃他的手，總算想通了，樂滋滋道：「以後我喊你屁比。」

「……」

接下來幾天，許放一直聽著她這樣喊他。一開始他還想忍著，久了就忍不下去了。

但就算他發了火，林兮遲也只是頓了一下，之後再討好般的加了兩個字，喊他。

「屁比大佬。」

直到勁頭過了才停止。

所幸，她這副傻而不正經的模樣只在兩人獨處的時候出現。

雖然一天二十四小時有一半的時間都被她氣到，但每天回了宿舍之後，許放居然很期待明天的到來。

轉眼間，十一月份來臨。

按往年一樣，S大邀請隔壁的Z大，舉辦了一場籃球友誼賽。去年是Z大的籃球隊過來S大，今年則倒過來，S大的球隊過去那邊參加比賽。

體育部幫忙聯絡Z大那邊，以及準備車輛等等。

因為人數過多，體育部不需要全部人一起跟過去，按抽籤和自願，于澤挑了幾個人。

加上大二大三的，校籃球隊總共有五十多人。

大一新加入籃球隊的球員，在球隊裡只是第三替補。正式比賽的話，都會派老球員出場，新球員普遍沒有上場的機會。

不過因為這次是友誼賽，隊長挑出來去參加比賽的人裡，竟有一半都是大一的。許放便是其中之一。

十一月中旬的週末，一行人一大早在校外集合，浩浩蕩蕩地坐上了開往Z大的大巴。體育部那邊來了四個人，分別是于澤、林兮遲、何儒梁和另外一個女生。四人是最晚上車的。

位子和人員都提前安排好，四十八個人的座位，剛好坐滿。

林兮遲先上了車，走在座位中間的走道，觀察哪裡有位子。她瞇著眼掃了一圈，注意到倒數第二排有兩個併著的位子是空著的。

她正想走過去，手腕突然被人從旁邊一扯，林兮遲沒有防備，一屁股坐到旁邊的位子上。她呆愣地抬頭，映入眼中的是許放略帶睏意的臉。

他鬆開了手，腦袋往後一靠，又閉上眼繼續補眠。

許放似乎特別偏好深色的衣服，此時他穿著黑色外套，灰色運動長褲。外套的拉鍊拉到頂，遮住他的嘴唇。頭髮向下垂著，看起來毫無防備又乖巧。

林兮遲眨眨眼，問道：「你很睏？」

他散漫地應了聲：「嗯。」

林兮遲沒說什麼，低頭整理著內裡亂七八糟的背包。

過了幾分鐘，似乎覺得自己沒有事情做，林兮遲開始有了動靜。她先是玩了玩手機，發現沒什麼好玩的之後，便把注意力放在許放身上。

「不要睏。」林兮遲猛地搖了搖他的手臂，「屁屁，你不要睏。」

「……」

「我們來打遊戲呀。」

說完之後，林兮遲從口袋裡掏出手機，眨眼間就被他奪過，伴隨著不耐煩的話。

「玩個屁，等等暈車了吐我一身。」

「……」她確實不怎麼會坐車。

搶了手機之後，許放繼續閉眼睡覺。

林兮遲沒事做，只能百無聊賴地坐在原位，偶爾看看窗外飛速向後跑的景色。過了一下，她的目光不自覺地從窗戶挪到他身上。

距離軍訓已經過了兩個多月了，許放的膚色已經完全白了回來，但不同於以前的那種病態白，看起來精神而明朗。他閉著眼，睫毛長而密，像是一把小刷子。

生活過得規律又健康，所以他的眼睛下方基本看不到黑眼圈，顏色很淡。

林兮遲托著腮看著他，突然找到了打發時間的事情。

不知過了多久。

林兮遲全神貫注地數著他的睫毛，剛數到一百二十根。他的睫毛忽然一顫，讓她立刻找不到自己數到哪了。

下一刻，他的手抬了起來，林兮遲的眼睛被他溫熱的手掌捂住，腦袋順勢被他推到椅背上。

她沒反應過來，眨了眨眼。

像是覺得很癢，許放很快就把手收回。

林兮遲的眼前恢復亮色，就見眼前的許放眼睛睜著，眼裡沒了一絲睡意，有精神得不像是剛醒過來的模樣。

他的聲音帶著一層啞意，慵懶味十足：「別吵我。」

林兮遲很無辜：「我哪吵你，我都沒說過話，也沒碰到你。」

聞言，許放頓了下，看著她亮晶晶的眼，又抬手擋住她的視線，輕聲重複，「別吵我。」

視野被許放這麼一擋，不知不覺間，林兮遲也睡著了。再醒來的時候，車子已經停在Z大裡了，車上的學生陸陸續續向下走。

許放還坐在她旁邊，見她醒了便站起身，把她拉了起來。

注意到林兮遲還一副迷迷糊糊的模樣，他默不作聲地替她拿起背包，扯著她的手腕下了車。

車子停在Z大的西門。

Z大的籃球隊派了好幾個人過來接他們。

林兮遲剛睡醒，神智還有些不清醒，看到許放手裡拿著她那個粉色的背包，結合著他一身深色，看起來很違和。

她歪著頭，正想拿過，耳邊突然傳來一陣大呼小叫的男聲，很耳熟，林兮遲的思緒慢吞吞的，一時想不起是誰。

「欸，許放你怎麼過來了——姑奶奶妳也來了？」

她順著聲源看過去。

眼前的男生高大壯實，留著平頭，很薄的雙眼皮和笑起來瞇成一道縫的眼睛，牙齒被膚色襯得白的亮眼。

哦，看到人，林兮遲就記起來了，是蔣正旭。

見到他，許放的眉眼一抬，也笑了，「我都忘了你是這學校的了。」

「呵呵，你可真有良心。」蔣正旭不太在意，見到他們也高興。他走過來攬著許放的肩，笑嘻嘻道：「走吧，來參加友誼賽的吧，我帶你們去體育館。」

其他人已經跟著Z大體育部的另外幾個人往前走了，此時就剩他們三個站在原地。

林兮遲點點頭，拿過許放手裡的背包，乖乖背上。

蔣正旭本來走在兩人旁邊，他的鞋帶掉了，便蹲下來綁，再抬頭時，突然注意到已經走到十公尺前的林兮遲和許放的動作。

林兮遲睏得眼睛酸澀，有些睜不開，半瞇著眼，另一隻手下意識地握著許放的手腕，像個小孩一樣。

許放的動作頓了頓，垂眸看了她一眼，手腕向上一勾，掙開她的手。看到林兮遲露出不解的表情時，他的眼皮一垂，用掌心握住她的手。

「……」蔣正旭猛地站起來，三步並作兩步跑到兩人面前，倒退著走：「我靠，我都忘了你們兩個在一起了啊。」

兩人在一起當天，許放便昭告了全天下。

他的室友，他高中的朋友，以及他的父母。

蔣正旭是第一個知道的。

林兮遲揉了揉眼，大腦還在當機中。聽到這話，她「嗯」了一聲，嘟囔著：「我追了他很久，很辛苦的。」

三人從高一開始就在同一個班。因為身高的緣故，許放和蔣正旭經常坐最後一排，當了兩年的隔壁桌，關係自然而然就變好了。

而林兮遲有事沒事就去找許放，久而久之，她也跟坐在許放旁邊的蔣正旭打好了關係。

許放暗戀林兮遲這件事情，不是許放跟他說的，而是蔣正旭自己的發現的。

高一上學期的運動會，連著進行了兩天。第一天晚上舉辦了晚會，只有高一高二參加，高三正常晚自習。

按要求，每個班要出一個節目。

他們班的凝聚力並不強，直到最後一週才匆忙準備。因為時間不夠，最後只能選最簡單的節目——找兩個人上去唱一首歌。

學藝股長特地選了班裡兩個唱歌好聽的同學，本來想直接這樣蒙混過去，但班導師卻覺得過於簡單。

恰好他記得之前要求填的高中簡歷裡，林兮遲在專長一欄順手填了鋼琴。

就這麼莫名其妙，林兮遲成了這個節目的第三個表演者，坐在舞臺左側的鋼琴旁。

運動會結束後。

本以為自己完完全全是個背景板的林兮遲，卻出其不意的在學校的論壇紅了一陣。許多其他班的男生常常來看她，亦或者是問她的聯絡方式。

當時蔣正旭在別的班的朋友，托他幫忙轉交東西給林兮遲，多是一些零食和飲料。只送了兩天，就被許放發現了。

當時許放什麼也沒說，但之後的每天，每次蔣正旭拿著東西回到班裡，都會被許放搶去，然後面不改色地送回去給他那個朋友。

就這麼持續了整整一個星期之後，年級裡竟漸漸生出了許放在追求他這個朋友的謠言。蔣正旭的朋友實在不堪其擾，之後便不了了之。

這件事情讓蔣正旭察覺到端倪。

在接下來的觀察中，他發現許放對任何接近林兮遲的男生都這樣。寧可被人誤會成Gay，也不讓其他男生靠近她。

這幾年，蔣正旭也算是他們兩個人的見證者。

此時聽到林兮遲說追了許放很久，還追得很辛苦，他是真的不敢相信。並且許放這傢伙還三天兩頭找他，一副同樣陷於水深火熱中的樣子，更是火上澆油。

蔣正旭瞬間覺得自己之前對他的安慰全部都成了笑話。

對於這種狀況，他的理解是。

許放喜歡林兮遲，但很享受被她追求的過程，所以一直吊著她。

場面安靜一瞬。

蔣正旭最先反應過來，手顫巍巍地舉起，指著許放，用滿是譴責的語氣對他說：「許放，你這人怎麼能這樣呢！」

這聲讓林兮遲猛地回過神，稍稍清醒。第一個注意到的是自己被許放牽著的手，她的眼睛眨了眨，回握著他手的力道加重了些。

心想，怎麼牽手這事也讓許放捷足先登了。

弄得她在這場戀愛當中一點作用都沒有。

蔣正旭的正氣頓起，一時間將與許放的兄弟情拋之腦後，只想將林兮遲從這段感情的卑劣位置離解救出來，告訴她真相。

「林兮遲。」蔣正旭邊說邊往遠離他們的方向跑了幾步，大聲地喊，「許放他媽暗戀妳幾百年了！」

一頓，林兮遲瞬間有精神了：「唔？」

許放：「……」

對於許放在生日那天，提出讓她當他女朋友這件事情，林兮遲一直認為大部分是在氣氛的烘托下，他生出的意亂情迷。

畢竟回想起過往發生的任何一件事情，完全沒有跡象能表明，許放是喜歡她的。

就因為這，林兮遲還一直在行動上努力著，讓他不至於隔天就後悔。

過了半分鐘。

「就。」林兮遲歪了歪頭，慢吞吞地問，「幾百年了嗎？」

「……」許放不自然地別開視線，抬手搓了搓後頸，視線往前看，把話題扯到剛剛的事情上，「妳什麼時候追我了。」

林兮遲沒藏著掖著，很誠實地說：「我之前都在追你呀。」

她這個模樣不像是開玩笑的樣子，許放猶疑地瞥她一眼，開始回想過去兩個月的事情。唯一能想到的就是，跟葉紹文打牌的那次，她故意放水。

其餘的，一丁點能感受到的都沒有。

見他還是一副質疑的模樣，林兮遲瞪大眼，掰著手指，一件一件地數：「新生籃球賽送水給你，經常找你聊天，用兼職來的錢買禮物給你，還有騎單車載你，而且其實我對你的態度也溫柔了很多呀……」

許放：「……」

說真的，他聽了第一項就不想往下聽下去了。

那瓶五公升的水？

不過他倒是挺慶幸這傢伙缺根筋的腦子。這些事情放在其他人身上，就算對她感興趣，也會第一天就將她拉入黑名單。

察覺到許放若有所思的表情，林兮遲就當他是記起來了，繼續問他剛剛的事情：「蔣正旭剛剛說的話……」

沒等她說完，許放單手捏住她的下巴，指尖揉著她下面的軟肉，動作像撫摸狗一樣。他的眼睫低垂，輕聲應了下來：「嗯。」

沒想過他會答應的那麼快，林兮遲愣了，呆呆地看著他。

被她盯得渾身不自在，許放捏著她下巴的手往另一側擰，讓她的視線轉移到別處，才惡狠狠道：「有意見？」

這場籃球友誼賽，比先前S大的新生籃球賽正式了不少，圍觀的群眾多了很多。不僅僅只有Z大的，還有不少從S大過來的學生。

開場前，兩校的代表發言。廣播裡將兩個球隊介紹了一遍之後，兩個球隊上場的十五人還要握手表示「友誼第一，比賽第二」一番。

前排的位子都是給要上場的球員坐的，林兮遲被安排到了第三排，旁邊是體育部的另外三個幹事。

許放是替補，坐在第二排的位子，剛好在林兮遲的位子前面。

比賽前的環節太多，這段空閒的時間裡，其他人都是各自玩手機。林兮遲百無聊賴地坐直起來，湊近許放，把玩著他的頭髮。

許放被她弄得有點癢，抬手按住她的手：「別弄。」

林兮遲不管不顧，掙脫開，繼續玩。

他的脾氣頓時上來了，猛地回頭，黑瞳無波無瀾地看著她，像是無聲的威壓。

林兮遲也回望他，圓而大的眼睛一眨不眨。

時間像是定格下來。

十秒後，許放深吸口氣，臭著臉轉了回去：「算了。」

「屁屁。」林兮遲笑咪咪地，用力揉了揉他的腦袋，「你喜歡我，所以你要對我好點，你不能老讓我寵著你。」

「……」

她一副跟他講道理的樣子：「這種事情肯定要有來有往的，這樣我們的感情才不會變得冷淡下來，我們可以過一輩子的熱戀期。」

她的話好像特別有道理。

許放冷笑一聲：「行，下次輪到我。」

林兮遲也不在意，很爽快地應下來：「好。」

先前林兮遲和許放待在一起的時候，撞見過何儒梁和于澤。她早已跟他們介紹過許放。所以此時看兩人的互動時，他們也沒多問。

坐在林兮遲旁邊的女生雖然跟她是同個部門的，但她們的交流很少，算不上熟悉。女生不太清楚他們的關係，注意到他們之間的相處，好奇道：「欸，遲遲。這是妳男朋友嗎？」

聞言，林兮遲側頭，很高興地應道：「對呀！我男朋友！」

許放回頭看了她一眼，因她的反應，原本的鬱氣瞬間蕩然無存。他的嘴角輕輕一勾，看向那個女生，禮貌頷首：「妳好，我叫許放。」

林兮遲此刻的心情特別高漲。

明確來說，是剛剛聽了許放說他暗戀她很久之後，就變得十分高漲。原本的心態從小心翼翼變成了恃寵而驕，有恃無恐。

沒經過思考，林兮遲就像以前那樣，順口接了句：「放屁的放。」

「……」

許放唇邊的弧度收回，面無表情地看著她。

似乎覺得他們之間的相處很可愛，女生笑出聲來，沒再說什麼。

林兮遲瞬間覺得有些不對勁，無辜地看向許放，開始辯解：「哦，我忘了……我就順口這麼一說，你幫我求求情，這次詛咒不要靈驗行嗎……」

「嗯。」許放的眉眼舒展開來，淡淡道：「行。」

林兮遲鬆了口氣，但莫名又覺得他這麼爽快大方的態度很異常。

他輕扯了下嘴角，悠悠補充了句：「有來有往。」

過了幾分鐘，幾個去廁所換球衣的男生回來，坐在許放旁邊。

其中一個男生低頭綁著鞋帶，順口就問：「許放，這你女朋友？」

校隊的人不少，每個人訓練的時間不一樣，林兮遲偶爾會去看許放訓練，所以只認識裡面幾個人。大部分都只知道許放有女朋友，但不知道她長什麼樣。

許放「嗯」了一聲。

林兮遲也主動自我介紹：「你們好呀，我叫林兮遲。」

說完，感覺這說的有些簡短，林兮遲本想再確認說明是哪個兮，哪個遲。

就像是重現了剛剛的場景，唯一的差別是，她和許放的位置顛倒了過來。

還沒來得及開口，就聽許放神情漫不經心，又理所當然地說地說了句，「吃屎的遲。」

「……」

跟許放認識了那麼多年，林兮遲還是第一次從他口裡聽到這種說法。

她差點氣笑。這明顯跟她習慣性接過許放自我介紹的解釋完全不一樣。

對比鮮明，一點都不自然，生硬又尷尬，強行解釋，為黑而黑。

並不想理會他這麼幼稚的「有來有往」，但在其他人面前，林兮遲決定給足他面子，沒罵他，故作淡定地推了一下他的腦袋來洩憤。

也沒覺得他的朋友會相信他的話。

然而，過了幾秒，剛剛問話的那個男生綁好鞋帶後，坐直起來。他的笑容憨厚開朗，恍然大悟般地回：「哦，那個遲啊。」

林兮遲：「……」

哪個？不是，兩個讀音不一樣，他是怎麼聽懂的？

許放抬手，揪住她放在他腦袋上的手，散漫道：「嗯，就那個。」

「……」

比賽開始前，Z大還邀請了社團來表演，再加上各種發言，將一場本來只需一個小時就結束的比賽，硬生生拉長到了兩個半小時。

到後面，林兮遲和另外幾人乾脆開了桌手機麻將。她不會玩，就是來湊人數的，所以都是按照系統提示亂打。

餘光注意到許放總轉過頭看她，林兮遲分了心問：「幹嘛？」

許放此時只穿著球衣背心和短褲，以及薄薄的內搭。

林兮遲看著都覺得冷。

可許放剛熱了身，額前還冒著細汗，看起來跟她像是不同季節的。他的視線往下垂，往她的手機螢幕上瞥了一眼，唇線抿直，沒說什麼又轉了回去。

林兮遲疑惑地看著他的後腦勺。

旁邊的男生互攬著肩，笑嘻嘻地說話，話題無非是最近玩的遊戲，以及看上的妹子。就許放一人背靠椅背，坐姿懶散，百無聊賴的模樣。

過了一下，林兮遲注意到他抬手揪了揪頭髮，很快便放下手。

林兮遲眨了眨眼，也沒在意。

許放又回頭看了她一眼，像是在暗示什麼，然後再次抬手，把玩著頭髮。他的手指骨節分明，甲床略長，泛著淺淺的光澤，格外好看。

像是在說：麻將有什麼好玩的，來玩我啊。

林兮遲沒懂，一點都沒懂，只覺得很奇怪。

怎麼老抓頭髮，很癢？他昨天沒洗頭嗎？但最近天氣這麼冷，也不用天天洗頭吧。不對，他每天都要訓練，汗流一身，肯定會洗頭。

那就是買的洗髮精不好用？

思考的時間太久，林兮遲一直沒有出牌，系統的倒數計時已經變成零了。坐在她旁邊的女生便拍了拍她的腿，催促道：「遲遲，該妳了。」

「啊，好的。」林兮遲回過神，飛快地出了張牌，隨後她向前傾，伸出一根手指戳了戳許放的後頸，「屁屁。」

許放回頭：「嗯？」

林兮遲：「等等回學校之後，我們去趟超市吧。」

許放：「嗯。」

林兮遲：「去幫你買洗髮精。」

許放的眉眼一挑：「沒事幫我買什麼洗髮精。」

「感覺你的頭好像很癢。」林兮遲一臉認真地看著他的髮絲，露出讓他不要擔心的表情，「我幫你買個止癢的。」

「……」

這場比賽，許放當前鋒替補。等他上場，林兮遲打開手機相機，正想拍下他進球的影片時，螢幕轉向來電顯示的頁面：耿耿。

備註下面還附帶著她的手機號碼。

周圍很吵，場上裁判的吹哨聲，看臺處觀眾的掌聲和呼喊聲，雖然這分貝不至於難以忍受，但在這裡肯定接不了電話。

林兮遲左側坐著何儒梁，再隔壁是于澤，出了座位便能走到走道，往上走便是體育館的後門。

林兮遲側頭，小聲地對何儒梁說：「學長，我出去一下。」

何儒梁沒說話，桃花眼上揚，目光卻放在她的手機螢幕上，神情幽深不明。

就這麼頓了五秒左右，他收回了視線，眉眼微微一彎，略帶棕色的眼睛像是含著情，挪了個位置，「去吧。」

高三只有週日放假，週六雖然不用上課，但學校強制要求學生留在學校裡自習，直到下午才能離校。

高三生分秒必爭的，週日下午基本都統一到校，算起來假期不到一天。

離升學考的時間越來越近，林兮耿玩手機的次數少了很多。

以往林兮遲找她，她都能秒回，現在至少要隔個一兩天才回覆。怕影響她，最近林兮遲找她的次數也少了些。

此時接到林兮耿的電話，林兮遲有點驚訝。

出了體育館，找到個僻靜的位置後，已經過了三四分鐘了，電話自動掛斷。林兮遲回撥了過去，撥通的嘟嘟聲響了十幾次，沒接。

林兮遲又打了一次，還是沒接。

林兮遲的眉頭皺了皺，堅持不懈地打了第三次。

響了十聲後，沒接。她本想掛斷，直接打個電話給母親問問是怎麼回事的時候，電話那頭終於接了起來：『喂。』

「妳在幹嘛，怎麼不接電話。」

林兮耿頓了頓，慢吞吞地回：『剛剛上廁所呢。』

「哦。」林兮遲沒想太多，單刀直入道：「妳打電話給我幹嘛？」

『就問問妳跟許放哥怎麼樣唄。』林兮耿的聲音很小，透過電流傳過來，不知是不是錯覺，她的聲音比平時多了幾分沙啞，『妳第一次談戀愛，我總要操點心的。』

林兮遲的眉頭一直沒舒展開來，猶疑地問：「妳怎麼了。」

沉默須臾，林兮耿的聲音突然揚了起來，話裡帶著笑：『我怎麼什麼，是戀愛中的女人都這麼敏感嗎？』

「……」

林兮遲還想問什麼時，林兮耿又道：『唉，最近考試考的不太好。』

「就這事？」林兮遲鬆了口氣，輕聲安撫，「沒事，大不了重讀。」

『……』

「妳讀書早，重讀一年也跟妳同班同學同齡。」

『……妳還是別安慰我了吧。』

兩人聊了一下。

掛電話前，林兮耿聲音依舊低低的，突然轉了個話題，說：『林兮遲，媽媽好像想帶林玎去B市看心理醫生，說要在那邊住一段時間。』

林兮遲頓了下：「嗯。」

『不過她好像不願意去。』

「不要管她了。」林兮遲沒心情去管她的事情，輕扯了下嘴角，「妳好好讀書吧，不然真要重讀了。」

這一聊，加上一來一回，林兮遲再看時間，竟然已經過了三十分鐘。再回體育館時，下半場已經快結束了。

許放似乎剛下場，坐在位子上喝水，頭髮濕漉漉的，髮梢滴著水。他的頭仰著，脖頸拉成一條直線，喉結隨著吞咽滑動。

林兮遲回到位子上。

餘光注意到林兮遲的身影，他放下手，頭瞥了過來，瀏海垂在額前，黑瞳被汗染出淺淺的水光。像是一口幽深的井，深邃而一望無際。

他的唇線拉直，看起來情緒不佳。

「你比完了嗎？」林兮遲邊從背包裡拿出衛生紙邊問。

「沒有。」許放皮不笑肉不笑地扯起嘴角，看著自己被汗淋濕了大半的上衣，怪聲怪氣地說：「我太熱了，就拿水澆了澆頭。」

「哦。」林兮遲又翻了翻背包，拿出一瓶沒開過的礦泉水，「還要嗎？」

「……」

林兮遲把水收起來，又問：「你還要比嗎？」

「不用。」

「那你快去換衣服吧。」林兮遲往前一趴，在他後背扯出他的背包，從裡面拿出他的衣服，「這天氣好冷。」

許放接過衣服，憋不住問：「妳去幹嘛了。」

「耿耿打電話給我。」林兮遲扯了三四張衛生紙，全部攤開，幫他把頭上的汗擦乾，動作粗魯又快速，「這裡太吵，我就出去外面接了。」

許放任由她蹂躪，神態依舊透出點不爽。

過了半分鐘，林兮遲終於反應過來：「你是因為我沒看你比賽生氣嗎？」

「是個屁。」

「別生氣。」林兮遲自動將他的的否認理解成相反的含義，動作輕了下來，杏眼圓而亮，笑咪咪的樣子，「別人我也沒看。」

「……」

「瞧你這醋勁。」

「……」

比賽結束後，林兮遲和許放沒有跟大家去吃飯。一出體育館就被蔣正旭扯走，說是要讓他盡一番地主之宜。

很久沒見蔣正旭了，況且他方才還暴露給她這麼好的祕密，林兮遲對他更是熱情了不少。

一路上，他們兩個不斷聊著天。

許放換回了剛來時的衣服，黑色外套和灰色運動長褲，身材高大，容貌俊朗，氣質清冷微帶戾氣，看起來俐落乾淨。他走在兩人中間，神態懶洋洋的，聽著他們笑嘻嘻地說著他的壞話。

次數多了，許放不想忍了，捏著林兮遲的手微微加重。聽到她笑著求饒了才放鬆，然後不動聲色地幫她揉了揉。

今天的天氣依舊不太好，空中的雲朵聚成一團，顏色偏陰，像是下一刻就要下雨，被冷空氣凝成雪。恰是吃火鍋的好天氣，三人商量了一番，決定到校外一家牛肉火鍋店吃午飯。

午飯時間格外多人，到店時，恰好趕上其中一桌人吃完走人。

三人快速點了菜，之後便有一搭沒一搭地說著話。

等火鍋一上，蔣正旭和許放起身到調味料區去弄火鍋蘸料，留林兮遲一人在位子上看好帶來的物品。

玩了半天手機，林兮遲正想著他們怎麼去了那麼久，往調味料區那邊一瞥時，看到一個高高瘦瘦的女生在跟許放搭話。

女生背對著林兮遲，許放全程面無表情。

所以她看不出是什麼情況。

只覺得那女生光著細而長的腿，穿著綠色的寬鬆T恤，看起來高挑又有氣質。跟她這臃腫的模樣形成了鮮明的對比。

林兮遲低下眼，沒再看。

很快，許放回來了，手裡拿著兩碗蘸料。他習以為常地遞到林兮遲面前，示意這兩碗都是給她的。

一瞬間，林兮遲的眼前映入兩股十分刺眼的綠色。

是蔥和香菜。顏色像是那個女生穿的衣服，彷彿預示著她即將戴上的的綠帽子。

停滯兩秒，林兮遲抬頭，正經地看著他：「我不吃這個。」

許放是清楚她的口味的，揚了眉：「那妳要吃什麼？」

「反正不要綠色的。」林兮遲鼓了下腮幫子，認真地說：「你理解一下吧。」

「什——」

他的話還沒說話，就聽林兮遲繼續道：「我現在見不得綠。」

「……」

與此同時，蔣正旭也拿好蘸料回來。

見許放站著，他沒管，飛速坐下來，拿起一盤牛肉往漏勺裡倒。在湯底裡燙了十幾秒後，手一抬，把漏勺掛在鍋邊的小勾子上。

做完這一連串流程，蔣正旭發現許放還是站著，便揚著眉道：「你要站著吃？」

許放沒理他，把林兮遲扯了起來，想拉著她往調味料區那邊走。

林兮遲掙開他的手，回到位子上，把外套脫掉，這才走過去揪著許放，到調味料區弄了一碗蘸料。

許放抱著臂站在她旁邊，看著她像不要錢一樣瘋狂往碗裡裝朝天椒，再從旁邊挖了幾勺辣椒油。

他的眼皮一跳。

果然，下一刻，林兮遲的方向一轉，把這碗蘸料遞給他，面帶深情地說：「屁屁，給你。」

「……」

她的態度認真而懇切：「我希望我們的愛情能像這碗東西一樣紅紅火火。」

許放抿著唇，無波無瀾地掃她一眼，沒接過。他蹲下身，在下方的櫃子裡多拿了兩個乾淨的碗，漫不經心地弄著新的蘸料。

林兮遲站在隔壁瞅他。

弄好了之後，許放往她手裡塞，拿一碗新的替換了她手裡那碗。她的兩隻手滿了，他再弄了一碗，順手把那碗紅豔豔的蘸料拿起來，往座位上走。

林兮遲跟在他屁股後頭。

她的位子靠裡，許放站在外面，停頓了下，讓她先進去。

坐好之後，許放把最開始弄的那兩碗蘸料放在自己面前，把新弄的三碗都給她，最後把林兮遲為「愛情」弄的那碗蘸料推到蔣正旭面前。

蔣正旭瞅一眼：「給我？」

許放伸手把漏勺上的肉全部倒進林兮遲碗裡：「嗯。」

蔣正旭拿起來聞了一下，瞪他：「你想辣死我啊。」

「不是。」說到這，許放輕輕瞥了林兮遲一眼，「我希望我們的友誼能像這碗蘸料一樣，紅紅火火。」

「……」

「不用了。」蔣正旭把蘸料推了回去，「你這是希望我死吧。」

「哦。」許放的視線正對林兮遲，話卻是對著蔣正旭說的，暗示意味強的很，「可能是吧。」

林兮遲：「……」

戀愛後第一次親眼目睹許放被搭訕這事，給了林兮遲很強烈的危機感。

回宿舍之後，林兮遲拿著她的攻略計畫小本子，開始反省了起來。整個人坐立不安，坐了又站，站了又在位子附近來回踱步。

惹來了宿舍另外三人的關注。

林兮遲打開衣櫃翻了翻。她的衣服都是升學考完的那個暑假，林兮耿陪她去買的。

全程林兮遲就在一旁看著林兮耿幫她選，幫她試。知道她怕冷，所以林兮耿買的冬裝大多很厚。

雖然款式也很好看，但穿著依然顯得厚重。

林兮遲握握拳，把這些衣服全部挪到衣櫃旁邊，然後拿出一件羊毛衫。過了一下，她還是拿了一件厚外套出來。

翻了半天，林兮遲終於在其中一個收納箱裡翻到一件裙子。

像那個女生一樣光著腿是不可能的，想著，林兮遲糾結了一下，拿出一條加厚的褲子，對比著搭配了起來。

聶悅咬著小零食，靠著林兮遲床邊的爬梯：「妳幹嘛？」

「我在挑明天穿的衣服。」

「妳平時不是隨便套幾件就好了嗎？」

「對，但從今天開始，我要改變形象了。」

寢室只有林兮遲和陳涵脫了單。

陳涵的男朋友是她同社團的一個數學系的男生，性格成熟穩重，看起來很老實，對她非常好。她脫單的時間和林兮遲差不多，都是十月中下旬。

女生在戀愛的時候總是漂亮的。

正處熱戀期，陳涵過得快樂又美滿，整天笑呵呵的，在打扮方面也注重了些。僅僅過了一個月，就漂亮了許多。

反觀林兮遲。一跟許放在一起，原本她還有些許注意形象的念頭瞬間沒了。跟許放出去依然穿得厚而臃腫，像個球一樣在他旁邊蹦蹦跳跳。

除了在一起的第一天，許放說她的形象很臃腫，還用圍巾纏住她半張臉，但之後他沒再提過。林兮遲也樂得輕鬆。

但現在，林兮遲覺得她這個想法是不行的。

人大多都是視覺動物，許放肯定不例外。

聶悅看著林兮遲一臉雄心壯志，喀喀咬著嘴裡的薯片：「從十分腫變成八分腫嗎？」

「……」

「明天會出太陽，好像不太冷，十多度吧。」聶悅湊過來幫她，把那條加厚的褲子扔開，拿了件薄的，「穿這件就好了，然後外面——」

聶悅在她的衣櫃裡翻了翻：「穿這件吧。」

看著她手裡的那件紅白條紋的薄毛衣，林兮遲身子抖了抖：「只穿這件？真的嗎？這還能出門？」

聶悅點點頭：「妳裡面穿件保暖內衣就不冷了呀，我平時都是這麼穿的。」

林兮遲滿臉掙扎地看著那件衣服。

見她這樣，聶悅繼續說：「才十幾度妳就穿四五件，等之後溫度降到零下了妳怎麼辦。」

林兮遲訕訕道：「穿六七件……」

「……」

第二天，林兮遲要早起。

起來時的氣溫極低，她從出了被窩就開始發抖。上廁所的時候抖，刷牙的時候抖，連洗臉都是抖著用一旁飲水機裡的熱水來洗的。

出門前，林兮遲實在沒有勇氣，在衣櫃前折騰半天，還是決定按往常那樣穿，最後還被被聶悅嘲笑了一番。

下午上英語課前，林兮遲看到許放就穿著一件純色T恤，懶洋洋地趴在桌上補眠。她垂下眼，看著他的腰，頓時有了個想法：如果許放抱著她，隔著那麼多件衣服，就跟抱著一個桶沒有任何差別。

她是一個行走的桶，水桶遲。

林兮遲打了個寒噤。

晚上回宿舍，林兮遲又拿著小本本開始反省自己的行為。

反省完畢，林兮遲把明天要穿的衣服拿了出來，鎖上衣櫃，將鑰匙遞給聶悅。再三強調，不管她怎麼求情都不要把鑰匙給她。

聶悅欣然接受。

隔天，林兮遲沒有早課，第一節課從九點半開始。她磨蹭到八點多才醒來，在位子上抱著熱水袋，喝了一杯熱牛奶，倒也不覺得很冷。

隨後她換了那身聶悅幫她搭配的衣服。

林兮遲照了照鏡子，蹦躂了兩下，嘴角彎了起來。

確實比之前好看。

出了門，林兮遲就笑不出來了，全程抱著聶悅的手臂，躲在她身後，試圖躲開四面八方來的風。

進了教室，全身頓時襲來一陣暖意。

但坐久了之後，林兮遲依然覺得周圍陰風陣陣，時不時看向窗戶，檢查是不是遺漏了哪個縫。

直到下課了，她的手都沒暖起來。

林兮遲跟許放約好中午一起吃飯，出了教學大樓她便跟室友道別，在附近找了個椅子坐下，全身發抖著用手機跟許放聯絡。

兩人上課的教學大樓是一樣的。許放也剛下課，按照林兮遲跟他說的位置，很快就看到了她的身影。

許放走了過去。

近了才發現她穿的格外少，薄毛衣，不過膝的裙子，圓頭鞋。許放的神情微微一怔，眉梢慢慢地皺了起來，掛著陰霾。

看到許放的身影，林兮遲立刻站了起來，笑眼彎彎地抓住他的手臂，說：「欸，屁屁。我們去C食堂吃麻辣燙吧，我感覺——」

許放垂下眼，用另一隻手抓住她握著他手臂的手，觸碰起來像是塊冰。他掀起眼皮，打斷她的話，語氣格外惡劣，「妳有病？」

林兮遲一頓，不知道他為什麼發火，呆呆地嘟囔道：「吃個麻辣燙怎麼了……」

許放今天穿著一件黑色的大衣，沒有拉鍊，只有並排的扣子，長度至膝蓋，下身穿著同色的修身長褲，裡面穿著件毛衣，看起來高大清瘦，氣質凜然。

此時他的唇線抿得繃直，就連眼神都冷下了三分。

沒理她的話，許放鬆開她的手，把身上的外套脫了下來，粗魯地裹到她的身上，默不作聲地幫她扣著扣子。

林兮遲拍掉他的手，給他看了看自己的打扮，眨著眼問：「這不好看嗎？」

許放沒出聲，繼續扣。

「欸，」林兮遲突然有些挫敗，終於小聲提起自己覺得憋悶的事情，「屁屁，我前天看到有女生跟你要聯絡方式了。」

聽到這話，許放才有心思瞥她一眼：「什麼時候？」

林兮遲：「就在Z大那邊，我們跟蔣正旭去火鍋店那裡。」

許放繃著張臉開始回想，沒多久便冷聲說：「不記得了。」

林兮遲瞪大眼：「才過去兩天你就不記得了，有很多人跟你要聯絡方式嗎？」

他的語氣輕飄飄的：「妳不知道？」

林兮遲連忙點頭：「真的不知道。」

「……」

林兮遲舔了舔唇，小心翼翼地說：「那個女生好像很漂亮。」

許放神情古怪：「關我——」

林兮遲連忙打斷他的話：「但我打扮一下肯定比她漂亮。」

「……」

許放突然懂了她今天穿成這樣的原因。

但他哪裡沒給她安全感。

前天知道他暗戀她還得意成那樣，這還沒過兩天怎麼就變成這樣了。

林兮遲吸了吸鼻子，低聲咕噥道：「我想讓你多喜歡我一點。」

許放眼睫一顫，嘴角往上一彎，依然沉默著幫她扣扣子，從最下方扣到最上面，把她整個人包裹在裡面。

大衣足夠長，到她腳踝的位置。但因為太大的原因，她的骨架撐不起來，看起來鬆鬆垮垮的。

「還怎麼多喜歡一點。」許放低頭幫她把過長的袖子折疊起來，淡聲道：「已經很喜歡了。」

第十章 初雪

很難得能從他這裡聽到這樣的話。

可能是物以稀為貴，只是這麼普通的一句話，從他口裡說出，就能在須臾間輕易地撫平她的心情，不費吹灰之力。

林兮遲心底的一點小彆扭瞬間蕩然無存，她的眼角彎了起來，像隻貓一樣，看起來有些狡黠，隨後用鞋尖碰了碰他的鞋尖。

許放瞥她一眼，沒理。等把兩個袖子都折好之後，才把視線放回她的臉上。

林兮遲的雙眼明亮透淨，心情顯然變得很好，骨碌碌地盯著他。

突然意識到自己剛剛說了什麼話，許放不自然地低下眼，故作鎮定地握住她的手，依然是冰冰涼涼的。

許放皺了下眉，不知道在想什麼。隨後他又把折好的兩個袖子展開，讓林兮遲整個人藏在大衣裡。

林兮遲彎著唇喊他：「屁屁。」

許放：「嗯？」

林兮遲繼續沒心沒肺地喊：「屁屁。」

許放抬眸看她，用看傻子一樣的目光盯著她：「叫魂？」

「沒有叫魂，我在叫你。」

「……」

許放沒再理她，扯著她往C食堂的方向走。

有他帶著，林兮遲連路都不看了，就盯著他，堅持不懈地喊：「屁屁。」

僅僅走了一小段路，林兮遲就連著喊了他幾十次。

許放閉了閉眼，轉頭瞥她，有些頭疼：「妳要幹嘛？」

見他終於回頭了，林兮遲收回剛剛那副嬉皮笑臉的樣子，故作正經地問：「我喊你幾遍了？」

許放低哼一聲，收回視線，沒回答。

「你還說很喜歡我，卻連我叫了你幾次都算不清。你又不是沒學過數學。」林兮遲快走幾步，側頭看他，「你對我進行了許——」

許放忍無可忍，打斷她的話：「三十六次。」

林兮遲心滿意足道：「屁屁，跟你談戀愛真好。」

「……」

總算得到想要的答案，林兮遲才把注意力從許放身上收回來。

而後，忽地察覺自己穿著這身衣服格外怪異，像是小朋友偷穿了大人的衣服一樣。一個不經意，下擺就要垂到地上。

再抬眼看許放。

他只穿著一件薄毛衣，看不出裡面還有沒有穿打底的衣服，領口略低，露出線條分明的頸部曲線。

看起來很冷。

林兮遲抿了抿唇，單手將身上的扣子一顆顆解掉，小聲說：「屁屁，我把衣服還給你吧，我不冷了。」

許放懶洋洋回：「穿著。」

「我這走路還不方便，這兩個袖子像去唱戲一樣……」

「穿著。」

「……」

過了一下，林兮遲憋不住般地問：「你不冷嗎？」

許放神情懶散，慢吞吞地把另一隻手遞給她。

他這個舉動讓林兮遲有點疑惑，但很快便伸出另一隻手碰了碰。這才發現兩人手上的溫度，相差了個十萬八千里。

跟兩人交握了一段時間的手完全不同。

林兮遲的右手已經被他的捂熱了，左手依然僵得像是塊冰。碰到他的手，就像是碰到了早上剛喝的那杯熱牛奶。

「……」為什麼會有人不怕冷。

林兮遲沒再堅持要把衣服還給他，但穿成這樣，一路上引來了很多人的矚目。她乾脆抬起許放的手，遮住自己的下半張臉。

美名其曰：「別人認不出她來，就只丟了許放的臉。」

許放：「……」

其實林兮遲穿那麼多的想法很簡單，就是——穿多了，如果覺得熱，她可以脫掉；但如果穿少了，就只能冷一天了。

林兮遲在吃和穿上很少虧待自己，也不在意別人嘲笑她穿得像顆球。聽到了只會在心裡默默地反駁：要是感冒了別過來傳染給我。

許放以前也不覺得有什麼問題，還覺得她個子小小的，把自己包成一顆毛絨絨的小球，看起來還挺可愛的。

但在聽林兮遲說她睡了一晚，雙腳都沒被被窩捂熱之後。

當天晚上，許放就把林兮遲扯到了操場。

儘管此時溫度只有個位數，操場上夜跑的學生也沒有減少多少。還有穿著短袖短褲的人，卻完全不冷的樣子，上衣都被汗水打濕。

林兮遲站在跑道旁邊看著，被許放指揮著做熱身運動。

自從上了高中之後，她就沒怎麼運動過了。就算每週有兩節體育課，也是老師帶著做完熱身運動，她便在體育館裡找個空位坐下。

要麼跟同學聊天，要麼拿著個小本子看重點。

所以一想到接下來要跑那麼長時間，林兮遲就有點喘不過氣來。

林兮遲苦著臉，沒動。

察覺到她無聲的抗議，許放乾脆直接上手，分別握住她兩隻手的手腕，令她的手在背後交叉放置：「握著。」

像是把她當成學生一樣，這種強硬的態度讓林兮遲下意識妥協，將雙手交握，抿著唇向後方伸展。

「以後隔天來操場跑十圈。」想了想，許放說了明確的時間，「每週的二四六這三天。」

「十圈？」林兮遲皺眉，瞪著眼反抗，「我為什麼要跑步，我不跑，我不想跑誰都別想讓我跑。」

許放面無表情地看她：「那一三五七。」

林兮遲的氣焰瞬間沒了：「還是二四六吧……」

一開始林兮遲對跑步這事是特別不情願的。

每到週二四六，許放叫她下樓時，她要磨蹭個半天才下去。但不管她怎麼抗拒，都會被許放扯到操場去，雷打不動地跑十圈。

就這麼連續跑了一個多月，林兮遲跑十圈的速度從原本的五十分鐘，慢慢的加快到了半小時。

到後來，跑十圈對於她來說，像是日常該做的事情。不用許放催她，她就主動去找他了。

跑久了，林兮遲自己也能感覺到身體有了些變化。沒之前那麼虛，爬三樓就喘氣，也不像以前那樣，不管塞多少件衣服都覺得渾身涼颼颼的。

體質好像變好了。

因為這個，林兮遲打消了因為被許放強逼著跑步而產生的那點小怨氣。

不知不覺就到了年底。

S大所處的城市名為源港市，地理位置處於溪城隔壁。兩個城市的氣溫差距不大，基本保持一致。

按往年來說，初雪通常出現在一月中下旬。

十二月三十一日這天，恰是週六。

恰逢跨年夜和元旦假期，林兮遲聽聶悅說，市中心的廣場弄了個活動，主辦方會在廣場上製造人工雪，並大肆宣傳道，過來的情侶在零點整的時候接吻，就能一輩子在一起。

林兮遲覺得這個真的太迷信了。

只想扯著許放，在圖書館讀書中愉快跨個年。

然而，因即將到來的期末考，校內圖書館照例座無虛席，全是沉迷在書海裡的學生們。

兩人沒了去處。

沉下心思考後，林兮遲回想起聶悅的話。莫名又覺得可靠了。

正常來說，林兮遲聽到這種活動是不會去的。但這時仔細一想，不說旁的，接吻這一項實在太犯規了。

完全能將她的十年計畫提前在三個月內完成。

初次接吻，需要天時地利人和。

林兮遲覺得，這個活動，對她來說就是一個十年難得一遇的好機會。雖然她不是沒見過雪，但在跨年夜的時候，身旁飄著細雪，跟許放在冷風裡擁吻。

這太浪漫了吧。

重點是周圍的人都在親。就算許放不願意，也一定要親她。

當天晚上，吃完晚飯之後。

不顧一頭霧水在她身後問著「妳幹嘛」的許放，林兮遲興高采烈地把他扯上了地鐵。

到市中心的時候才九點出頭，活動還沒開始。

許放不知道有這個活動，只知道她想過來看人工雪，並對她的這種行為格外不能理解。

明明再過半個月就能看到真正的雪了。

兩人在外面逛了一陣子。

實在太冷了，林兮遲糾結一番，想著活動十一點半才開始，便拉著他到附近的電影院裡看了部電影。

再出來時，十一點過十五分鐘。

這個時間點剛剛好。

林兮遲興奮地扯著他往廣場那邊跑。

廣場在電影院對面，林兮遲正準備過馬路的時候，突然發現，九點時還空蕩蕩的廣場，此刻已經擠滿了人。

從廣場到外面的人行道上，全站滿了人。

馬路上的車也堵成一片，耳邊全是喇叭聲和人群的嘈雜聲。

不像是能擠進人的樣子。

林兮遲原本高漲的心情瞬間低落下來。

「這麼多人，走——」察覺到她的情緒，許放的眼皮動了動，改了口，「過去看看吧。」

猶豫了一下，林兮遲搖頭：「算了，擠不進去了……」

本是覺得源港市的人都見過雪，大家大概對這個不會有多大的興趣。林兮遲沒想過會有這麼多人來。

但她沒低落太久，很快就恢復情緒，在他旁邊笑嘻嘻地扯著別的話題。

兩人順著馬路走下去。

遠遠地，能聽到廣場那邊鼎沸的歡呼聲。

人工雪終於降落，從上至下，散落整個廣場。

慶祝著即將迎來的新的一年。

這裡車子塞成這樣，兩人也攔不到車。十一點後，地鐵就停駛了。許放上網查了一下，只能坐附近的九十九路公車回學校。

那個車站很偏僻，從這裡走過去大概要半小時的時間。

到那之後，林兮遲才覺得比她想像的還要偏遠。道路空曠，不如剛剛那般堵塞，站牌很簡陋，就是一塊圓形的指示板，連座椅都沒有。

幸運的是，兩人趕上了最後一班車。

車上，除了司機，只有他們兩個。

林兮遲習慣性走到最後一排坐下，許放坐到她旁邊。

前邊幾排的座椅全是空的，像是包了場。

林兮遲低頭看了看時間——二十三點五十七分。

她眨了眨眼，傾身問許放：「屁屁，你的新年願望是什麼？」

許放的手腕搭在前排的椅背上，雙眼微瞇，聲音懶散：「哦，不被當吧。」

「……」林兮遲縮回去坐好，悶悶道：「你好敷衍。」

二十三點五十八分。

許放側頭看她，視線定了十幾秒，這下神情倒是多了幾分認真：「那就，希望妳明年能變得聰明一點——」

說到這，他頓了下，聲音比剛剛低了些：「不要被別人欺負。」

二十三點五十九分。

林兮遲一愣，瞪大了眼睛：「我怎麼會被人欺負。」

「屁屁，你能不能許點正常的願望。」林兮遲正經道：「你這個太簡單了，讓我覺得一點挑戰性都沒有。」

許放眉眼一抬，黑瞳如墨，看著她淨白小巧的臉，以及紅潤上翹的嘴唇。

很快，許放啞聲說：「過來。」

「啊？」

「過來點。」

林兮遲疑惑地歪了歪頭，但還是聽話地湊過去了一點。

他不知滿足，繼續道：「再過來點。」

這個情況，就像是——以前有個同學說要跟她說悄悄話，但一湊近她耳邊，就大聲尖叫起來，嚇她一大跳。

林兮遲內心有點不安，但還是小心翼翼地，慢吞吞地湊了過去。

遠處有鐘聲響起。

眼前的許放嘆息了一聲，嘴裡含著一句「太慢了」，模糊的讓她聽不太真切。

在林兮遲終於意識到什麼的時候，許放忽然抬起手。單手抵著她的後腦勺，將她整個人往他的方向送了過去。

公車上，最後一排位子。

除了正在認真開車的司機，除了他們，車上別無他人。

周圍不算安靜，能聽到喇叭聲和車外不斷颳著的風。眼前的少年眼睛垂著，睫毛密而長，鼻梁又挺又直，像是一幅水墨畫。

林兮遲覺得什麼都是模糊的，什麼都讓她覺得不清不楚。

唯一讓她覺得真切的，是從嘴唇上傳來的觸感，有點冰涼，又有點生澀。

是美好又令人期盼已久的事情。

像是她今晚錯過的那場初雪——在她身旁，又重新降落。

在這一幕到來前，林兮遲還堅持著為初吻這事做了許多功課。

她覺得，如果正式到了這個時候，她一定可以泰然自若地引導許放，讓他不至於手忙腳亂。

然而，此刻。事與願違。

林兮遲的大腦一片空白，屏著氣，背脊僵得緊繃。因為不知所措，雙眼睜得又圓又大，捏著手機的力道一點一點地收緊。

兩人的唇瓣貼合。

許放沒有進一步的動作，他的眸色很深，被掠過的橘色路燈染了一道光，耳朵後紅了一大片。

林兮遲的眼睫捲曲上翹，像兩把小刷子一樣，輕顫著。

用右手抵著她的腦袋，許放指尖向下挪，挪到她耳垂處，大姆指和食指輕柔而繾綣地摩挲著她的軟肉。

隨後，他離開她的唇，抬起頭。

或許是光線的緣故，林兮遲看到他的唇色，看起來比平時紅豔了些。襯著他垂至額前的黑髮，以及在他臉上飛速著的光，像是個剛進食過的吸血鬼。

影影綽綽，而隱晦不明。

耳邊有放煙火的聲音，一聲響後，別的接踵而來，響徹整個天空。斑駁的色彩映入他的黑眸當中，閃閃發光。

許放的嘴角微不可察地彎了起來，伸手捏住她的下巴，「憋了一分鐘的氣？」

聞言，林兮遲回過神，把他的手扯開，腦袋像是要冒煙了一樣，把自己的半張臉藏進圍巾裡面。看起來就像是隻小倉鼠，想找個坑把自己藏起來。

沉默了幾秒。

林兮遲又將自己的頭抬了起來，眼睛骨碌碌地看著他，面上一副不甘心自己一個人丟人的模樣，認真地說：「你剛剛也憋了氣。」

「……」

「你憋了半分鐘。」

「……」

林兮遲家裡人覺得除夕夜到大年初一，才是真正意義上的迎接新的一年。所以都對年份的跨越沒什麼興趣和概念，每年這個時候依然照常九點半上床，十點入睡。

也因此，在十六歲之前，林兮遲從來沒有刻意跨過年。通常都是睡前是這年，醒來就是新的一年了。

上了高中之後，林兮遲睡覺的時間從每天的十點，調整成了每晚十二點。她花在讀書上的時間多了很多，也不像國中一樣有事沒事就去許放家打遊戲。

而與她相反，許放特別不愛念書。加上許父許母也不太管他的成績，所以他的日子過得逍遙又自在。

一開始許放依然回了家就無所事事地打遊戲睡覺。

但在林兮遲的影響下，到後來，他打完遊戲，躺到床上後，在上面翻來覆去了一陣，還是會良心發現般地起來寫作業。

二〇〇八年到二〇〇九年，跨年夜那晚。

洗完澡，林兮遲開始寫老師安排的作業。雖然只是高一，但九個科目加起來，作業也不少。

假期有三天，林兮遲想前兩天就把作業做完，留一天來預習新的內容。等她把文科三科的練習冊寫完，已經將近凌晨十二點了。

林兮遲起身，拉開房門往外看，走廊的燈都關上了，林玎和林兮耿的房間門緊閉著。這個時間她們肯定已經睡著了。

到洗手間洗漱，再回房間時，林兮遲翻了翻手機，就看到許放傳了簡訊給她：『睡了沒。』

那時林兮遲用的還是九宮格按鍵機，按一下鍵，會發出清脆的聲音，還附帶音效。

她格外喜歡聽這個聲音，乾脆劈里啪啦地打了一長串話過去：『沒有。我剛寫完三科作業。我打算再寫一科就睡覺，你也要記得寫，我是絕對不會給你抄的。不過你會不會寫？不然我明天去找你一起寫作業吧。』

許放忽略了她第一個句號後面所有的話：『那下來。』

「……」

林兮遲撇嘴，不知道他要做什麼，但也沒有磨蹭，打開房門下了樓。

從走廊下到一樓，整段路都是黑的。她不想吵醒父母，走路比平時輕了幾分，更別說開燈了。

不過林兮遲不怕黑，就著手機微弱的光走到大門。

「啡嚓」一聲，開了門。

林兮遲伸出腦袋往外看，粗略地掃了一眼，沒有看到人。她往許放房間的方向望去，燈還亮著，窗簾毫無顧忌地開著。

刺眼的白光向外照射。

林兮遲納悶地往前走了兩步，餘光一瞥，突然發現旁邊的樹叢旁有個人影。她嚇了一大跳，連忙後退兩步，差點連髒話都要爆出來。

但幾乎是同時，她認出那個人是許放。

林兮遲下意識鬆了口氣，走回他面前，低下聲音說：「你幹嘛？」

許放蹲著，仰頭盯著她看了幾秒，很快便站了起來，隨口道：「現在幾點？」

「現在……」林兮遲看了手機一眼，「差兩分鐘就十二點。」

然後他又不說話了。

林兮遲莫名其妙：「你要幹嘛？」

「現在幾點。」

「……還是五十八分。」林兮遲有些無語，「你叫我下來就是讓我告訴你現在幾點嗎？」

許放不置可否，懶洋洋地垂著眼皮，像是睏極了。

林兮遲覺得這傢伙真的是太需要人操心了，讀書要人操心，身體要人操心，現在連作息都需要人操心。她打了個哈欠，小聲說：「快回去睡吧，不然你還要我送你回去嗎？」

而許放卻像個答錄機一樣：「現在幾點？」

「……」林兮遲覺得他今天真他媽嚇人。

她又瞅了手機一眼，也沒跟他強，妥協著說：「十二點了。」過了幾秒她又忍不住問：「你到底要幹嘛？」

這下許放才掀起眼簾，盯著她看了一下後，神情淡淡道：「回去吧。」

林兮遲：「……」

她被他氣到了，罵了句「神經病」便小跑著回了家。

回到房間後，林兮遲看著書桌上的書，本想繼續寫作業，卻因這事分了心，想半天也沒懂許放到底想做什麼。

林兮遲拉開窗簾往外看，發現許放的房間已經關上了燈，像是睡著了。之後的每年，一到這個時間，許放就故技重施。

直到今年，兩人到外面跨年，林兮遲終於不用再忍受那樣的場景——夜黑風高，少年面無表情地站在你的面前，不管你說什麼都只跟你重複同一句話。

多嚇人啊。

林兮遲轉頭看向許放。

他還在因為自己剛剛的拆穿而不爽，背靠著椅背，沒有跟她說話。公車上陸陸續續有其他乘客上來，將前面的座位填滿。

想起這個回憶，林兮遲又有了個主意，湊到他耳邊，清了清嗓子，露出理當如此的表情：「屁屁，你想親我的願望已經實現了。」

「……」

「那我的新年願望你也要幫我實現。」

許放瞥她一眼，從手機相簿裡翻出一張聊天記錄，讀著上面的內容，聲音淡漠無情緒：「我想吃新開的那家串串，想要一雙新的運動鞋，想要一件情侶裝。」

頓了幾秒，他開始念下個內容：「這是我的新年願望，但我知道，願望就是願望，不一定都會實現，我自己是懂這個道理的。所以你不用太在意，我就給你看看我的願望而已。」

「……」許放指了下她身上那件墨綠色外套，又指了指自己：「情侶裝。」然後用鞋尖碰了碰她的鞋子：「新運動鞋。」

他的身體傾了過去，掐住她的腮幫子：「今天的串串白吃了？」

林兮遲盯著他看，很快便開始譴責他：「你記得好清楚。」

「……」

「你好計較。」

「……」

許放的額角一抽，唇瓣抿了起來。

兩人四目對視，僵持了半刻後。許放別過頭，深吸口氣，忍著罵她一頓的衝動，說：「什麼願望。」

林兮遲真的極其喜歡這種，許放想罵她，又因為地位不對等的關係而不敢罵，讓她有種當他長輩的感覺。她心滿意足地收回視線，說：「過兩週不是期末考了嗎？」

「嗯。」

「如果我考了年級前五，你就給我——」

許放突然有了不好的預感，沉聲道：「換個別的。」

「哦。」林兮遲低頭琢磨著，「那換什麼好……」

許放沒應。

林兮遲糾結了半天，咬著牙道：「那就考到年級前三？」

聞言，許放側頭看她，眉心動了動：「妳想做什麼？」

她很認真：「我想翻身當地主。」

許放：「……」

林兮遲眼睛彎成一個小月牙，看著他：「反正我如果考到了年級前三，在十七號快到晚上十二點的時候，你就來我家樓下找我。」

許放一愣。

一月十八號是她的生日，所以就算她不說這個，許放也會去找她。

許放疑惑地應了下來：「就這？」

「啊？」林兮遲瞪大眼，莫名其妙道：「我還沒說願望呀。」

「……」

「就是，以前跨年夜的時候，你不是總叫我下樓嗎？然後什麼話都不說，我說什麼你都只回了一句『現在幾點』，你不覺得很恐怖嗎？」

「……」

他那是想提醒她時間，讓她清楚且明白，他們兩個是一起跨年的。

她不會過了三年都沒懂吧？

林兮遲只覺得他肯定是故意重複同樣的話，目的就是為了把她嚇得半死。

現在她在形勢上有了變化，這次一定要翻身。只要許放把話改了，不僅能讓他吃癟，而且她也不會覺得恐怖了。

一舉兩得。

「如果我考到年級前三，你就把這個『現在幾點』，改成說『屁屁愛你』，怎麼樣？」

「……」

見許放的表情立刻冷了下來，直接別開臉不理她。

林兮遲抓了抓臉，有點不知所措。過了幾秒，她胡亂地改了口：「那把這臺詞改成——」

「『爸爸』？」

「……」許放的嘴角抽搐了下，把她的腦袋推了回去，「我沒興趣。」

「那我就不把這當新年願望了。」林兮遲死皮賴臉地抱著他的手臂，決定不貪心了，「這是我的生日願望。」

聽到這話，許放的嘴唇動了動，想說什麼的時候，被她打斷了。

「我數三秒，如果你不說話就是同意了。」

還沒等她開始喊，許放慢條斯理地把手從她懷裡抽了出來，一副要跟她劃清界限的模樣：「我沒興趣當妳爸爸。」

林兮遲：「……」

林兮遲：？

轉著腦子思考了半晌，林兮遲還是沒懂他怎麼忽然把主次顛倒了。她神情一頓，呆呆地「啊」了一聲：「你在說什麼？」

「嘖，我說——行吧，就這一次。」似乎不想再糾結在這這件事情上面了，許放靠回椅背，懶懶散散地瞇起了眼，「爸爸愛妳。」

「……」

這下林兮遲在原地足足愣了半分鐘。

許放垂眸看了手機一眼，等他抬起眼時，她依然保持著那副呆愣的模樣。他挑了挑眉，用手掌在她眼前晃了晃：「激動成這樣？」

林兮遲回過神，拍掉他的手，皺著眉說：「你怎麼理解成這樣的，我是讓你喊『爸爸』，沒讓你喊『爸爸愛妳』。」

許放當沒聽見。

林兮遲一臉嚴肅：「你不要擅自加戲。」

車子恰好到站，許放一手拿起包，一手把她扯了起來。像聾了一樣，完全不回應她的話，「走了，爸爸送妳回宿舍。」

林兮遲：「……」

林兮遲心血來潮的想法就被扼殺在搖籃裡。

除了偶爾有幸在肉體層面獲得。其餘的，她果真是絲毫占不到許放的便宜，半點縫隙都搜刮不出。

但她心血來潮的事情多了去了，尤其是對許放，經常什麼都不過腦子就一頓胡說。所以此刻她沒再繼續想這事情，下了車就將之拋去腦後，牽著許放往學校的方向走。

時間已經將近凌晨一點了。

宿舍過了門禁時間，兩人無法回去，便決定在學校附近的賓館住一晚。大概是因為跨年夜的緣故，出來過夜的人不少。

兩人找了三家旅館，只有最後一家有空房。

一間標準雙人房，想要多的都沒有。

沒有想過兩人會在外面待到這麼晚，所以許放也沒提前準備住的問題。他站在原地思考著，眉頭微蹙。

雖然是雙人房，兩人不是睡同一張床。但始終是不同性別，不太方便，而且兩人的關係才剛有了一點進展，一下子躍到這也太快了。

重點是林兮遲不一定會願意，說不定會因為不知道怎麼拒絕就同意了。

想到這，許放轉頭看向林兮遲。

她就站在自己身後，可能是因為冷，她脖子上的那條米色圍巾又纏繞了好幾圈，半張臉藏在裡面，露出一雙骨碌碌的杏眼。

許放忍不住揉了揉她的腦袋，淡聲說：「再去別的店看看？」

「不是有房間嗎？」林兮遲納悶地問，隨後湊上前，自己去問前檯的那個女生，「剩一間標準房嗎？現在還能訂嗎？」

女生回：「可以的。」

完全不像許放那麼矜持又猶豫，林兮遲俐落地掏出自己的身分證，推到她面前：「那我們訂，兩個人住。」

女生拿過她的身分證，又看了看許放：「這位的也要。」

聞言，林兮遲拍了拍許放的手臂，像是強搶民女一樣，催促道：「快啊。」

「……」

這家旅館的設配齊全，環境也算乾淨，兩張單人床並列排放，中間用床頭櫃隔著，純白色的床單看起來格外刺眼。

林兮遲脫了鞋子，坐在床上玩手機。

許放走進浴室裡調著熱水的溫度，很快便走出來，下巴微微一抬：「去洗澡。」

林兮遲沒動：「你先去洗，我要洗很久的。」

沒在兩人誰先洗之間糾纏太久，許放不再作聲，從袋子裡翻出兩人剛剛在便利商店買的一次性用品，便走進浴室裡。

此時已經凌晨一點半了，林兮遲玩了一下手機，睏得眼皮垂下來，差點睡著的時候，許放從浴室裡出來。

開門的「咿嚓」一聲，讓她的神智清醒了些。

林兮遲立刻起身，嘟囔了句「你快點睡吧」，拿起換洗的衣物快速往浴室裡走。

因為時間太晚的關係，林兮遲沒像平時那般磨蹭，加快了洗澡速度，很快便洗完了。洗了個熱水澡，她沒剛剛那麼睏了，吹乾頭髮才出了浴室。

許放還沒睡，他靠在床頭，低著眼玩手機。

走過去把燈關上，林兮遲爬到另外一張床上，像隻貓一樣，磨磨蹭蹭地往被窩裡鑽。

見她洗好躺床了，許放才關上手機螢幕，把手機放到床頭櫃上，躺了下去，在黑暗裡發出一陣窸窸窣窣的聲音。

林兮遲原本的睏意已經散了大半，在床上翻來覆去半天睡不著，忍不住開口問他：「屁屁，你睡了嗎？」

許放的呼吸聲緩而規律，頓了幾秒後，才淡淡地應了一聲：「嗯。」

因為國防生十點半就要熄燈的緣故，許放的作息時間變得格外規律，已經很少這麼晚還沒睡覺了，此時他真的是睏得一點都不想搭腔。

林兮遲「哦」了一下，在床上滾了滾，把自己滾成一個毛毛蟲後，又百無聊賴地問：「屁屁，你現在能醒一下嗎？」

「……」許放翻了個身，裝作已經睡著了，背對著她。

林兮遲正面躺著，看著天花板：「你醒不來嗎？」

「……」

「那我等你醒了再睡。」

許放忍無可忍地坐了起來：「妳要做什麼？」

聽到他的回應，林兮遲轉過身看向他，笑咪咪道：「沒有，我就看看你睡了沒。」

「……」許放覺得自己真是上輩子欠了她的。

過了一下，林兮遲又問：「屁屁，以前你是叫我出來一起跨年嗎？」

許放閉著眼，過了好半晌才說：「才發現？」

「嗯，突然想到的。」林兮遲抱著被子，慢慢有了睏意，聲音變得有些悶，「你不說我怎麼會知道。」

他的聲音散漫帶著睡意：「誰知道妳這麼蠢。」

「你才蠢。我那時候不覺得是跨年，我媽說大年初一才是新年，還有……」像是有說不完的話，林兮遲一直源源不斷地扯著事情。

良久後，再度提起許放總找她出來跨年的事，林兮遲的聲音頓了一下，好奇地問，「你那時候就喜歡我了嗎？」

說完後，她看向許放，才發現他已經睡著了。

這次好像是真的睡著了。

林兮遲喊了他幾遍都沒再得到回應。她沒再纏著他說話，打了個哈欠，閉上眼，很快便睡了過去。

等她的呼吸聲變得均勻而輕緩時。

許放在黑夜裡睜開了眼，神色清明，不帶絲毫倦意。他看向林兮遲的方向，嘴角微不可察地彎了下，才悄然無息般地說了句。

「是啊。」

旅館的被子比林兮遲宿舍的薄了一倍。

她剛洗完澡的時候，全身熱乎乎的，鑽進被子裡覺得十分暖和，不覺得這被子薄。

半夜的時候，林兮遲忽然被冷醒，迷迷糊糊地拿起手機看了看時間。

快五點了。
林兮遲吸了吸鼻子，兩隻冰冷的腳蹭了蹭，難受得整個人鑽進被子裡。
神志不清地想著。
這被子這麼薄，不可能就她覺得冷，許放肯定也很冷。
等被子裡的空氣變得稀薄了，林兮遲忍不住爬了起來，吃力地抱起被子，鋪到許放的被子旁，然後才小心翼翼地鑽進他的被窩裡。
兩條被子肯定就不冷了。林兮遲暈乎乎地想。
雖然是單人床，但床也不小，兩個人睡綽綽有餘。
許放的體溫比她高，林兮遲一進被子裡，就覺得自己像是進到一個暖爐裡。這熱度讓她特別想蹭過去，但她覺得她一碰許放，肯定會把他吵醒。
林兮遲蜷縮在床的角落，心想著兩條被子和一條的效果就是不一樣，很快就睡了過去。
大概是因為在陌生的地方睡覺，精神一直沒有放鬆下來。儘管兩點多才入睡，但天一亮，許放就醒了過來。
陽光穿透薄薄的窗簾，散落在他身上。
許放皺著眼睛，下意識摸索著床頭櫃的方向，身子一動，突然注意到自己的懷裡好像多了一樣東西。
許放的神智還不太清醒，思緒混亂地低下頭。
懷裡的少女此刻睡的正香，髮絲蓬鬆散亂，眉毛秀氣有些淡，捲曲上翹的長睫，小巧的鼻子，就連睡覺時都依然彎著的嘴唇。

啊，林兮遲。

許放鬆了口氣，懶懶散散地揉了揉眼睛。

過了幾秒，他突然僵住了，視線一點點挪向另外一張床，空無一人。

再低頭一看。

他的床上，確確實實，多了林兮遲。

被這個場景震撼到，許放腦子沒轉過來，開始懷疑自己昨天半夜是不是獸性大發了。他往周圍看了看，突然反應過來，再度鬆了口氣。

這他媽是他的床。

許放狼狽不堪地用手搓了搓臉，正想爬起來洗漱的時候，懷裡的林兮遲眼睫一顫，緩緩地掀起眼簾，神情呆滯地看向他。

兩人四目對視，空氣似乎停滯了下來。

似乎是在等林兮遲解釋，許放一直沒說話。

很快，林兮遲的眼神變得清醒了不少，像是心虛一樣，慢吞吞地把自己的腦袋往被子裡縮，悶在被窩裡惡人先告狀：「原來你想跟我一起睡覺。」

許放冷著張臉，忍著把她揪出來的衝動：「這是我的床。」

「哦。」聽到這話，林兮遲像隻小松鼠一樣，又把臉露了出來，然後伸出一個拳頭，食指朝他勾了勾，改了口，「昨天半夜，你突然對我做了這個手勢。」

許放看著她的手勢，額角一抽。

就見她又重複了一遍，再度朝他勾了勾手指：「就這個手勢。」

「……」

林兮遲：「你記得嗎？是你叫我過來的。」

許放：「……」

記得個屁。

這場插曲雖說有些始料未及，但對比起從前發生的種種往事，加之兩人現今的關係，也算小意思。

在林兮遲的厚顏無恥地甩鍋下，許放勉強不跟她計較下去。

兩人在外面的早餐店吃了早餐，便回了學校。

用鑰匙開了宿舍門，裡面靜悄悄的，像是人都還沒醒。林兮遲輕手輕腳地走了進去，換了身衣服，拿上自己的複習資料。

猶豫了一陣，林兮遲又拿上自己的攻略小本子，隨後便出了門。

昨天在外面過夜，連續幾個月一直在寫的東西突然空了一天，林兮遲覺得有些不習慣。心想著花十分鐘寫完，剩下的時間就用來複習。

這個假期過完，再上一個星期的課，就進入考試週。全部科目考完的學生，便可自行選擇時間離校。

考試時間表已經出了。

各科安排的時間不同，林兮遲比許放早幾天考完。她考到十三號，許放考到十六號。兩人訂了十六號下午的高鐵票回家。

因為即將到來的考試週，圖書館更加擁擠，不早點去根本搶不到位子。

此時還算早，也已經陸陸續續來了不少人。

林兮遲坐電梯到自己習慣去的三樓，找了張空桌坐下。她把書包裡的東西全部拿了出來，然後翻開那個小本子，開始寫東西。

2012年1月1日，在一起的第69天。

繼上次一個月內就把原本設定的三個月內牽手的計畫完成，今天我又把原本設定的十年內接吻的計畫完成了。雖然都是許放主動的，但我覺得是因為有了我的引導，他才會有這樣的舉動。

寫到這，林兮遲的筆尖一頓，像是做賊一樣，偷偷摸摸地往周圍看了看，這才繼續寫下去：我還跟他一起睡覺了。遲遲真是厲害，要麼不出手，一出手就——

她還沒寫完，突然有人從身後拍了她一下。

因為在圖書館，那人的聲音壓得極低，用氣音問道：「妳在幹嘛？」

瞬間聽出這個聲音的主人是許放，嚇得林兮遲在本子上畫了一道痕。她連忙合上本子，把本子藏在其中一本書下面，往後看，「哦，我做個筆記。」

許放疑惑地往那本書的位置看了幾眼，但沒再問，拉開椅子坐到她旁邊。

看著他，林兮遲心有餘悸地問：「你怎麼來了？」

許放瞥了她一眼，眼皮垂下來，懶洋洋地趴到桌上。

「來睡覺。」他說。

「……」

接下來一週的課程，老師基本都是在講考試內容，讓學生複習。林兮遲的書本上畫了一大堆重點，準備熬幾個夜把這些內容背完。

考完試後，直到十六號下午，林兮遲才開始收拾行李。她不用帶衣服回去，翻了半天之後，只決定把電腦和幾本書帶回去。

算好許放考完試的時間，林兮遲背著書包往他宿舍跑。

剛跑到他宿舍樓下，就看到許放從門口走了出來，林兮遲眨眨眼，走到他面前，好奇道：「咦，你不是剛考完嗎？」

許放帶的東西比她還少，就背了個書包，像是去上課一樣：「提前交卷了。」

林兮遲手裡的電腦包被他接過，她又問：「很簡單嗎？」

這次許放沒回答，直接扯開話題，說到別的事情上。

兩人回到溪城，差不多晚上八點了。

林兮遲被許放送回了外公家。

進了門，許放把林兮遲的電腦放到茶几上。林兮遲的外公不知道去哪了，不在家。他也不趕著回家，乾脆在沙發上坐了下來。

林兮遲走進房間裡，隨手把書包掛在門後面。

剛想出去找許放的時候，林兮遲視線一瞥，發現自己的房間似乎有了點變化。原本散亂的書桌變得整齊有序，上面還放著一遝試卷和升學考複習資料。

林兮遲回頭看，她走時亂七八糟的被子也被折了起來。

外公從來沒幫她收拾過房間……

林兮遲疑惑地走到衣櫃前，打開了衣櫃。她的衣服依然掛在裡面，只不過都被擠到了最左邊。新掛上了兩套高中制服，其餘的都是林兮耿的衣服。

耿耿過來這邊住了？林兮遲猜測著。

因為這點變化，林兮遲在房間裡待的時間久了些，沒注意到外面的動靜。她把衣櫃關上，邊想著今晚打個電話給林兮耿，邊出了房間。

走回客廳，林兮遲才發現外公已經回來了。

此時外公正坐在沙發的主位，許放從剛剛的位子挪到了側邊。坐姿有了變化，腰部挺直，看起來格外有精神。

許放也算是被林兮遲的外公從小看著長大的，所以對他像對待自己的親孫子一樣，每次見到他就訓斥他。

上次許放當著他的面靠在椅背上，就被他罵坐沒坐相，沒男子氣概。

許放雖然脾氣大，但對待長輩還是不敢造次，就任由他教訓。大概是記住了上次的話，這次見到外公他便下意識地坐端正了起來。

見到許放這副不敢怒也不敢言的樣子，林兮遲覺得好玩，走過去坐到他對面。她轉頭看向外公，乖巧地喊了聲：「外公。」

外公看了過來，視線頓在她身上的外套上，隨後又往許放身上看了一眼，停下了罵許放的嘴，慢慢悠悠地問：「你們這衣服是，撞色？」

林兮遲愣了下，下意識看向自己身上的衣服。

那件墨綠色的情侶外套。

「……」

有了新的攻擊對象，被罵了十分鐘的許放終於鬆了口氣，拿起面前的茶喝了一口。

「這哪是撞色。」林兮遲揪了揪自己的袖子，很認真地說：「這是情侶裝呀！你看不出來嗎？」

「你們穿什麼情侶裝。」

許放正想開口解釋一下，就聽到林兮遲開了口。

在外人面前沒這樣說過，但遇到自己親近的人，林兮遲格外想炫耀：「我跟許放談戀愛了呀！他暗戀我很久，外公你沒看出來嗎？」

外公一副雲淡風輕的模樣：「多久？」

對於這個，林兮遲也不太清楚，想到二〇〇八年許放好像就開始喜歡自己了，保守估算的話只有三年。

但這太少了，聽起來一點氣勢也沒有。

她咬咬牙，非常誇張的，一下子就加了十。

「三十年。」

「……」

林兮遲的表情和語氣格外認真，差點把外公唬住了。

「哦，他還沒三十歲。」林兮遲立刻反應過來，改成，「十三年！」

許放：「……」

這話一落，外公的眼神變得意味深長了起來，沒再問。但接下來，跟許放說話的態度明顯比先前和緩了不少。

三人聊了一下天，等他睏了許放才準備離開。

許放背起斜背包，站起身。

外公忽然瞥了林兮遲一眼，對著他說：「這丫頭雖然傻了點，但……」

外公難得詞窮，半天沒說出話來，最後只能擺了擺手：「你看著這丫頭這麼喜歡你的份上，對她好點。」

聽到這話，許放頓了下，很快便點點頭，說：「會的。」

一旁的林兮遲神情怪異，嘴唇張了張，卻什麼都沒說。她盤腿坐在沙發上，看到許放打開門走了，才反應過來。

林兮遲跳了起來，拋下句「我去送送他，外公你早點睡」，便拿著鞋櫃上的鑰匙出了門。門將室內的光線掩去，走道裡一片漆黑，聲控燈沒亮，她下意識地跺了跺腳。

燈沒亮。

林兮遲又跺了跺腳。

與此同時，黑暗裡幽幽地傳來許放的聲音，「別跺了，樓都要垮了。」

林兮遲納悶道：「怎麼不亮啊。」

許放剛走到下面一層，就聽到她的動靜。他折返，點亮手機，透過這微弱的光和月亮的光線走到她面前，牽著她的手往下走。

只有這一層的燈壞了，下面幾層的聲控燈都是正常的，隨著他們的腳步聲一盞又一盞地亮起。

走道略窄，許放牽著她走在前面。他忽然想起剛剛林兮遲外公說的話，挑著眉說：「妳出來，不怕外公的誤解更深？」

「誤解什麼。」還沒等許放繼續說下去，林兮遲就明白過來，很正經地說：「沒有誤解啊，我就是很喜歡你的。」

許放回頭看了她一眼，還沒來得及做出反應，就聽她反問道：「你說外公剛剛是什麼意思？」

思緒還停留在剛剛那個溫馨的氣氛裡，許放停滯了幾秒後才回：「嗯？」

林兮遲：「他好像不相信我說的話。」

「……」許放回想起剛剛她說的三十和十三，像看傻子一樣看著她，「十三年？我那時候牙都還沒換齊。」

林兮遲很無辜：「可我說的暗戀是真的啊。」

兩人出了樓下的大門。

看著社區裡暗沉的路燈，許放停下了腳步，也沒否認，語氣像哄貓似的：「嗯，真的。」

說完後，他抬了抬下巴，用眼神示意讓她回去。

許放的單車就放在旁邊的單車棚裡，他邊往背包裡翻著車鑰匙邊往那頭走。

「可我沒想讓他相信我說的時間，因為吹牛不都是要往誇張的方向說嗎？」林兮遲沒聽他的指令，跟在他身後，看著他彎下腰去開鎖，「我的重點是你暗戀我那事情呀。」

「妳這一吹。」許放站了起來，面容平靜地跨上鞍座，「就讓人覺得妳兩件事都是在吹牛。」

「……」

林兮遲有些納悶，心想好像有點道理，但也沒再說什麼。

可能是因為使用了太久，路燈光線變得黯淡了些。暖黃色的路燈和潔白的月光向下披散，光線交織，出現朦朧的美感。

許放的單腳踩在踏板上，另一隻腳撐著地平衡。

外邊的氣溫又低了不少，許放便戴上了外套的帽子，微微垂眼整理著衣服。

他的睫毛很長，在眼睛下方形成一片陰影，眼睛斂著，看起來略顯清冷淡然。下唇飽滿，顏色偏淡，勾勒著淺淺的弧度。

林兮遲舔了舔唇，突然抓住他還在整理衣服的手，另一隻手往上指，對他說：「屁屁，你看，今天月亮好圓。」

許放順勢往上看，他剛想回一句「小年夜的月亮應該不算圓吧」時，話還沒出來，嘴唇就被她狠狠撞上。

下唇似乎磕到了牙齒，帶來點點刺疼。

嘴唇上是濕潤而柔軟的觸感。

是她在親他。

兩人的身高差距大，此時許放雖然是坐在單車上，但因為抬頭的關係，林兮遲湊過去親他，還是費了點力。

她踮起腳尖，發現還差一點時，乾脆狠下心來往上跳。

許放下意識扶住她，吃痛地「嘶」了一聲。

還沒等他做出反應，林兮遲便掙開他的手，往門那邊跑。

直到跑到門前，她才回過頭，用力地朝他揮了揮手：「屁屁再見！屁屁路上小心！屁屁記得早點睡覺！屁屁再見！」

說完林兮遲便用鑰匙打開門，噔噔噔地往樓上跑。

徒留許放在原地愣了半晌，用手摸了摸嘴唇，忽然被她逗樂了。他往上一瞥，聲控燈已經亮到林兮遲家樓下那盞。

跑得倒是夠快的。

許放踩下踏板，騎著單車出了社區。

想到她剛剛回頭時，說話比平時快了一倍，以及那似乎紅了大半的臉頰。他的嘴角一扯，又輕聲笑了。

隔日，按照在學校的生理時鐘，林兮遲七點就起床了。吃完早飯後，她坐在沙發旁，跟外公開了一局象棋。

林兮遲跟外公下棋的次數不少，雖然沒贏過幾次，但她還是樂在其中。

祖孫倆邊下著棋邊有一搭沒一搭地聊著天。

林兮遲忽地想起件事情，隨口問道：「對了外公，耿耿是過來這邊住了嗎？」

外公思考著棋局，說話的語氣輕輕緩緩：「是啊，十一月份就過來了。」

「啊？她為什麼過來住了？」

「說妳爸媽那邊太吵了，想找個安靜點的地方讀書。」

跟林兮遲不一樣，林兮耿從高一開始就選擇住校，每週回家一次。高三時間緊迫，家裡那邊確實挺吵，她不想被影響好像也正常。

林兮遲沒再問。

陪著外公去買菜煮飯，林兮遲閒下來了便看看書，或者跟許放聊一下天。時間過去得快，不知不覺天就黑了下來。

外公每天雷打不動的九點鐘躺床睡覺，客廳離他的房間近，林兮遲怕吵到他，便回房間玩手機。

想著過了零點自己的生日就到了，林兮遲倒有些期待許放什麼時候會過來找他。

按正常來講，他時間抓得很準。

十一點五十五分到十二點之間，任選一個時間到樓下。

早或晚一分鐘都沒有的。

林兮遲也沒催他，覺得既然已經談了戀愛，這種事情他應該會主動一些，不能像以前一樣總壓線到了。

顯得一點誠意都沒有。

趴在床上胡思亂想著，倏然間，林兮遲隱約聽到家裡的門響起開了又關上的聲音。她一愣，看了看時間。

才九點過半。

這時候是誰啊……

林兮遲疑惑地看向房門的方向，開始懷疑是不是自己的幻聽的時候，就聽到了腳步聲，並且聲音離她房間越來越近。

她突然反應過來，立刻跳起來把門鎖上。

腳步聲一頓，伴隨著林兮耿清脆的聲音：「鎖門幹嘛？」

林兮遲鬆了口氣，打開了門：「妳怎麼回來了？妳這個時間不是應該剛下晚自習嗎？」

「蹺掉了。」林兮耿隨手把書包扔到地上，疲憊地躺在床上，「哦，我只蹺了半節。」

林兮遲盤腿坐在她旁邊，好奇道：「妳到底怎麼跑出來的？我記得必須申請，保全才會放妳出去的啊。」

「嗯。」林兮耿得意洋洋地看了她一眼，「我用妳以前的申請單。」

「……」

「哪會認真看，看到我有這張單子就放我出去了。」

林兮遲捏了捏她的臉，這才注意到她的臉色比之前憔悴了些。

原本及腰的長髮剪短至肩膀，眼睛下方的青灰色重了不少。一副睡眠不足的樣子，好像比十月份見她的時候瘦了。

「妳怎麼變得這麼醜。」林兮遲皺眉，「我感覺我高三的時候比妳漂亮一百倍。」

林兮耿哼了聲，才不管她，爬起來拿著衣服便去浴室洗澡。

唯一陪她說話的人去洗澡了，林兮遲又變得百無聊賴。點亮手機看了看，發現許放還是沒有找她。

她失望地抿了抿唇，心想著，他不會是忘記了吧……

可能是在宿舍生活裡鍛煉出來的速度，才過了十分鐘，林兮耿就洗完澡，哆嗦著跳到床上，進了被窩裡。

看她這樣，林兮遲還是忍不住說：「妳蹺課沒事吧？宿舍那邊不是也要點名嗎？」

「沒事，快升學考了，現在老師對我們好的很，我們班有兩個學生談戀愛，老師現在都直接睜一隻眼閉一隻眼。」林兮耿嘟囔著，一副天不地不怕的樣子，「最多打個電話給爸媽。」

林兮遲感慨：「哦，我記得我們那時候好像也是欸。」

兩人說著說著話，林兮耿不知不覺就閉上了眼，看起來睏極了，強撐了一下之後，才說：「唉我睡一下，等快十二點了妳再叫我起來。」

林兮遲被她氣樂了：「妳要跟我說生日快樂還讓我叫妳起來？」

「我昨晚快四點才睡……」林兮耿的聲音越來越低，越來越緩，「好睏……」

之後她就真的睡著了。

知道高三確實累，林兮遲沒吵她，幫她掖了掖被子。

怕手機的聲音和震動把林兮耿吵醒，林兮遲調了靜音，玩了一下手機，再看時間時，才剛過十點。

此時她也有點睏了，起身關上了燈，設了個十一點半的鬧鐘。

不知過了多久，林兮遲忽然有些心悸，眉頭一皺，睜開眼睛。

她的眼前一片黑暗，唯有透過窗戶照射進來的微弱光線。她伸手在床頭櫃上摸索著手機，點亮，呆滯地看著手機左上角的時間。

凌晨一點半。

鬧鐘不知道是沒有響，還是她沒有聽見。

螢幕上還顯示著幾十通未接電話。

林兮耿被她的動靜弄得半醒，含糊不清地問著：「現在幾點了？過十二點了嗎？」

這話讓林兮遲剎那間想起件事情，她的呼吸滯住，立刻跳起來，拉開房門往外跑。

林兮耿在後頭小聲喊：「妳去哪裡……」

林兮遲沒時間回答，連外套都來不及穿，邊打著電話邊拉開家的大門。

樓道依然暗沉沉的，物業仍舊沒有來修壞掉的燈。

把手機放到耳邊，林兮遲撥通了電話。她正想往樓下跑的時候，聽到旁邊響起一陣悅耳的手機鈴聲。

林兮遲下意識低頭看。

就見許放正蹲在她家門口，身上穿著黑色的外套，襯得那張臉格外蒼白。餘光看到林兮遲，他抬了抬眼，眼睛在這夜裡更顯幽深。

隨後，他啞著嗓子，低聲說了句髒話。

「冷死老子了。」

——敬請期待《奶油味暗戀》（下）——

高寶書版集團
gobooks.com.tw

YH 189
奶油味暗戀（上）

作　　者　竹　已
責任編輯　吳培禎
封面繪圖　Xuan Qing
封面設計　張新御
內頁排版　賴姵均
企　　劃　何嘉雯

發 行 人　朱凱蕾
出　　版　英屬維京群島商高寶國際有限公司台灣分公司
　　　　　Global Group Holdings, Ltd.
地　　址　台北市內湖區洲子街88號3樓
網　　址　gobooks.com.tw
電　　話　(02) 27992788
電　　郵　readers@gobooks.com.tw（讀者服務部）
傳　　真　出版部(02) 27990909　行銷部 (02) 27993088
郵政劃撥　19394552
戶　　名　英屬維京群島商高寶國際有限公司台灣分公司
發　　行　英屬維京群島商高寶國際有限公司台灣分公司
法律顧問　永然聯合法律事務所
初　　版　2025 年03月

原著書名：《奶油味暗戀》由北京晉江原創網絡科技有限公司授權出版。

國家圖書館出版品預行編目(CIP)資料

油味暗戀 / 竹已著. -- 初版. -- 臺北市 : 英屬維京群島商高寶國際有限公司臺灣分公司, 2025.03
　面；　公分. --

ISBN 978-626-402-207-1(上冊 : 平裝). --
ISBN 978-626-402-208-8(下冊 : 平裝). --
ISBN 978-626-402-209-5(全套 : 平裝)

857.7　　114001965